そのシンデレラストーリー、謹んでご辞退申し上げます

登場人物紹介
アルテシオ・リモーヴ
没落寸前の貧乏子爵家の次男。
サイラスとは親友だったはずが、
突如プロポーズされ婚約者となる。
可能であれば、なんとか撤回したいと思っている。
サイラス・アクシアン
アクシアン公爵家の長男で、
頭脳明晰な絶世の美男子、
さらに家柄も良いと隙がない。
流されがちなアルテシオを完全に丸め込み、
外堀を埋めにかかる。

マルセル・アルタス
新興貴族であり
新聞社を経営している
アルタス伯爵家の令息。
ジュール・コルヌ
コルヌ子爵令息で、
シュラバーツの
取り巻きの
一人だが……？
シュラバーツ・エル・アンリストリア
アンリストリア王国の第四王子。
普段からサイラスを
とてもライバル視している。
エリス・タウナー
サイラスの元婚約者の
伯爵令嬢。
見た目が好みの
男性がいれば、
構わず奪う肉食系。

それは、とある舞踏会の夜のこと。

王宮内の壮麗な大広間には目映《まばゆ》いシャンデリアが煌《きら》めき、その下では華やかに着飾った貴族たちがさんざめく。

皆がそれぞれのパートナーと向き合い、俺もパートナーとして一緒に来た妹と共にファーストダンスの旋律が流れてくるのを待っていた――そんな時だった。

「エリス・タウナー伯爵令嬢。私、サイラス・アクシアンは、今この時をもって、貴女《あなた》との婚約を破棄する」

突然響き渡ったその声の主に、その場にいたすべての人々の意識が向かう。

数多《あまた》の視線の先でそう言い放ったのは、我がアンリストリア王国の筆頭公爵家の跡継ぎ、サイラス・アクシアンだった。

そんなサイラスと対峙するように立っているのは、見覚えのある二人の人物。

一人は、今しがた婚約破棄を宣告された令嬢。

淡い金髪に赤いドレスを身にまとった、エリス・タウナー伯爵令嬢だ。

そしてもう一人は、彼女の肩を抱いてサイラスを睨みつけている、濃い金髪の男性。

我がアンリストリア王国の第四王子・シュラバーツ殿下だった。

それを見た彼の親友である俺——アルテシオ・リモーヴはすべてを察し、思わず左手でこめかみを押さえた。

(嘘だろ、サイラス。決行が今夜だなんて、俺は聞いてないぞ)

どうりでおかしいと思ったんだ。

数週間前、貴族社会から忘れられがちな貧乏貴族家の、しかも次男たる俺のもとに、王宮から『次世代を担う若年貴族交流舞踏会』の招待状《プレミアムチケット》が届いた。

珍しいこともあるものだと思いつつ親友のサイラスにそれを告げると、「たまには一緒に楽しもう」などと、いつになく強く出席を促されたのだ。

まあそんな流れで、久々に王宮に来てみたら、多くの貴族たちが見守る中で開幕した、親友による婚約者アンド間男断罪ショーである。

親友といってもこちらは脇役なので、基本的には見守るしかないスタンスなのだが……

(サイラス、なんてことを。相手は一応、王族なんだぞ)

ハラハラしながら心の中で叫ぶと、こちらを見たサイラスとバチッと視線が合う。

彼は真面目な顔のままパチンと片目を瞑り、ウインクを送ってきた。

(え？　今の、なんのウインク？)

首を傾げた俺の胸に、ふとある疑念が湧く。

（もしかしてこれを見せるために、俺を……？）

もしかしたらあのチケットは、サイラスの手配によるものだったのでは？

何せ、王弟・アクシアン公爵の嫡男で、陛下の甥御様なのだから、招待客をちょちょいと足すくらい余裕だろうし……

（まさか……いや、サイラスならやるかも）

疑惑が確信に変わるのに、そう時間はかからなかった。

そもそも、遡ること十分ほど前。

最初こそサイラスは、エリス嬢をエスコートしながら舞踏会の会場に現れた。

公式の場に、婚約者同士が同伴で出席するのは当たり前のこと。国内最高峰の美男美女と称されるカップルに、周囲の目はたちまち釘付けになった。エリス嬢単体だとヒソヒソとうるさい陰口も、二人揃ったその壮麗さの前では鳴りを潜めていた。

ただまあ、エリス嬢の露出の激しい派手な真紅のドレスに対し、サイラスのほうは、重厚感のある黒紫の生地に見事な金刺繍のコートという、品良く落ち着いた出で立ち。

こういったパーティーに出席する場合、パートナーと事前に服装の打ち合わせをしたり、衣装を贈り合ったりするのが慣例だ。にもかかわらず、デザインどころか色さえ合わせていないというのが、この二人の不仲説を肯定しているかのようだった。

しかしそんなことはおくびにも出さず、二人は話しかけてくる貴族たちとにこやかに談笑しながら、ホールの真ん中へ。

そうして流れていた曲がダンスのものへ切り替わる直前というタイミングで、事件は起きた。

サイラスのパートナーとして入場したはずのエリス嬢が、こともあろうにファーストダンスの相手に他の男性を選んだのだ。

間もなく始まるダンスのために、エリス嬢と向かい合っていたサイラス。

その彼を押しのけて、エリス嬢に手を差し出した不届きな輩《やから》こそ、この国の第四王子・シュラバーツ・エル・アンリストリア殿下だ。

そしてあろうことか、その失礼極まりない行為を、エリス嬢は咎《とが》めることなく受け入れてしまったのだ。

婚約者及び配偶者を持つ者は、たとえ不仲であろうとも、ファーストダンスくらいは一緒に踊るというのが常識だ。というより、そういう関係でなくとも、カップルとして一緒に入場した以上は、ファーストダンスを共にするのが礼儀でありマナーである。

誰かがそれを無視してカップルのどちらかにファーストダンスを申し込む行為は、大体どこの国の貴族社会においても完全なるタブーだ。場合によっては、決闘や裁判沙汰になるくらいに危うい。

そんな、王侯貴族に生まれた人間ならば常識であることを、エリス嬢とシュラバーツ殿下は破ってしまった。

シュラバーツ殿下は、日頃から敵視しているサイラスに、一泡吹かせるつもりで。

エリス嬢のほうは、サイラスという完璧な婚約者がいながら、王子様に望まれている自分、というシチュエーションに酔って。

そしてサイラスは、そんな利己的な二人に、衆人環視の中で大いに面目を潰された。

貴族はプライドの生き物だ。たとえ相手が王族であろうと、自分に非がないのなら、黙って引っ込むわけにはいかない。

よって、その後のサイラスの行動は、彼自身の名誉と将来を守るためにも必要なことだった。

そうして話は冒頭に戻る。

サイラスがエリス嬢に婚約破棄を宣言し、シュラバーツ殿下との睨み合いになって間もなく、パーティーの主催である国王陛下がお出ましになった。

場の異様な様子にすぐに気づいた陛下は、一部始終を見ていた側近の説明により状況を把握。騒ぎの原因を作ったとして、その場でシュラバーツ殿下に『北の塔での謹慎』を言い渡した。

日頃から作法や規範に厳しいと噂の陛下だから、当然といえば当然だ。ところが、謹慎を不服としたシュラバーツ殿下が食い下がって火に油を注ぎ、陛下の怒りは頂点に到達。

怒号は大広間中に響き渡り、この騒ぎの当事者であるエリス嬢やその父であるタウナー伯爵のみならず、関係のないギャラリー貴族たちをも震撼させるほどだった。かくいう俺も、初めて聞いた陛下の怒声に慄《おのの》いていた。

ちなみにその時、同じ場にいたオレンジ髪のクラスメイト、マルセルが視界の端にいたのだが、陛下の怒号に腰を抜かして尻餅をついていた。ウケる。日頃からマルセルにはよく揶揄《からか》われているので、週明けに会ったらそれを引き合いにして絶対笑ってやろうと心に決めた。

それにしても、いつもは傲慢なタウナー伯爵が縮こまって震えているのを見るのは、胸がすく思いだった。

あの伯爵には、遭遇するたびに小馬鹿にされていたので、正直ざまぁみろの気持ちが大きい。親子共々敵が多い彼らの情けない姿を見て溜飲を下げたのは、俺だけではないはずだ。

貴族たちが見守る中、シュラバーツ殿下は大声で泣き喚きながら騎士に連行されていき、その場に残されたタウナー伯爵とエリス嬢には、のちほど正式な沙汰を下すと申し渡された。

エリス嬢はともかくとして、ここ数年、良い噂を聞かないタウナー伯爵には、娘の管理責任以外にもいろいろと罪に問われることがありそうだ。

そして、不貞を働いていた二人の実家である王家とタウナー家は、アクシアン家に対し、それなりの誠意を示すことになる。つまり、サイラスの念願はかなったのだ。

良かったな、と俺がサイラスに目配せをすると、彼は金色の睫毛を瞬《しばた》かせ、深い青色の目を細めた。

サイラスとエリス嬢が婚約を結んだのは、彼らが十歳の頃だったと聞いている。実に八年近くもの間婚約者同士だった二人なのだが、その関係はあまり芳《かんば》しいものではなく、サイラスは常々、婚約を破棄したがっていた。

最大の理由が、エリス嬢の圧倒的な貞操観念の欠如である。見た目が好みの男性ならば、相手に妻や婚約者、恋人がいても構わず奪い、関係を持っていたというから手の施しようがない。

ただ本命は、婚約者であり絶世の美男子と名高いサイラスだったようで、彼の前では彼女なりにだいぶ猫を被っていたらしい。

とはいえ、本人は隠しているつもりでも、人の耳目はどこにでもあるもの。しかもサイラスの密偵は優秀なので、彼女が言い逃れのできないような証拠を山盛り掴んできた。

『こっそり楽しんでいたというには相手が多すぎるな』

『こっそりの数とはいえないだろう』

見るのも読むのも辟易《へきえき》するような分厚い報告書に目を通しながら、サイラスと俺が顔を見合わせて苦笑いしたのは、記憶に新しすぎるところである。

しかもその浮気相手の中にシュラバーツ殿下が入っていたとなれば、呆れ果てたサイラスが父であるアクシアン公爵にクレームを入れたのも、仕方のないことだった。

なぜなら、エリス嬢との婚約を取り決めたのが、公爵だから。

成長した今ならば、素行調査で一発却下の相手だったのだろうが、婚約当時の当人同士はまだほんの子供で、悪癖がまだない頃。

しかし歳月と共に状況は変化し、タウナー家との婚姻がもたらすメリットは消えた。

今残っているのは、醜聞塗れで身持ちの悪い令嬢と、それを引き受ける予定の気の毒な公爵家、という構図だけ。

にもかかわらず、公爵はなぜかまだ婚約破棄を渋っていた。

それに焦《じ》れたサイラスが強硬手段に出たのも、仕方のないことだったと思う。

いや、俺は一応、止めたのだ。

いくら婚約者を持つ身でやらかしまくっているとはいえ、相手は身分のある貴族の令嬢。公衆の面前で恥をかかせるのは良くないんじゃないか……なんてことを、やんわりと言ったりした。

その時はサイラスも『そうだな』なんて納得したようだったから、てっきり婚約破棄は水面下で進めていくつもりなのだとばかり思っていたんだが……

彼の中で、エリス嬢を断罪するための刃は、とうの昔に研ぎ終わっていたんだな……

そんなことを思い返しながらサイラスを見ると、陛下の御前に呼ばれ、何やら話している様子。

それをギャラリーに交じって遠目に見守りながら、俺は再び思い巡らせた。

公爵には、次こそはサイラスに相応《ふさわ》しい品格ある婚約者を選んでいただきたい。

しかし、眉目秀麗・才徳兼備であるサイラスの隣に似合うのは、果たしてどんなご令嬢だろう？

美しいが控えめで楚々《そそ》としたご令嬢？　はたまた、聡明な思慮深いご令嬢か。

たとえば、そうだな……カリスト侯爵家のローラ嬢などはどうだろうか。派手な華やかさはないものの、物静かで知的なご令嬢だと妹から聞いたことがある。

俺は友人として、自慢の友であるサイラスには幸せになってほしい。

それに、こんな俺にも現在、婚約話が持ち上がっているから、なおさら。

なのに……。なのにだな――

「ああ、ようやく口にできる」

王の御前を退いたサイラスは、輝くような満面の笑みを浮かべてこちらに歩み寄ってくる。そして、目の前で片膝をついた。

そして、俺を見上げながら右手を差し伸べ、真剣な眼差しで口を開いた。

「アルテシオ・リモーヴ子爵令息。この件が片付いた暁には、ぜひ、私と婚約してほしい」

低いが良く通る声はしっかりと広間中に響き、それまで静かだった貴族たちが一気にざわめく。

「……うん？」

唐突すぎて、何を言われたのかがすぐには理解できなかった。というより、ありえない事態に脳が理解することを拒んだ、というほうが正しいかもしれない。

戸惑いを隠すために、俺は微笑んで首を傾げる。すると、サイラスは俺から視線を離さず、今度は簡潔にわかりやすく告げた。

「ずっと密かに愛していました。アルテシオ、私と結婚してください」

「……うん？」

ザワついていたギャラリーから大きなどよめきが上がる。

俺はそれに困惑しながら、たった今聞いたばかりの言葉を思い返した。

愛していた……結婚……。誰を？　俺を⁉

サイラスが、俺を⁉

「アル、返事を」

サイラスに促されて、俺はサイラスの顔をまじまじと見る。そして、そのいつになく真摯な瞳に釘付けになり……

うっかり、差し出された手に、自分の手を乗せてしまった。

（……えっ、あれ？　俺今、何を……）

ハッと気づいた時には、もう遅かった。

ざわめきは拍手に変わり、徐々に大きくなっていく。

「ちょ、え？　え？　ええ？」

「嬉しいよ、ありがとう、アル‼」

焦って周りを見回そうとすると、立ち上がったサイラスに抱きしめられて、厚い胸板に顔が埋《うず》まる。ふわりと鼻をくすぐる、上品で官能的な香水の香り。

（わぁ、いい香り……じゃなくて！）

サイラスに抱きしめられたまま、キョロキョロと目だけを動かして周りを見る。

貴族たちは皆、困惑気味の笑顔で拍手をしていた。

そりゃそうだわ。令嬢たちの憧れのアクシアン公子様が派手に婚約破棄したと思ったら、後釜チャンスを狙う間もなく男に婚約を申し入れるとか。

なんの冗談かと思うよな。誰でも困惑するわ。俺だってそうだ。

一体、なんだってこんなことに――？

俺の手の甲に恭《うやうや》しく唇を落とす、目にも鮮やかな金髪の美青年・サイラス・アクシアン公爵令息。粗野な言動の第四王子などよりもよほど王子に見える彼は、俺の五年来の親友で、俺たちの間には友情しかなかったはずで……

「きっと君を幸せにする」

そう言って俺を見つめる、美しく煌《きら》めく青。その瞳に射貫《いぬ》かれて、俺はただ頷くしかできない。

いつの間にか俺から距離を取り、少し離れたところでことの成り行きを見ている妹は、ただただ困惑した顔でこちらを見ているばかりで、全然助けに来てくれる様子はない。

（ど、どうしたら……）

救いを求めて泳がせた視界の端に映るのは、面白いオモチャを見つけたと言わんばかりにニヤニヤ顔をしたマルセル。

あ、これ週明けに笑ってやるどころじゃなくなった。俺が笑われるやつだ……

他にもチラホラと覚えのある顔をギャラリーの中に認めて、絶望的な気分になった。

サイラスは、誰もが羨むほどに整った美麗な顔立ちに、スラリとして見えながらも実は筋肉質で、彫刻のような体の持ち主。才気煥発で温厚な性格であり、さらには我が王国の筆頭公爵家の後継者。

対して俺、アルテシオ・リモーヴの出自は、貧乏子爵家だ。

そして容姿は、自他共に認める地味さである。

ごくあっさりとした顔立ちに、まっすぐな茶色の髪。同じく茶色の目は少し三白眼気味で、真顔だとやや無愛想に見えるらしい。だから、できるだけ柔和《にゅうわ》に見えるように微笑んでいたら、今やそれが癖になってしまった。必殺・不揺《ゆらがず》の笑みである。

サイラスとは、生徒のほとんどが王侯貴族の子弟というグロワール学園に通う中、あるきっかけで仲良くなった。聡明な彼とは話していてとても楽しく、共にいる空間は居心地が良かった。そしてサイラスも、同じ思いを持ってくれたのだと思う。

でなければ、貴族とは名ばかりの没落貴族家出身の俺が、彼を取り巻く数多くの同年代の貴族子息たちを差し置いて、彼の親友になどなりえなかっただろう。

そう。親友だ。それ以外の表現が思いつかないほどに、親友なのだ。存在するのは友情であって、決して愛情ではない。

どうしてそんな彼が、俺に求婚したのだろうか。


サイラス。

俺には、お前の真意がわからないよ。

◇◇◇

週明け。

俺がようやく我に返ったのは、学園の教室の中だった。

気がついた時、俺とサイラスはいつも通りに教室の隣同士の席に座っていて、無意識ながらもいつも通り一緒に登校したのだとわかった。

どうやら、衝撃的なあの夜から今までの数日分の記憶が飛んでいる。いや、正確には茫洋として、断片的にしか思い出せないというほうが正しいか。

たしかあの晩……サイラスは用事があって王宮に残ると言ったので、アクシアン家の馬車で先に家に送ってもらった記憶はある。

帰りの馬車の中で、妹はずっと何か言いたげだったけど結局何も言わなくて、家に帰ったら、待ち構えていた父上たちに出迎えられて何か言われた気がするのだが……ぼんやりしていたからか、それも覚えていない。

けれどさっき、すべての発端はあの夜だと思い至った瞬間に、夢から一気に現実に浮上するように覚醒した。

「いや、なんでだよ……」

我に返った途端に口から出たのは、そんなごくまっとうな疑問だった。隣にいたサイラスが、キョトンと首を傾げながら俺を見る。

「どうした？」

「いや、どうしたもこうしたも……なぜ、あのエリス嬢の後釜が俺なんだ？」

「あ、ようやっとそれを聞くんだ？　なんだかぼんやりして変だと思ってたけど、もしかして起きながら気絶でもしてたのか？」

「……」

図星を指されて黙ると、サイラスはクスクス笑いながら体をグイグイ寄せてきた。

近いって。いつにも増して距離が近いって。

断罪劇は、つい三日前のことだ。学園内にはマルセルを始め、あの舞踏会で顔を見た令息たちもチラホラいる。そんな彼らの口から、あの夜の顛末《てんまつ》が広まったのだろうことは、今日に限って遠巻きに俺たちを眺める様子からも明らかだった。

皆、サイラスが俺に求婚したことを知っているのだ。

あまりに多くの好奇の視線。さすがの俺も、日頃張り付けている微笑みが若干強張《こわば》ってしまう。

（いたたまれん……）

――動じるな、無になれ。俺は空気、俺は空気、俺は空気……

「おっはよ～う、我がクラスメイトの諸君!!」

残念ながら空気になりきる前に、空気を震わせる奴が登場してしまった。

前方のドアから入った騒々しいオレンジ髪が、俺とサイラスの座る席を目掛けて歩いてくる。

「……おそようだな、マルセル」

「ようアル～！　まだ午前中だからおはようだろ？　サイラスもおはよ！」

「おはようマルセル。今日も元気だな」

「まあな、それが取り柄だし！」

そう言って人懐っこい笑顔を見せるのは、クラスメイトのマルセル・アルタス。

あの断罪劇の場にいた一人であり、サイラスと俺の近しい友人でもある。

赤みがかったオレンジの髪に、ブルーグレーの瞳。白い肌に薄いそばかす。細身で華奢《きゃしゃ》で、年齢よりもやや幼く見える童顔だが、こう見えて婚約者持ちの伯爵令息だ。

マルセルの生家であるアルタス伯爵家は、元平民の新興貴族である。マルセルの父君が経営する新聞社が急成長して財を成したことで、借金苦にあった貴族から爵位を買ったのだそうだ。

そういった爵位の売買は、別に珍しいことではない。ウチにも裕福な商人や地主などから打診が来たりする。爵位を得ると貴族社会に入り込めるし、コネクションも築けるから、金を積むメリットはあるんだろう。

実際、爵位を得たマルセルの父君の新聞社は今や国内最大手で、さらに成長中だ。将来は長男のマルセルが跡を継ぐらしく、今から仕事の一部に携わっているとかなんとか。

その家業ゆえなのか、マルセル自身も妙に情報通で、それはエリス嬢の身辺調査の際にも遺憾なく発揮された。サイラスの飼っている密偵たちが潜り込めない部分をマルセルがカバーしたからこそ、あれほどまでに膨大で完璧な証拠が積み上がったのである。

そんなマルセルがこちらにやってきたかと思ったら、俺とサイラスの顔を交互に見ながら余計なことを言い放った。

「婚約破棄アンド婚約内定、おめでとさん！　おかげさまでウチの新聞もめちゃくちゃ売れたわ〜」

「〜〜〜っっ!!」

「ありがとう、そういえば君も婚約者殿と出席していたんだったな」

言葉を失う俺と、にこやかに礼を返すサイラス。

そしてそれを、面白くて仕方ないという笑顔で見るマルセル。

やっぱり笑いに来たか。予想はしていたが、やっぱり来たか。

まあその前に俺も、尻餅ついたマルセルを笑ってやろうと思ってたからな。腹立たしいがおあいこだ。ここは俺が大人になるとしよう。冷静になれ。俺は動じない男、こういう時こそ不揺《ゆらがず》の笑み発動だ。

そうしてなんとか平静を装うことに成功し、無理に口角を引き上げて微笑み、口を開こうとした矢先――

「おっ、おめでとうございます、サイラス様、アルテシオ様！」

「おめでとう、話は聞いてたんだけど、言っていいのかわからなくて」

「僕もそう！　ナイーブな問題かなって思ってて！　でもマルセルが言ってるんだし、いいんだよね？　おめでとう!!」

クラスメイトたちが堰《せき》を切ったように、祝いの言葉を口にしながら席に押し寄せてきた。その様子を、マルセルは少し離れた場所で腕組みをしながら観察している。あの、ニヤニヤ顔で。

やっぱ腹立つな、あのオレンジ頭。

そして、そんな俺のイライラに、サイラスは満面の笑みで追い討ちをかけてきた。

「皆、私たちのために、ありがとう。でもまだ正式なものではないから……」

嬉しそうに祝福に応えるサイラスの横で、俺は笑顔をキープしながら頷くので精一杯だった。

マルセル……覚えてろよ。お互い様だなんて、金輪際思わないからな。

あとで校舎裏に来い。

昼休みになり、俺はサイラスと共に学内の喫茶室に行き、午後の授業に備えて軽くパンなどを食しながらお茶を飲んでいた。

しかし気は重く、カップをソーサーに置くと同時に溜息が漏れてしまった。

「どうしたんだ？　アル」

「……どうした、だって？　それは俺のほうが聞きたいくらいだよ、サイラス」

不機嫌を隠し切れずに溜息とは、我ながら未熟だなと反省する。しかしこの際だから、この事態になった張本人にこの気持ちをぶつけるとしようか。

俺は下を向いて心を落ち着かせ、笑みを作り直してから、顔を上げてサイラスを見た。

「反省してくれ」

「えっ、出し抜けに、なんだい？」

「どうして俺を、婚約者の後釜に据えようとする？」

サイラスは俺の質問を予期していたのか、驚きもせずに笑いながら答えた。

「アルが好きだからに決まっているだろう」

「はあ？　そんなの、これまで聞いたことはないぞ」

「それは……言ったらアルに引かれるかなと思って。曲がりなりにも婚約者はいたから、けじめをつけてからでなきゃ不誠実だと思ってもいたし」

「じゃあどうして――」

「でもまあ、破棄を宣言したことで気が急いてしまったのは謝るよ。でもアルだって、私の手を取ってくれたよね？」

そう聞かれて、「あれは……」と返答に詰まった。

いやまあたしかに手は取った。

でもあれは、場の雰囲気を考慮した結果というか……とにかく俺の本意ではないのだ。

断りたい。心底から、お断りしたい。

いくら我が国で同性婚が認められているとはいえ、俺は同性を結婚する対象に考えたことはないし、恋愛対象としても同じだ。

相手がサイラスであろうと、それは変わらない。あの夜、彼の手を取ったのは、あの場であれ以上サイラスに恥をかかせたくなかっただけ。

だが、それを言ってしまえば、サイラスを傷つけてしまうのだろうか？

恋愛感情はなかったとはいえ、何年も許嫁《いいなずけ》だった女性に不貞を働かれた挙句、多くの貴族たちの前で屈辱を受けたサイラス。そんな彼を、これ以上傷つけることなど、俺にできるはずがない。

そんな気持ちを知ってか知らずか、サイラスは俺の顔を覗き込みながら次の言葉を促してきた。

「あれは、なんだ？」

優しい微笑みと、少し気遣わしげに首を傾げる仕草。

(この顔がズルいんだよなあ……)

輝くような美男子の、あざとい仕草。それを間近で食らってしまった俺は何も言えなくなってしまい、なんでもないと首を横に振った。

「……そうだな、たしかに俺は、君の手を取ったんだものな」

「嬉しかったよ」

「そうか……」

これ以上、サイラスを責められない。

追及を諦めた俺は、残りの茶を啜《すす》った。

それを眺めていたサイラスの唇が、『お人好し』と動いたのを、俺は知らない。

あの断罪劇アンド求婚劇の夜から、一週間と少しが経った。

俺とサイラスは、今のところ変わりなく学園生活を過ごしていた。

物言いたげな好奇の目は向けられるが、陰口や攻撃はない。平常通り勉学に勤しみ、授業内容のことで議論し、友人たちとくだらない冗談で笑い合う、そんな日々だった。

今は授業を終え、サイラスと共に校門へと向かって歩いているところだ。

門の外には、生徒たちそれぞれの家からの迎えの馬車が、所定の場所で待機している。俺たちがアクシアン家の馬車が待つ場所へ向かって歩いていると、サイラスがふと思い出したように呟いた。

「そういえば昨日、裁判所から承認の通達を受け取ったよ」

承認の通達とは、もちろんエリス嬢との件だろう。そう気づいた俺は、頷きながら答えた。

「思ったより早かったな。驚いた」

「陛下の後押しのおかげでな」

サイラスの晴れやかな笑顔に、俺も嬉しくなった。けれど、少し複雑な気分にもなる。

彼の一番の親友として結婚を祝い、彼が幸せな家庭を築くのを見守るのが俺の夢だったというのに、まさかあんなことになるとはな……。しかも、近々男の婚約者ができるかもなんだよなあ。まあそれ、俺なんだけど。

俺の複雑な胸中を知らないサイラスは、本当にせいせいした様子で言った。

「ここまで長くかかりはしたが、その分きっちり証拠で詰めることができたよ。それがスピード破棄に繋がったな」

「スピード破棄……え、スピード破棄？」

なんだその聞き慣れない言葉。

想定と違う言葉に困惑しながらサイラスを見ると、彼はなぜか含み笑いをしていた。

「そんな顔をするな、アル」

そんな顔とはどんな顔だ。

「いつものすました笑顔が消えて面白い顔になってるぞ。まあ、そういう表情も私は好きだけど」

なんか失礼なこと言われてない？　サイラスに比べたら人類の大半は面白い顔だろうが。

……じゃなくて。

「失礼だな。君を心配してたのに」

ムッとしてそう言うと、サイラスは「すまない」なんて謝りながら俺の肩を抱く。

でも顔はずっと笑ってるんだよな。腹立つ。

「アルはいつも気にかけてくれていたものな。ありがとう」

真剣な表情になったかと思うと素直に謝るものだから、俺の腹立ちはすぐ霧散する。我ながらちょろい。超絶美男子のすまなそうな表情には、すべてを許してしまいそうな何かがある。

「いや、まあ、うん。いいけど」

我ながら甘いなと思いつつそう返すと、彼はハッと思いついたように眉を上げた。

「そうだ。お詫びにカフェで好きなものをご馳走《ちそう》しよう」

「え、いやでも……」

「いいからいいから。今回の経緯、君も気になってるんだろ？　顔に書いてあるぞ」

サイラスは笑いながらそう言うと、門を出たすぐの定位置で待っていたアクシアン家の馬車に俺を押し込んだ。

そうして、サイラスが知り合いにおすすめされたとかいう、街中のカフェに向かうよう、御者《ぎょしゃ》に指示をした。


サイラスが話すことには、あのあとタウナー伯爵は、「どうにか破棄ではなく、解消という形におさめてくれないか」とごねたらしい。

しかし、サイラスは頷かなかった。

まあ、そりゃそうだろう。なぜ、長年不快な思いをさせられた被害者側が、好き勝手していた加害者の評判などを慮《おもんぱか》って譲歩してやらねばならないのだろうか。

国王陛下でさえ、「愚息がすまぬ」とサイラスとアクシアン公爵に謝罪されたというのに、伯爵如きが格上である公爵家に譲歩を求めるな。

名誉を重んじる貴族社会において、どちらが有責であるかを明確にするのは当たり前のこと。『解消』を受け入れてしまえば責任の所在が曖昧《あいまい》になり、後々に影響するからだ。

俺はタウナー伯爵の非常識さに憤慨しながら先を聞いた。

信じられないことに、タウナー伯爵はサイラスに向かって、『八年もの間、婚約していた仲ではありませんか』と情に訴えたのだそう。

驚きの厚顔無恥。俺がその場にいたならば、「その長年の婚約関係を蔑《ないがし》ろにしたのは貴殿の娘なのだがな？」と言ったに違いない。

しかも彼らは、手を緩めさせる材料にサイラスと俺との関係を持ち出して、「そちらもそういう関係だったのならお互い様では？」と突っ込んできたのだとか。

だがしかし、当然そんな勝手な憶測での主張が通るはずもない。

『私は確かな証拠をもってエリス嬢を断罪しましたが、そこまでおっしゃるからには当然そちらもそうなのでしょうな？　そもそも親友である彼には、私が一方的に想いを寄せていただけで、あの日が初告白なのだが？』

怒りを滲ませながらも淡々と話すサイラスに、さすがのタウナー伯爵も青ざめて押し黙ったらしい。そこからは、シュラバーツ様とエリス嬢へ請求する慰謝料の額などがサクサク決まっていったという。

その話を聞いた俺は、タウナー伯爵親子の愚かしさを再認識した。

サイラスの言う通り、俺たちの間には不適切な関係など一切ない。なんたって、サイラスが俺に友情以上の感情を寄せていたなんて、俺だってあの日初めて知ったのだから。そちらの尻軽令嬢殿と一緒にしないでいただきたい。

それに、タウナー伯爵が気にするほど、貴族間でのエリス嬢の評判はよろしくはない。むしろ最悪だ。特に恋人や婚約者を寝取られたご令嬢や、そういう友人のいるご令嬢方からは、蛇蝎《だかつ》の如くに嫌われている。今更守るほどの価値があるとは思えない。

サイラスからすべてを聞いた俺のこめかみには、きっと青筋が浮いていただろう。

それくらい、腹立たしかった。世の中に自分の非を素直に認められない人間はごまんといるだろうが、それを知っていても呆れてしまう。

あの温和な陛下が「いい加減にせんか」と何度も怒鳴ったというから、相当にご不興を買ったのは間違いない。

話し合いの間ずっと不貞腐れていたらしいシュラバーツ殿下も、話が終わる直前、『お前は北の塔で一年間の謹慎。出てきたあとに何かしでかした場合は、身分を剥奪した上で平民に落とす』と宣告されて、膝から崩れ落ちていたとか。

実子である王子殿下でさえそうなのだから、騒ぎの張本人であるエリス嬢と、その親であるタウナー伯爵への処分が慰謝料だけで済むとは思えない。

なんと言っても、幼い頃から秀でていたサイラスは、伯父にあたる陛下からの覚えがすこぶるめでたい。そのあたりが、シュラバーツ殿下がサイラスをライバル視する一因かもしれないが……殿下には申し訳ないが、まったく勝負になっていないのだ。

シュラバーツ殿下も容姿はそれなりに整っているのだが、如何《いかん》せん、卑屈さが顔に出ているのが残念の極みだ。

しかも我儘《わがまま》な殿下は、「王子である自分が他の貴族の小童どもと比べられてたまるか」と王族特権を行使して、学園への入学を拒否。よって勉学はもっぱら、学者や教師を城に招いて教えを受けている。そのため、テストの順位などで学力や知性を測れるわけではないが、日頃の言動と流れてくる情報で推して知るべしだ。

というか、殿下の父君である陛下や兄君たちだって学園出身なのに、よくそんな我儘《わがまま》言えたものだと、逆に感心する。

そんな話を思い出していたら、突然背後からふわっと抱きしめられた。それに心臓が飛び出そうなほどに驚いても、右手に持っていたティーカップを落とさずに耐えた俺はえらい。

背中から抱きしめているのは、サイラスだった。向かいに座っていたのに、いつの間にか立ち上がって俺の椅子の後ろにやってきていたのだ。驚きの早業である。

びっくりさせるなと言いたかったが、場所を思い出して思いとどまる。何より、なんだか言い出せる雰囲気ではない様子に、ひとまずされるがままになっていると……

「アル。君は本当に、いつも私のことを一番に心配してくれるよな」

サイラスはそう言って、抱きしめる腕に力を込めてきた。

俺はしばし沈黙する。ここで思い出していただきたいのは、この場所が屋敷内の私室などのようにプライベートな空間ではなく、街中のカフェだということだ。

「……おい、サイラス。おいってば」

「なんだ？」

「なんだじゃない。周りを見てみろ」

サイラスが顔を上げ、周りを見回す気配がする。

このカフェは貴族御用達《ごようたし》の高級店ということもあり、そこまで混んでいるわけではない。

しかし入店時に俺が通路を歩きながらザックリと確認したところ、客席にはお喋りに興じる貴族のご令嬢たちのグループが、三組はいたと記憶している。

それなのにいつの間にか静かになったと思っていたら、なんのことはない。彼女たちの視線は、すべてこの席に集まっていた。

「たしかにここじゃ、何もできないな」

「これ以上何をするつもりだよ……」

首に巻きつく手をペシッと叩きながら、俺は場を誤魔化すようにご令嬢たちに笑顔を向けた。

さっきまでこんなところでとか思っていたのに、今ではここがカフェで良かったと思っているのは、サイラスの言葉に冗談っぽさが少しも感じられなかったからだ。

プライベートな空間じゃなくて良かった……切実に。

内心で溜息をついて安堵していると、俺たちの席に一つの人影が近づいてきた。

「サイラス様」

聞き覚えのある声に、二人同時に顔を向ける。

テーブルを挟んだ向かいに立っていたのは、淡い金髪に青い大きな花柄のドレス姿の、とても見覚えのある美貌の女性。

「ごきげんよう」

挨拶をしながら艶《あで》やかに微笑んだその女性は、サイラスに婚約を破棄されたばかりの、エリス・タウナー伯爵令嬢、その人だった。

あれ？　シュラバーツ殿下は謹慎という名の実質幽閉状態なのに、エリス嬢は自由に出回っているのか？　てっきり自宅謹慎程度のお咎《とが》めくらいは言い渡されたものかと思っていたのだが。

そう思いつつ横目でサイラスの様子を窺《うかが》うと、彼はわずかに眉根を寄せている。しかしさすが紳士なだけあって、それをすぐに消すとエリス嬢に挨拶を返した。

「ごきげんよう。あの夜以来ですね、エリス嬢。お元気そうで何より。それで、どうしてここに？」

だが一方のエリス嬢はそれには答えず、サイラスの腕に囲われている俺を訝《いぶか》しげに見据えた。

「ひどいですわ、サイラス様。わたくしとの婚約をあんな風に破棄して、本当にそんな方と？」

そんな方とは、むろん俺のことである。『そんな』で悪かったなと、少しカチンときたが、いやいやと思い直した。

女性の何気ない失言に目くじらを立てるほど、俺は狭量な男ではない。耐えろ。

気に留めない風を装って、とりあえずは微笑んで挨拶を口にしようとした……のだが、サイラスは違った。

「……口の利き方に気をつけたまえ」

聞いたこともないような、低く平坦な声。

驚いてサイラスを見ると、彼は無表情でエリス嬢を見ていた。見た者を凍らせてしまいそうな冷たい目だ。

日頃穏やかな表情を崩さないサイラスのそんな表情に、エリス嬢はようやく自分の失言に気づいたようだった。

が、青ざめながらも唇を引き結んで、俺に謝罪することはしない。逆に、ギロリと俺を睨みつけてきた。なんだか面倒な予感がする。

以前会った時にも感じたのだが、エリス嬢のすごさは、たった一言で相手を苛立たせる才能にあると思う。もしかしてそういう血筋なのだろうか。

普通は、何かを思ってもすぐには口に出さないものだ。

特に貴族たちは悪口でも遠回しに表現するし、露骨な言葉を使わず語彙力でマウントを取り合う。……まあ、見苦しいことには変わりないのだが。

そういう点で言えば、エリス嬢はよく言えば正直、悪く言えば馬鹿だ。なまじ美しく生まれたゆえに盛大に甘やかされて育ったと聞くが、親のタウナー伯爵を見れば納得の仕上がりではある。

それにしても、と俺がエリス嬢を見ると、フンとそっぽを向かれてしまった。

なんか、本当にすごい。

普通、婚約破棄などされたら男女の別なく意気消沈したり、羞恥で外を出歩くことすらままならなかったりすると思うのだが……目の前の彼女はすこぶる元気そうだ。

しかも、破棄されるに至った理由が、『複数の異性関係による不貞』という自身の不始末だというのに、いっこうに悪びれる様子もない。それどころか、まるでサイラスに一方的に捨てられたかのような口ぶりである。

さすがは『破棄をせめて解消に』と食い下がったタウナー伯爵の娘だと妙な感心をしてしまう。

しかし、彼女は悪い意味で顔が知られた有名人だ。一体どんな思惑で被害者面をしているのだろうか。よもや、少しでも立場を挽回しようという魂胆なのではあるまいな？

たしかに今の状態では、国内ではまともな嫁ぎ先などないだろう。

話し合いの時は父親の横でしおらしく俯《うつむ》いていたというが、おそらく国王陛下の前だったからというだけで、実際には反省なんかしていないのでは……

そんな俺の推測の正しさは、次に彼女が発した言葉が証明してくれた。

「やはり前々から、その方に心移りされてらしたのね。だからわたくしを捨てたかったのでしょう？　まるでわたくしを多情な淫婦かのように仕立て上げて！」

これには俺もサイラスも、客の令嬢たちも給仕に出てきていた店の従業員もポカーンだ。

そりゃそうだろう。仕立て上げるも何も、エリス嬢の多情さはれっきとした事実である。本人は隠していたつもりかもしれないが、彼女がいろんな男と親密にしている光景は、至るところで目撃されているのだ。

平民らしき服装の男と物陰で口づけをしていたり、顔をベールで覆っただけの変装未満の出で立ちで貴族らしき男性と連れ立って宿屋に入ったり。この件については、俺たちの同級生でも数人、彼女の浮気相手になった者がいると判明し、彼らからの証言も取れている。

今回の婚約破棄騒動が新聞の紙面を賑わせたのは、そういったエリス嬢の日々の行いがあればこそだった。

あの舞踏会《断罪パーティー》の翌日の朝刊なんかすごかった。

『不実な婚約者に悩まされていたアクシアン公爵令息と、そんな彼を支え続けた親友・リモーヴ子爵令息。～クラスメイトは見た!! お二人の間に生まれた友情以上の熱い想い～』

『悪辣《あくらつ》な婚約者の非道の陰で育まれていた、令息同士の美しく秘めやかな絆。～私が君を幸せにする～』

ぼんやりしていた俺の記憶にもバッチリ残るほど、そんな感じの暑苦しかったり妙に悩ましかったりする見出しが紙面を乱舞していた。

サイラスだけではなく、俺の特集記事までもが写真付きで掲載されており、それを含み笑いの父上から無言で手渡された時には、思わず天を仰いだものだ。

いや最初の一番長い見出しのやつ、アルタス社だよね？ 見出し作成にマルセル介入してない？

この何かを見たらしいクラスメイトって、完全にマルセルじゃない？

いやもうほんと、しつこいようだが、誤解だ。

サイラスはともかくとして、俺側に『友情以上の熱い想い』とやらは生まれていないし、今後も生まれる予定はない。秘めやかな美しい絆とはどんな絆だ。普通の友情の絆だって美しいぞ……

記憶にそんなツッコミを入れていた俺は、エリス嬢のキンキン声で現実に引き戻された。

「昨日と今日の新聞記事なんか、本当にひどいものでしたわ。まるでわたくしだけに原因があるかのように書き立てて！　いつまでも婚約者の座に縋《すが》り付いてお二人の邪魔をしていた悪女のような扱いでしたのよ！」

なんてことだ。新聞記者連中め、エスカレートしているじゃないか、けしからん。

まったく一体どこの何タス社なんだろうな。

思わず苦虫を噛み潰したような顔になってしまった俺とは対照的に、サイラスはなぜか上機嫌になった。

しかし機嫌が良くなっても、彼の口から出た言葉は容赦のないものだった。

「いや、新聞というのは実に上手く言うものだ。まったくもってその通りじゃないか」

サイラスは俺の首から腕を解くと、席の横にすっと背を伸ばして立つ。テーブルを挟んで立っているエリス嬢とは、真正面から対峙する形となった。

「なんですって？」

笑いながら言ったサイラスに、エリス嬢がムッとした顔で聞き返す。

君って娘は、本当に豪胆なのか馬鹿なのか。いや後者か。

「先ほどから聞いていると、令嬢は今回の件は私が証拠を捏造したとでも、おっしゃりたいのですか？」

サイラスが頬を指で掻きながら、エリス嬢に向かって首を傾げる。

そんな彼を見たエリス嬢は、先ほどまでの勢いとは打って変わって歯切れ悪く答えた。

「すっ、すべてが偽りだとは、申しませんけど……！」

サイラスはそれに、左の眉をピクリと吊り上げたあと、やれやれと呆れたように溜息をついた。

「いやいや、シュラバーツ殿下を含む男性五人と同時進行していたのは紛れもない事実のはずですが、提示した証拠では足りませんでしたか？」

言いながらサイラスの目が、キラリと光る。俺はそれに気づき、まずいと思って止めようとしたが、そうするより早くサイラスの言葉が続いてしまった。

「なんなら関係者全員、今ここで呼びましょうか？　それとも名誉毀損として裁判所で争いますか？　その場合なら証人として呼ぶことになりますから、伏せていたシュラバーツ殿下以外の方々の身元も明らかになってしまうでしょうね」

「え、それはぁ……」

突然始まったサイラスの口撃に耳と思考が追いつかないのか、エリス嬢は目を白黒させている。

だが、それで彼が手を緩めるわけもなかった。

「となると、彼らの婚約者も巻き込む形になるでしょうが、その覚悟はおありか？　ああ、貴女《あなた》に身に覚えがなく、あくまで清廉潔白だと言われるのならばそれは杞憂でしょうか」

「え、あの、その……」

「その際には再び陛下にもご臨席していただくことになるでしょう。その御前でも今しがたの主張をなされるのですね？　令嬢がご自身のなさったことを省みる気もなく結果に不服とおっしゃるなら、裁判で白黒つけるのも私は一向に構いませんよ」

「うっ……」

淡々と、粛々と。立て板に水を流すように、サイラスはエリス嬢に告げる。

いや長い。セリフ長いぞ、サイラス。君の肺活量がすごいのは知ってるが、もう少し手加減してやれ。

片や、エリス嬢の様子はと視線をやると、裁判や証人、名誉毀損、陛下、という不穏なワードが刺さりまくったのか、完全に顔が強張《こわば》っていた。

だから、やめておけば良かったものを……。君の頭では、何をどうしたってサイラスを相手にするのは無理だ。

八年間も婚約関係にあったのならば、そんな難癖が通用する相手かどうかくらいは把握しておくべきだった。

たしかに普段のサイラスは、紳士的で優しく、滅多に苛立ちや怒気を表したりはしない、貴族の鑑《かがみ》である。しかし一旦感情のゲージが振り切れると、どんな手段を用いてでも相手を追い込む性質があるのは、近しい者なら皆知っている。

しかもこう見えて、かなりの粘着質。もちろん、滅多に発揮されることはなく、俺も過去に二度ほどしか見たことはない。

なので正直、アクシアン家に泥を塗る真似をしておきながら、タウナー家があの程度の制裁で済んでいるのは、すごく意外だった。

断罪されたもう片方のシュラバーツ殿下が北の塔に収監されたと聞いたから、なおさらだ。

北の塔といえば、昔は罪科を犯したり正気を失ったりした王族を、死ぬまで幽閉したと有名な王族専用隔離施設だ。罪人とはいえ王族が入るというのに、夏でも寒く、冬などは壁や床が凍るように冷たくなり、食事も必要最低限で衛生環境も劣悪だともっぱらの噂である。

王子であるシュラバーツ殿下がそんな措置を取られているのに、同罪であるはずのエリス嬢が何食わぬ顔で出歩けているのは、一体どういうわけなのか。

おそらくそれが、サイラスなりに情けをかけた証に他ならないと思うのだが、まさか彼女は自らそれをぶち壊すつもりなのだろうか？

であるとすれば、ものすっごいバ……いや、見上げた気骨。

しかしそれだけの気骨をお持ちならば、これから起こるであろうサイラスのネチネチタイムにもきっと自力で耐え抜くだろう。ある意味安心した。頑張れエリス嬢。

傍観を決め込むことにした俺は、新しく給仕された茶を飲み、焼き菓子を摘んで口に運んだ。

うぅむ、このクッキー、小ぶりながらヘーゼルナッツの香りが香ばしい。エリス嬢の言動も香ばしい。

一時的に静まり返っていた店内だったが、再びサイラスの声が響いた。

「五十三人」

不意に出た謎の数字に、俺とエリス嬢、そして居合わせた全員が首を傾げる。

そしてサイラスは、また淡々と続きを語り出した。

「まあ、いちいち数えたりなどしませんか。では教えて差し上げよう。これは、貴女《あなた》のお相手の人数です」

居合わせた人々が同時に息を呑む気配がして、強張《こわば》っていたエリス嬢の顔からは、さらに血の気が引いていく。

「私が把握しているだけでも、五十三人。漏れがあるとしても大した数です。貴族のみならず、商人の息子や庭師、馬丁などなど、令嬢の恋のお相手は実に多彩だ。そりゃあ人目にもつくし、噂にもなるでしょう。貴女《あなた》は見た目だけは華やかで目立ちますから。おかげで私は、いい笑いものでした」

ふっ、と嗤《わら》いながら言い終えた彼の目は、まったく笑ってはいない。よくもコケにし続けてくれたな、と言わんばかりの、報復の炎を宿した目だ。そんな視線を一身に受けているエリス嬢は、蛇に睨まれた蛙の如く、ぷるぷると震えているばかりだった。

同時に店内のあちこちから、ほう、と感嘆なのか驚嘆なのかわからない小さな溜息が漏れ聞こえてきた。改めて見回すと、客が数組増えている。その中には男性客も数人見え、わかりやすくざわついていた。

『うわ、五十三人だって』

『すごいな……』

『サイラス様、おかわいそう』

おお。これは明日の朝刊の一面もまた、エリス嬢が独占の予感がするな。

それにしても、サイラスがエリス嬢と婚約したのが八年前で、浮気が始まったのが四年前。

つまり五十三人というのは、四年間で叩き出された記録なのである。ごく短期間、あるいは一夜限りの関係、かつ同時進行。

どうにせよ、とんでもない数字だ。サイラスでなくとも、こんなの無理だろう。

エリス嬢のおつむと下半身のやんちゃぶりに、食欲がげんなりと失せてしまう。あまりに並外れた色狂いは男でも問題視されるものなのに、まさかうら若き未婚の令嬢がそうとは前代未聞だ。

これがまだ、一人の男性との真剣な関係だったならば、少しは見方も変わったのだろう。幼い頃に親同士が取り決めた婚約に納得いかず、婚約者との仲を深められないという話は、わりと聞く。そんな彼ら彼女らが、ひょんなことで出会った好みの異性に恋心を抱いてしまったとしても、それを責めるのは酷というものだ。

しかし、エリス嬢のこれはそういう類のものではない。他人のパートナーを自らの享楽を満たすためだけに盗み続けてきたのにも、自分の婚約者を裏切り続けていた行為にも、同情できる余地はない。

しかもエリス嬢は、顔を真っ赤にしたり青くしたりしながらも、未だ懲りずに俺とサイラスを睨みつけてくる。

そんな彼女に、サイラスはダメ押しの一言を言い放った。

「令嬢がどういうおつもりで今更仕掛けてきたのかは知りませんが、私は元々、他人の使い古しのぼろ雑巾《ぞうきん》を伴侶にする気はありませんでした」

「お、おいサイラス」

「わ、わた、わたくしが、使い古しのぼろ雑巾《ぞうきん》……？」

その表現はあまりに禁句では。

そう思った俺のフォローはしかし間に合わず、ドレス姿のエリス嬢は膝からくずおれた。

決着は、サイラスの圧勝であった。

まあ、そりゃそうだ。脳みその代わりにおがくずが入っているような者の浅知恵をねじ伏せるなど、サイラスには赤子の手を捻るが如し。

勝負ははなから見えていた。

エリス嬢の嗚咽《おえつ》が聞こえ始めると、彼女についてきて廊下に控えていたらしい侍女が駆け寄って、その肩を支える。サイラスはその様子を冷たい目で見下ろしたあと、座っている俺に笑顔を向けた。

「ああ、茶を飲み終えたようだな。では、帰ろうか」

「あ、うん。そうだな」

思わず頷くと、サイラスは椅子を後ろに引き、手を取って立たせてくれた。

やめろ。俺に対して紳士ぶりを発揮するのは。

令嬢と侍女のそばをすり抜けざま、小さな声で「次はないぞ」と囁《ささや》いたサイラスの声は、まるで地獄の魔王のようだった。


建物を出ると、例の如くアクシアン家の馬車が店の前に待機していた。

貴族専用店のこのカフェには隣接した馬車の待機所があるため、馬車の用意はいつにも増して迅速だったようだ。素晴らしい。

「このまま家まで送ろうか？　それとも我が家に泊まりにくるかい？」

馬車に乗り込むと、サイラスが笑顔を浮かべながら冗談めかして聞いてくる。が、顔を見てみるとその目はまったく笑っておらず、背筋にゾクッと悪寒が走った。

求婚相手を自宅宿泊に誘う……それ、家に行ったが最後、完全に手籠めコースだろうが。全然笑えないぞ。

しかし俺も、一応は貴族の端くれ。動揺をいつもの笑顔で押し隠して返事をする。

「えっと……それはまたの機会にな」

「そうか？　残念だ。では送るとしよう」

サイラスが御者《ぎょしゃ》に「リモーヴ邸へ」と短く告げると、馬車はゆっくりと動き出した。

「はは……いつも悪いな、助かるよ」

「なんだ今更、水臭いな」

俺の乾いた笑いに綺麗な笑みで返してきながら、サイラスは太腿に乗せた俺の手に、そっと手を重ねてくる。

こ、これ払い除けたら、サイラスは傷つく……よなあ？　でもこのグイグイくるの、許して大丈夫だろうか。やばくない？　エスカレートしていく気しかしないんだけど。

困ってしまう。いくらサイラスが超絶美形でも、男は困るな……

胸の中には困惑の嵐が吹き荒れるも、動揺を悟られまいと笑顔を作る。するとサイラスは、俺が拒否しないことに安心したのか、とんでもない行動に出た。

「アルの手指は男らしく筋張っているけど、しなやかだな。とても好ましい」

「えっ、そ、そう？」

俺の手の甲に浮き出た血管を指先でなぞりながら、サイラスは必要以上に密着してきたのだ。

体温で温められた香水のいい香りが鼻を掠《かす》め、不覚にもドキッとする。

木々生い茂る深く静謐《せいひつ》な森の中に、甘い芳香を漂わせながら咲き誇る花々のような香りだ。

それだけでも落ち着かないのに、耳や首筋にサイラスの吐息がかかって、さらに心拍数が上がる。

最近一気に距離を詰めてくるので、本当に心臓に悪い。

どうしたものかと思っていると、彼は耳元で囁《ささや》いた。

「いい匂いがするな」

「っ！」

一瞬、心を読まれたのかと思った。

(だから、近いんだって……！)

「と、とくに何もつけてはいないんだが」

ドギマギしながら答えると、今度はあからさまに首筋や髪を嗅がれた。

「うん、そのようだな。どうせ私が贈った香水は、棚の飾りになっているんだろう？」

図星を指され俺はギクッと肩を震わせた。

たしかにだいぶ前、サイラスの纏《まと》う香りを褒めたら、翌日その香水をプレゼントされたことがある。

せっかくなのでと試してみたのだが、俺にはしっくりこなかった。あまりにも華やかすぎて、地味顔が香り負けしてしまったのだ。

結局、その美しいクリスタルのボトルは、主と同じ地味な部屋に飾られることになった。香りも人を選ぶのだと知った、ほろ苦い思い出が瞬間的に蘇った。

「それについては何度も言っただろう。あの香水は君には似合うが、俺には華美すぎたんだ。……ちょ、近いぞ」

思い返しながらやんわりと咎《とが》めたら、サイラスは余計に体を寄せてきた。やめるどころか、ますますあからさまに髪に顔を埋《うず》めてくる。

やめろ。頼むから、嗅ぐのはやめろ。朝にちゃんと湯浴みはしたが、もう半日以上経過しているからそこそこ汗をかいてる。言うほどいい匂いなはずがない。

というか、そんな上品な顔しといて、俺の匂いをめちゃくちゃ気にするの、なんなんだ。

「……香水は使ってないが、アクス石鹸は使ってる」

諦めがちにそう言うと、サイラスは妙に満足そうに笑った。

アクス石鹸とは、アクシアン領内のとある村で製造している石鹸なのだ。オリーブオイルを主成分に様々な植物との組み合わせで作られた、お肌に優しい人気の石鹸である。もちろん、とっっってもお高くて、本来なら我が家などでは手の出せない超高級品だ。

しかしサイラスの厚意により、ウチにはそのアクス石鹸が定期的に届けられている。

家族分として何種類も大量に届くので、俺はその中で一番クセのない、野の花のように仄《ほの》かな香りのものをもう三年以上も愛用しているのだった。

「だから、いい匂いがするってなら、それじゃないのか」

そう答えると、サイラスは俺をじっと見つめて、ニヤッと意味深に笑った。

「君の体を撫でた泡の香りなんか、とうに消えてるよ。君は素の匂いのほうがずっとそそられる」

「……そうか」

どう返して良いのかわからず、精一杯平静を装って一言だけ返しながら、内心頭を抱える。

だよな～、石鹸の香りなんかそんなに長持ちしないよなぁ～。

え？　じゃあ、マジで純粋に体臭？　俺の体臭が好きって言ってる？　こいつ正気かな？

思わず遠い目になってしまう。

――父上、尊敬する父上。

あなたは俺がサイラスに求婚されたのを、『でかした！』とおっしゃいましたよね。

我が家のような弱小貴族が、筆頭公爵家のアクシアン家と繋がれると思ったゆえの言葉だったのでしょうが、あの瞬間から俺のあなたに対する尊敬に影が差しました。

なのに父上は、『サイラス公子は美しいからいいではないか』『一途なお方だから、実直にお前だけを愛してくださるぞ』『男同士？　愛があるならいいではないか。要は慣れだ、慣れ』なんて、そんな言葉ばかりを何度も何度も、俺を洗脳するかのようにおっしゃった。

しかし私は、父上に問いたい。

あなたは親友に体臭を嗅がれて、「そそられる」などと言われたことはありますか？

ガタゴト揺れる馬車は絶賛、街中を進んでいる。

そんな車内で、サイラスの醸し出す甘い空気。気まずくて換気したい。

求婚以来、彼は人目のある場所でも接触してくるようになったし、はっきりと好意を示してくるようになった。二人きりならもう遠慮すらない。

以前にも増して大事に扱われているのは感じるが、嬉しいというより複雑な気持ちだった。

サイラスの中では、すでに俺が求婚に応じたことになっていて、それは多少抗議した程度ではびくともしない。まあそれについては、未だにそれを訂正も撤回もできない俺が悪いのだが……

どうにかサイラスを傷つけずに断る術《すべ》はないものだろうか。

それとも彼の名誉のためには、世間のほとぼりが冷めるまでの間、婚約者に甘んじるべきなのか。

しかしそれでは、長々と期待だけさせて結局ガッカリさせることに……

「アル、どうした？　気分でも悪いのか？」

考え込んでしまっていたら、サイラスに顔を覗き込まれた。どうやら俺が車酔いでもしたのかと心配してくれたらしい。

俺は首を横に振り、唇の両端を上げてみせた。

「慣れた馬車で酔ったりなんかしないさ。さっきの騒動で、少し疲れただけだ」

そう言うと、サイラスは安心したように笑った。

街外れの我が家へ向かうごとに、道が悪くなっていく。それを馬車の車輪のガタつきで感じながら、俺は頭を悩ませるのだった。

……サイラス。

俺が大人しくしてるからって、太腿をさするんじゃない。


整備された街中の道とは違い、木々の間を行く砂利だらけの一本道。それがしばらく続いた先にあるのが、我がリモーヴ家の屋敷である。

とにかくかなり古く、建物自体も小さく、ろくに補修も行き届かずで、今どきの貴族の屋敷としてはかなり質素と言える。街中の平民の商売人のほうが、まだいい家に住んでいるくらいだ。

曽祖父の代までは領地経営も順調だったらしいのだが、祖父の代で投資に失敗し、父が継ぐ頃には抵当に入っていた別荘や領地の大半を手放さざるを得なくなり、徐々に端に追いやられ、今やこのありさまだ。

この屋敷だって、何代も前のご先祖様が趣味用に建てた小別邸だったらしい。

まさに、絵に書いたような零落《れいらく》ぶり。貴族としての体面が保てているのかすら、かなりあやしい。

唯一の幸運といえば、元の領地自体が首都からわりと近めだったということくらい。そこで、わずかに残せた土地に作物を作りつつ、家族と使用人たち皆で細々と暮らしているという感じだ。

とはいえ、ウチはまだマシなほう。貴族というものは、一見揺るぎない特権階級に見えて、実に様々な要因で凋落《ちょうらく》の憂き目に遭うものだ。

派閥争いでの敗北や自領の不作、その他諸々の理由で、財を失う。

中には借金が嵩みすぎて屋敷や領地を手放したり、それがきっかけで爵位すら保てなくなって平民落ちする家だってあるのだ。

後継者教育に失敗した家などは、特にその危険性が倍増する。

タイムリーな例で言えば、エリス嬢が不始末の限りをしでかしたタウナー家なども、そうなる可能性がある。あちらはこれから大変だろうなぁ。

そんな考えに耽《ふけ》りながら車輪の音を聞いていると、徐々にゆっくりになる。

やがて馬車は、簡素な門扉《もんぴ》の前に停まった。

とりあえずは我が家に到着である。門の前には、すでにリモーヴの家人が待ち受けていて、馬車の扉を開けてくれた。

「サイラス、いつもありがとう、助かったよ」

俺がそう言いながら馬車から降りると、サイラスも続いて降りてくる。

「お帰りなさいませ、坊ちゃま。お荷物を」

鞄を受け取ろうと両手を差し出しながら出迎えてくれたのは、家令のレイアード。

かれこれ勤続三十年になる、我が家自慢のイケオジ家令である。父上よりいくつか歳上で、先代家令の息子でもある彼は、正直父上よりも頼りになる存在だ。

「うん、今帰った」

返事をすると、レイアードは俺の隣に立つサイラスに向かって深々と頭を下げた。

「本日もアルテシオ坊っちゃまをお送りいただき、ありがとう存じます、サイラス公子様」

「やあ、レイアード。好きでしているのだから礼には及ばないといつも言っているだろう」

レイアードの礼にサイラスが笑いながら答えるのも、見慣れた光景だ。

いつもならそのやり取りを終えると大概は、『ではまた明日』とか『また来週』などと言って帰っていく。

だが、今日はいつもとは少々違った。

サイラスは屋敷のほうを窺《うかが》いながら、口を開いた。

「リモーヴ卿はご在宅だろうか」

「……はい、旦那様は執務室においでになります」

常とは違う展開に、レイアードは一瞬だけ虚を衝《つ》かれたように沈黙したが、すぐに冷静に返す。

「急で申し訳ないが、お顔を見られないものだろうか？」

ええっ？　そうくる？

俺が『たまには茶でも飲んで行くか？』と言わない限りは寄ろうとしないのに、寄り道をしていつもより遅くなった今日に限って、自分からそんなことを言い出すなんて。

嫌な予感に、俺の胸はざわついた。

「いやね、アルに求婚したというのに、その父君であるリモーヴ卿には、あれから忙しくて不義理をしてしまっていただろう？」

サイラスは優雅に右手を口元に当てて微笑む。

「今週中には正式に書面にて申し入れをさせていただく手筈は整えているのだが、取り急ぎご挨拶だけでもしたいと思ってな。何、ご多忙のようなら出直すが、せめて持参した手土産はお渡ししたい」

はい出た。やっぱりそういうことか。

笑顔で滔々《とうとう》と自分の要望を述べつつ、手土産をちらつかせるという、使う人間を選ぶ技。有無を言わさぬ微笑みとの抱き合わせで、相手に断る余地を与えない高等テクニック。

しかし、手土産とはなんだ。車内にそんなもの乗っていただろうか？

そう思いながら首を傾げていたら、今しがた俺たちが帰ってきた道を、別の馬車がやってくるのが見えた。いつも乗せてもらっているサイラスの専用馬車よりサイズは小さいが、黒塗りの車体の扉には公爵家の紋章がある。

「え？　別の車？」

「おお、ちょうど来たな」

シレッとしたサイラスの声に、どういうことかと怪訝《けげん》な顔を向ける。

すると、彼は少し笑いながら説明してくれた。

「あれは、我が家で贈り物などを運ぶ用に使っている馬車なんだ。割れ物なども運べるような仕様にしてある」

「へえ～……」

「中は座席ではなく、緩衝材としてクッションを敷き詰めてある。だから、人が乗るには不向きだな」

「ふ、ふ～ん」

贈り物を運ぶだけの馬車？　荷を運ぶ、ではなく、贈り物を届けるためだけの？　そんなのあるの？　高位貴族ってそうなの？　それともアクシアンだから？

というか、そんなのが一体どの辺からついてきてたの？　全然気づかなかったわ～。

なんというか、人間が乗る馬車を辛うじて一台のみ所有できてるだけの我が家には、そういう贅沢さはちょっと想像しづらいんだよな。

ちなみに俺は、学園に入学してしばらくは、その当時ウチにあった超簡素な馬車で通学していた。

しかしある日その超簡素馬車で帰ろうとすると、なんと車輪が外れてしまった。走り出して間もなくのことだったから良かったものの、街中の道路に出ていたらあわや事故を起こすところだった。

もちろん、家の者は日頃から整備には気をつけていたのだが、如何《いかん》せん車体が古すぎたのだ。

そして、ちょうどその場に通りかかったのが、その頃少し親しくなりかけていたサイラスが乗った、アクシアン家の馬車だった。

彼と彼の従者は、難儀している俺や途方に暮れていた御者《ぎょしゃ》たちを助け、我が家へと送り届けることに尽力してくれた。

そしてそればかりではなく、なぜか翌朝早くに再びウチにやってきたのだ。自分の乗った馬車の後ろに、シンプルだが真新しい馬車を引き連れて。

『客人の送迎用に使っていた内の一台なので、そんなに贅《ぜい》を凝《こ》らしたものではありませんが、使用頻度は少なく質の良いものです。ぜひリモーヴ子爵家でお使いいただければ……』

そんなことを言いながら、サイラスは笑顔で馬車を指し示したのだ。俺たち家族は、馬車を見てポカンとしてしまった。

しかし、助けてもらった上に、ガタのきた馬車の代わりに新しい車体をいただくわけにはいかない。

我に返った父や母を始めとして、使用人一同も恐縮してしまい、それは俺も同じだった。まだ小さかった妹などは事態をよく呑み込めておらず、ピカピカの馬車を見上げてはしゃいでいたが、当然、固辞だ。

しかしサイラスは、天使の如く微笑んでこう言った。

『アルテシオ君は私の学友で、私は彼と話せる時間が楽しいのです。ですので、大切な友とそのお身内の方々には、いつも安全でいていただきたいのです』

俺たち家族は、数少ない使用人たち共々、雷に撃たれるような衝撃を受けた。

なんたる。なんたる謙虚。かつ優しく、施しと感じさせぬ気遣い。これが本物のノブレス・オブリージュ……

すべてのレベルが違いすぎる。同じ十三歳とは思えぬ風格は、王家に準じる高位貴族家の育ちゆえなのか、はたまたサイラス本人の資質か。

とにかくその時の俺は、彼の行動に深く感銘を受けたのだった。

そうしてありがたく受け取った馬車は、今でも我が家で大切に使わせてもらっている。しかし、俺がその馬車に乗って通学したことは、ほぼない。

なぜならその日から、俺はサイラスの厚意により、彼の専用馬車で送迎されるようになったからだ。

手間や時間がかかるだろうからと断っても、サイラスは毎朝俺を迎えにきた。そうして今まで五年近く、それが続いている――

そんな記憶を巡らせている間に、贈り物を運ぶ用の馬車とやらが、サイラスの馬車の後ろに停まった。

御者《ぎょしゃ》と一緒に来た従者が馬車の扉を開け、中から綺麗に包まれた箱を取り出す。そしてそれを胸あたりに捧げ持ちながら、静かにサイラスに歩み寄り、その横に立った。

サイラスは従者が持つ箱を手で示しながら、俺とレイアードに笑顔で言った。

「これ、私の叔父の領地から送られてきた、珍しい品種のぶどうで作られたワインなんだ。ぜひお義父《とう》様にも味わっていただきたくて、こうして私たちの下校に合わせて運ばせたというわけだ」

「そ、そうか。そんな貴重なものをありがとう……父上も喜ぶだろう。ぜひ、上がっていってくれ」

そう答えながら、妙な違和感に襲われる。

レイアードが父上に伝えるため、急ぎ足で屋敷に向かっていく。その後ろ姿を見送りながら、俺はその違和感の正体に気づいた。

サイラスのやつ……さっき父上のこと、お義父《とう》様って言った……

我が家ではサイラスを迎える時、屋敷の中では比較的マシな客間を使うことにしている。茶を振る舞う時も、勉強会をする時でも、決まってその客間だ。

今日もいつもの客間に案内し、メイドに茶の用意を言い付ける。

テーブルにカップが並び始めたところで、扉越しの廊下から忙《せわ》しない足音が聞こえてきた。

「ようこそぉ、サイラス様!!」

扉を開けて入ってきたのは父上、その後ろからレイアード。

父上は満面の笑顔だが、レイアードはめちゃくちゃ息切れしていた。いつもの澄ましたイケオジ顔を維持できないくらいの、半端ない息切れだ。

よほど急いで伝えにいってくれたんだな。たまにお茶に寄ってくだけの時とは事情が違うものな。無理させてすまん。

父上が来たことでサイラスも立ち上がり、笑顔で挨拶を返した。

「しばらくぶりです、義父上《ちちうえ》。本日は急に寄ってしまいまして申し訳ございません。もっと早くご挨拶に伺いたかったのですが」

あっ、コイツ今度は『義父上《ちちうえ》』って言った!!

慌てて父上の様子を窺《うかが》うと、そちらもそちらで満更でもなさそうな顔をしている。

ダメだ、完全にその気だ。父上のお調子者!

「いやいや、なんの。例の件でいろいろと立て込んでらっしゃるのは聞き及んでおりますゆえ。こちらにいらっしゃるのはいつでもよろしかったのですぞ」

父上はサイラスにそう返して、満面の笑みを浮かべた。もう、ニッコニコだ。完全に俺を嫁に出す気だ。未来のアクシアン公爵の義父になる気満々だ。

万が一俺がサイラスと結婚したとしても跡継ぎは産めないから、立場としては微妙になるというのに。

浮かれてないで少しは冷静に考えてほしい……いや、跡継ぎを産めないのを残念に思っているとか、そういうことではないけれど。

そんな俺の心中をよそに、稀少なワインを贈られた父上は、ものすごく上機嫌だった。

箱から出したワインボトルを嬉しそうにテーブルに置き、茶を飲みながらサイラスと談笑している。二人の会話が弾みすぎて、サイラスの隣に座っている俺は、ほとんど口を挟むことができずにいるほどだ。

だが、いよいよ話が核心に迫ってくると、俺も黙ってはいられなくなってきた。

「今週中には正式な婚約の申し入れを予定しております」

サイラスがそう切り出したのを機に、俺はすかさず話に割って入った。

「あの、さ。今回の件、本当のところ、公爵様はなんておっしゃってるんだ？　さすがに公妃様が子も産めない男は～、とか反対されてたり……」

実父をあてにできない俺は、サイラスの父である現アクシアン公爵に一縷《いちる》の望みをかけている。

たしかにこの国では同性婚が許容されてはいる。だが、実際にそれをしているのは、後継者問題とは直接関係ない立場の者である場合がほとんど。

あるいは、家同士の関係を結びたいが、片方に適齢期の異性がいないといった場合、同性同士で形だけの婚姻をさせられることはある。

前者のケースは相思相愛だが、後者は完全な政略結婚ゆえに恋愛感情が生まれにくく、互いに愛人を持つということも珍しくないそうだ。

よって跡継ぎは、それなりの貴族家から別に迎えた異性の側妾が産むことになる。

そういった事情から、おそらく俺と結婚するとなった場合、サイラスにも側妾があてがわれることになるだろう。

しかし、ここで非常にナーバスな問題が出てくる。本妻の俺の出自が子爵家であることで、それ以上の爵位を持つ家から側妾を迎えにくくなるのだ。

というより、そもそも鼻っ柱の強い高位貴族のご令嬢が、自分より身分の低い正妻以下の序列に納得して嫁いできてくれるとは思えない。

かといって、王家に連《つら》なる由緒正しい血筋と家格であるアクシアン家に、あまりに低い爵位の家の血は入れるのもよろしくない。ゆえに、サイラスの側妾探しは難航すると予想される。

自分で言うのもなんだが、俺という存在が公爵家に何一つメリットをもたらさないのは明らかだ。

それを享受するのは、ただただ俺の実家であるリモーヴ家だけ。最初から格差があるから、互恵性などは求められていないにしても、これではあまりにも一方的すぎる。

そんな実のない婚姻を、あの厳格そうなアクシアン公爵が容認するとは、どうしても思えなかった………のだが。

「ああ、父上とはもう話がついている。陛下もアルのことはお認めになったからな」

「えっ……嘘、だろ？」

サイラスがあっけらかんと言い放った言葉に、俺は耳を疑った。

（話がついている？　そんな馬鹿な……）

「ど、どういうことだ？　側妾に来てくれる令嬢にあてがあるのか？」

俺が動揺しながらもサイラスに聞き返すと、彼は首を傾げた。

「側妾？　なんのことだ」

「だって、跡継ぎである君は子供を作らなきゃいけないだろう」

「アル、君という奴は、そんなことを心配していたのか」

焦りを隠せなくなってきた俺と、俺を見て表情を蕩けさせるサイラス。

やめろ。違う。俺をそんな目で見つめるのはやめろ。

そうして父上の前で俺の頬を愛おしげに撫でたサイラスは、信じられない言葉を吐いた。

「安心してくれ。私は浮気などしないし、妾など持たない。生涯アル一穴主義を貫くと誓う」

「いや、そういう話ではなくてだな……えっ？　お、俺一穴主義!?」

「そう。生涯この腕に抱くのも私の性器を挿入するのも、アル一人だということだ」

「は……………」

唖然として言葉を失くす。

お、おま、お前……そんな大天使みたいな麗しい顔でなんという言葉を放つんだ。しかも、俺の親の前で。誓わなくていい、そんなもん。恐ろしい奴だな。

それに俺は、浮気の心配などは一切していない。単純に、アクシアンの血筋を心配しているのだ。

しかしそんな俺の心は、サイラスには上手く伝わってはいない模様。そして、やはり抱かれるのも、俺な模様……

（……マジかぁ）

薄々わかってはいたが、はっきり言われてしまうと一段とダメージが深い。俺はしばし息を整えて、再びサイラスに質問した。

「……では、一旦跡継ぎ問題は横に置いておくとして。公爵閣下は本当にご納得されてるのか？　せめてもう少し落ち着いてからとか、おっしゃってたりしないか？」

大体、エリス嬢との婚約破棄から俺との婚約までが早すぎる。実は俺との婚約はサイラスの暴走で、公爵は困っておられるのでは？

（そうだと言ってくれ……！）

しかしそんなわずかな期待は、サイラスの答えで儚く散った。

「大丈夫だ。父上には、私はエリス嬢に手酷く裏切られて、重度の女性不信になったと言ってあるし、それに」

「……それに？」

ごくり、と唾を飲み込む俺と父上、そしてその後ろに控えているレイアード。

サイラスはそんな俺たちを見回しながら、笑顔で言った。

「もしアルとの婚約にとやかく言うようなら、駆け落ちするか一緒に修道院に入るか、心中すると言っておいた！」

曇りなき笑顔のサイラスに、俺はもう言葉が出てこなかった。

駆け落ちに、修道院に、心中。

唯一の跡取り息子にそんなことを言われたアクシアン公爵のご心中たるや……察するに余りある。

しかし公爵は息子の目を見た瞬間に悟ったのだろう。その言葉が、単なる冗談や脅しではないことを。

なぜならサイラスは、穏和でありながら、その実一本気な性質《たち》であり、口にしたことはすべて成し遂げてきた有言実行の男だからである。

……あっ、俺、詰んだかも……

◇◇◇

翌日から俺は、本格的にサイラスとの婚約撤回作戦を開始することにした。

これまでサイラスの押しに流されていた自分を反省している。最悪、正式な申し込みの場で拒否すればいいいと、心のどこかでたかを括っていた。

しかし、俺は甘かったらしい。昨日の話で、それがよくわかった。

詰んだ～、なんて言って流していたら、本当に詰んでしまう。

しかしそれには、サイラスに俺のことを穏便に諦めてもらう必要がある。嫁入りも駆け落ちも修道院行きも心中も、俺は嫌だった。

しかし、その日の昼休み……

「昨日、帰ってからいろいろ考えてみたんだけれどね。跡継ぎ問題はクリアできてるとはいえ、アルがあんなにも気にしてくれるのなら、アルに産んでもらうのもありかなって」

いつも休憩がてら軽食をとる中庭のプラタナスの木陰で、サイラスがそんな爆弾発言をぶちかましてきた。

俺は一瞬、彼が何を言っているのかわからなかった。なので、今しがた聞いた言葉を脳内で反芻《はんすう》し、理解して青ざめた。

「は？　いや……は？」

しかし、そんな俺に気づかないサイラスは、そのまま続ける。

「今から東方の呪術師を呼ぶとしたら、どれくらいで手配できるだろうか……。噂の男性受胎の秘法が本当なら、いくら積んでも構わないんだけど」

やたら凛々しい横顔でそう言い溜息をつくサイラスに、俺は震え上がった。

（本気だ……コイツ、本気で言ってる!!）

心底ゾッとした。

ちなみにサイラスの言う東方の呪術師がどうとか、男性受胎のなんちゃらとかいうのは、我が国から遥か東のほうにある魔術大国ホーンのことである。

その国では、怪しげな術を使って大概のことがアレコレできてしまうと噂だ。大金を積めば老婆が少女になり、死にかけの病人が起き出して全力疾走し、男の腹を子で膨らませることができるという……

とにかく、聞けば聞くほど怪しげで眉唾な話ばかりなのだが、各国の王侯貴族や金持ちなどはそれを信じて、ホーンから大枚はたいて呪術師を呼び寄せると聞いたことがある。

サイラスはそんな国から魔術師を雇い、俺を子供が産める体にしようとしているのだ。そんなの、逃げない男がいるだろうか。いや、否《いな》。

中にはそれを望む奇特な男もいるかもしれないが、俺はそんなのまっぴら御免だ。どれだけ外堀埋められようが、逃げるに決まっているだろう。

百歩譲ってこの身にサイラスのナニを受け入れねばならなくなるとしても、孕《はら》まされて排泄物以上にでっかいものをひり出すのは御免だ。

大体、子を孕《はら》んだとして、産むのはどこからだ？　やっぱり尻か？　尻の穴からか？　出せるとこなんてそこしか見当たらないよな？

いや無理だろう、あんなとこから赤子を出すなんて。産んだ途端に尻穴が裂けるショックか出血多量でこっちが死ぬのではないか。

恐怖。純粋なる恐怖だ。

……いや待てよ？　魔術でということなら、実はポンッと産める手段もあったりして？

いずれにせよ、未知すぎて恐ろしすぎるそんな怪しげな呪術に身を委《ゆだ》ねる気はないし、そんなことをさせようかと口にしたサイラスも信じられなくなった。

跡継ぎ問題を気にしたからといって、なぜ男の俺に産ませようなんて話を思いつくのか。その思考回路が理解できない。

サイラスは話している途中で、俺の顔色が変わったことにやっと気づいたようだ。

「いや、これはまあ、そんな手段もあるらしいという話というだけで、ね。アルの気が進まないのならやめよう。後継の件は本当に気にしなくていいんだよ」

取ってつけたようにそう言われたが、そんなの額面通りに受け取れるはずもない。

サイラスは、いい奴だ。親友としては信用もしている。

だが彼がその気になれば、アクシアン家の家格と権力と莫大な財力とで、貧乏子爵家の息子でしかない俺の身などいくらでも好きに転がせる。文字通り、実力行使で……

(とにかく、取り返しがつかなくなる前に、なんとかサイラスと距離を取らなければ)

しかし、どうやって？

父上を始め、家族はすでにサイラスに籠絡されている。

周囲の友人たちも、サイラスを敵に回してまで、俺を助けも匿《かくま》ってくれもしないだろう。マルセルなんて、率先して俺の居所をリークしそうだ。

改めて、自分の四面楚歌、孤立無援な状況に愕然とする。

そうして中庭での食事を終え、いつも通りアクシアン家の馬車で家に帰った俺は、寝ようとベッドに入ってからも思い悩んだ。

——どう伝えればサイラスを傷つけず、友情を壊さずに済むのか。

しかし寝ずに悶々と考えても、そんな都合のいい答えは出そうにない。

それならばいっそ、小細工なしでストレートに断るか！　五年にわたる友情の日々をこんな形で失うのは忍びないが、だからといって結婚なんてしても、そんなのうまくいくはずがない。

サイラスのことは好きだ。だがそれはあくまで友としての親愛であって、恋愛対象や性的対象ではない。

そもそも、母や妹以外の女性とまともに話したことすらない俺には、恋愛というのは未知の感覚なのだ。だからサイラスの気持ちにも気づけなかった。

俺がもっと早くその気配を察知できていたら、何か対策ができて、今のような状況には陥らなかったのだろうか……

だが、今更そんなことを悔いても、過去に戻ってどうこうできるはずもない。

（なら、今できることをするしかないか……）

そう決意した俺は、朝陽が昇り明るくなるのを待って、サイラスに手紙を書いた。

実はあの夜、よく状況把握をできないままに、サイラスの手を取ってしまったこと。

婚約者に裏切られ傷ついたサイラスを支えたい気持ちはあるが、それが伴侶としてとなると自信がないこと。

そして、俺のような貧乏子爵家の人間と縁を結んだとしても、アクシアン家にはなんのメリットもないことなどを切々と綴《つづ》る。

最後に、安易に受諾して本当に申し訳なかったと締め括った。

書き終わると、インクが乾くのを待ってから便箋を丁寧に折り、封筒に入れ、教科書の間に挟んでから鞄に入れた。

そして朝食後。いつものように迎えに来てくれたサイラスに挨拶をしながら、馬車に乗り込む。

走り出した馬車の振動を身に感じながら、アクシアン家の馬車に乗るのもこれが最後になるのかもしれないな、なんて思った。


ゴトゴトという馬車の揺れに合わせて、窓の外の景色が揺れる。相変わらず公爵家の馬車をもってしても振動が抑えられない悪路だ。

さて、したためたこの手紙を、どのタイミングで渡せばいいものか。

今？　それとも着いてから？　昼食時？

帰りでは、さすがに遅いだろう。こんな手紙を渡しておいて、送りの馬車にも乗せてくれなんて厚かましいものな。やはりこういうことは一刻でも早いほうがいい。

そう決意した俺は、座席の脇に置いていた茶色い皮の通学用鞄に指を掛けた。

実はこの鞄、あらゆる面で器用なレイアードが俺のために特別に誂《あつら》えてくれた品である。開けた内側にいくつもの大きさの異なる仕切りが設けられている、とても機能性に富んだ代物だ。

俺が学園に合格した五年前、貧乏貴族の我が家は今よりも財政が厳しく、新しい通学用鞄の入手などできる状況ではなかった。そのため兄のお下がりの古い鞄で通う予定だったのだが、それを見かねたレイアードが待ったをかけたのだ。

「坊っちゃまは努力なされて、あんなに素晴らしい成績で合格されましたのに。せめて鞄くらいは新調されなければ、あまりにもご不憫です」

彼はそう言ったのち、何日も夜なべしてこの鞄を作り上げてくれ、俺は嬉々としてそれを背負って通学を始めた。

するとスマートでスタイリッシュなのに手持ちにも斜め掛けにもリュックにもなるレイアードお手製ハイスペック鞄は、同級生たちからだけではなく上級生や教授たちに称賛され始めた。

俺は内心鼻高々だった。中には、『貧乏貴族の持ち物は安っぽい』などと後ろ指を指してくる連中も一定数いたが、そんなのまったく気にならなかった。

それから間もなく、俺が背負ったその鞄に感銘を受けたらしき他の貴族令息たちが、親にねだって似たような鞄を職人に作らせはじめた。そして、自分好みの色や柄でフルカスタムした鞄を持つことが、ちょっとしたブームになったのだった。

ともあれ俺は、その鞄の内側の仕切りの一箇所に差し込んでおいた手紙をそっと取り出す。そして封筒の表を少し眺めたあと、意を決してサイラスのほうに向き直った。

「あの、サイラス、これを……」

「手紙？　どうしたんだい、改まって」

「いや、あの……今朝書いたんだ」

手紙を差し出すと、サイラスは少し驚いたような表情になったが、すぐに微笑みながら受け取ってくれた。

「嬉しいな。アルが私に手紙をくれるなんて、初めてだね」

うっ、喜ばれてしまっているぅ……

ズキズキと胸を攻撃してくる罪悪感に、俺はぐっと唇を噛みながら耐えた。

ぬか喜びさせるのは心苦しいが、引き返せなくなる前に行動しなければいけない。

俺の真意を知れば、きっとサイラスは傷つき落胆するのだろう。罵倒も殴打も甘んじて受ける覚悟だが……期待させた罪で慰謝料とか請求されたらどうしよう？

「読んででも？」

にこりと笑ったサイラスが、親指と人差し指で挟んだ封筒を顔の横にかざす。

すぐに読めるようにと封蝋などはしなかったので、俺はこくりと頷いた。

形良く長い指がフラップを開け便箋を取り出すのを見つめながら、そういやこの便箋や封筒だって、サイラスからの贈り物なんだよな、とぼんやり思った。

ウチの経済状況では、ペン一本、ノート一冊だって高級品で、気軽に買えるものではない。

サイラスはそれをよく察して、誕生日など折々に、文具や実用品をたくさん贈ってくれた。

今更だけどマジで俺、恩恵受けすぎてるな……

手紙に目を通し始めたサイラスを横から見つめる。お断りの意思を伝えるにあたり、怒りを受け止める覚悟は決めてきたつもりだ。

しかし彼の表情は、薄く浮かべた微笑みから変わることはなく、目線だけが文字を追い動いていくだけだった。

そして、数分かけて三枚にもわたる手紙を読み終えたらしきサイラスは、最後にふう、と小さく息を吐く。それから、手紙を元のように折って丁寧に封筒に直し、上着の内側にあるポケットに大切そうに仕舞い、俺に笑顔を向けた。

「気持ちのこもった素敵な手紙、ありがとう」

「どういた……え？」

反射的にそう返しかけて、首を傾げる。

「サイラス？　今、全部読んでくれたんだよな？」

「ああ、もちろん」

「えぇと……すまなかった」

「ん？　何が？」

「え？」

想定外のサイラスの反応に、俺の頭の中にクエスチョンマークが浮かぶ。

どういうことだ。結構ストレートな文で書いたし、伝わらないはずないんだが。

それとも、サイラスがとぼけてるだけ？

戸惑いながらも、俺はとりあえず謝罪を繰り返すことにした。

「そこに書いた通り、俺は君とは婚約も結婚も」

「アル」

言葉を遮るように、サイラスが俺の名を呼ぶ。その声はいつもと変わらず穏やかな声色に聞こえた。しかしそれが勘違いだったと、俺はこのあと気づくことになる。

「アル。君の戸惑いはわかる。それまで意識していなかった同性の友人に突然愛を告げられても、それは困るだろう」

「あ、いや、戸惑いというか……」

その段階はすでに越えて、やはり無理だという結論が出たのだが。

だからこそ文字にもしたのだが。サイラスには伝わらなかったのだろうか？

「やっぱ公爵家に嫁ぐのは、荷が重いかな〜、なんて……」

そう言うと、サイラスは少し不思議そうな顔をした。

「荷が重い？」

「俺では色々と不足じゃないかと」

上位貴族家の後継者の伴侶には、求められるものがとても多い。そして俺は、家柄も容姿も、性別でさえ、当主の伴侶として備えるべき条件を何一つ満たしていない。

そんな人間がサイラスの無理押しで公爵家に入っても、苦労は目に見えている。手紙にはそれも切々と綴《つづ》っておいた。

気持ちはありがたいけれど、この不安をどうか汲んで、謹んでお断りさせていただきたい、と。

俺とサイラスでは、あまりにも立場が違いすぎるのだ。

「そうか……アルにそんな風に不安を感じさせてしまっていたのなら、それは私の落ち度だな」

やや悲しそうな声色でそう言ったサイラスを見て、やっと話が通じたと俺は安堵しかける。

しかし、事態はそう甘くはなかった。

次の瞬間、サイラスは俺の右手を取り、その甲に唇を押し当ててきた。

「どうやらお互い、早急に認識の擦り合わせが必要なようだ」

「すり、え？　何を……」

サイラスの言ったことが、とっさに理解できずに困惑する。しかしそんな俺をよそに、彼は馬車の下げ込み窓を下ろし、御者《ぎょしゃ》に向かって叫んだ。

「行先変更だ。東ネールの別邸へ向かえ！」

俺はそれを聞いて慌てた。東ネールなんて、学園から正反対の場所じゃないか。街の郊外も郊外、森に囲まれた大きな湖のある、美しいが寂しい土地だ。

なんだって突然、そんなところに？

「どういうことだ、登校は？」

「あとで二人とも休みだと遣いをやる」

サイラスはしれっと答える。

そんな勝手な、と言いかけた時、嘶《いなな》きと共に馬車が方向転換をして、車体が揺れた。ぐらついた俺は、サイラスのほうに倒れ込む。

精巧なビスクドールのように美しい顔を裏切るような、がっしりと逞《たくま》しい腕が背中に回され、俺は強い力で抱きしめられた。

「なあ、アル」

鼓膜を揺らす、艶《つや》と甘さを含むバリトンボイスに、俺の体は一瞬で動きを封じられてしまう。いつもは優しく響くその声が、なぜだか今は、とても怖い。

名を呼ばれても返事をできなくなった俺の耳元で、サイラスはさらに囁《ささや》いた。

「君は私を、見くびりすぎだ」

それがどういう意味なのか、俺はこれから思い知ることになる。


外を見せないためか、表から中を覗かれるのを避けてか、サイラスが車窓のカーテンを閉めた。

一気に暗くなった視界に不安になって戸惑う暇もなく、俺は座席の背もたれに押し付けられ、唇を奪われた。

しつこくねちっこく唇を食《は》み、強引にこじ開ける。侵入した舌先で歯列をなぞりながら、彼は俺の体を抱きしめる腕の力を緩めようとはしない。

混乱して抗うことすら忘れた俺は、サイラスにされるがまま、好き勝手に貪《むさぼ》られた。

初めて知る、他人の唇の感触。

逃げる舌をサイラスの長い舌に追われ、捕らえられ、絡められ、吸われ。

息継ぎの仕方も知らない俺は、上がってきた唾液を無遠慮に啜《すす》られ、息苦しくなって身を捩った。

けれど結局は力負けして、その腕から逃れることに失敗する。

苦しいのに、妙に気持ちよくて抵抗できない。まるでサイラスの舌先から、じわじわと媚薬でも注入されているようだった。

一旦唇を離して、鼻の頭を触れ合わせながら、サイラスは俺の顔を見つめ視線を合わせてくる。そしてまた、飽きもせず唇を重ねてきた。

薄暗い中、至近距離で見るサイラスの青い瞳は、取り込む光もないのに濡れたように光って俺の心臓を射貫《いぬ》いてくる。早く血迷えと、言わんばかりに。

ぐらついてしまいそうになるのは俺の心が弱いんじゃない。サイラスが無駄に美しすぎるからいけないのだ。

誰だって、綺麗なものが好きだろう？

まるで御使いの如く美しい人間にこんなにも熱烈に誘惑されたら、きっと誰だってぐらつく。たとえそれが、男でも、女でも……

捕われた唇はなかなか解放されず、さすがに限界を感じた俺は、サイラスの背を拳で叩いた。俺の唇と彼の唇の間に、わずかな隙間が開く。それによりようやく息がつけたのだが、体は抱き込まれたままだ。

「アル……アル、可愛い……」

酸素を取り込むために忙《せわ》しない呼吸を繰り返す俺の耳に、サイラスは吐息のような声で甘ったるく囁《ささや》く。

おかしいな。キスしてるというのは同じはずなのに、全然平気そうだぞ？

しかも、そう変わらない体躯の男に、よく臆面もなくそんなセリフを吐けるものだ。

彼の目には、一体俺がどんな風に見えているのだろう。

いたいけな美少年か？　はたまた薄幸の美青年か？

なんだかものすごく気になってきた。あと、その宝石みたいに綺麗な目の性能も、かなり心配になってきたぞ。

そんなことを考えている間にも、サイラスは再び唇を押し当ててきた。

「ふっ……ぅ」

またさっきと同じようにされるのかと身構える。

しかし今度は、さっきとは少し違った。サイラスは俺の唇から顎に舌を這わせ、喉仏に軽く歯を立ててきたのだ。

（なんだよ、これぇ……）

唇、頬、顎下、首筋。

肩、腕、腰。

サイラスに触れられているところが、熱い。起きている事態に思考が追いつかず、頭がボーッとしてくる。

そんな様子に気づいたのか、サイラスは唇を離し、代わりにその両手で俺の顔を柔らかく包んで、再び甘ったるい声で囁《ささや》いた。

「アル。やはり君は私のそばにいるべきだ」

「……」

今の流れでなぜそうなるのかと思ったが、肩で息をしている俺は何も返せなかった。

本当は、頭のどこかで気づいていた。サイラスが、俺だけを特別に扱っていることに。

そして、友愛と呼ぶには、あまりに甘い視線の意味に。

甘いと言うより激甘だった。「友情格差だ‼」なんて、マルセルたちが呆れるほど。

兆候は何年も前からあったのに、それに目を瞑っていた……

目尻からあふれた生理的な涙をサイラスに舐め取られながら、俺はこれまでの自分の迂闊《うかつ》さを後悔した。


——どれほどの距離を走っただろうか。

「開けてよろしいでしょうか」

俺たちのものとは違う声が聞こえてきて、遠のきかけていた意識が引き戻される。いつの間に停まったのか、馬車の振動は止んでいた。

酸欠で頭がぼやけていた俺は、その声が御者《ぎょしゃ》のものであることに気づくのが遅れたが、サイラスは違った。

乱れた俺の襟元を素早く直し、唾液に濡れた唇を拭い、髪を手櫛で整えてくれる。それから自分の髪をささっと直して、その声に答えた。

「ああ、かまわない」

つい今しがたまで散々俺を好き勝手してたとは思えない、落ち着いた声。さすがの切り替えに、俺はただ呆けたようにその様子を見つめるばかりだった。

サイラスが返答してすぐに、外から馬車の扉が開けられた。開けたのは御者《ぎょしゃ》だが、その横には初老の男性と、同じ年頃の女性がいた。彼らの後ろには、お仕着せ姿の若い男が数人立っている。

「アル、着いたぞ。降りよう」

「……ああ」

(俺が散々な目に遭ってる間に、着いてしまったのか)

先に降りたサイラスに支えられ、若干ふらつきながら車外に出ると、こぢんまりとしながらも白く美しい邸宅が目に入った。どうやらここがサイラスの言っていた目的地、東ネールの別邸らしい。

馬車の到着を待っていたらしき使用人たちは、この邸にいる使用人たちなのだろう。頭を下げて迎えてくれたあと、馬車の中の俺たちの荷物を持ってついてきてくれている。

「ふらついているけど大丈夫か？　無理をさせたかな」

「……そう思うなら、もう少し加減してくれても良かったんじゃないのか。初めてだったんだぞ」

サイラスに手を引かれながら邸の玄関に向かう途中に、俺はそう抗議する。

するとサイラスは俺に振り返り、フッと笑った。

「奇遇だな、私もだ」

「えっ？」

その答えに驚いた俺は、思わず立ち止まってサイラスの目を見た。

嘘だろ？　キスが初めて？　サイラスが？

「だって、エリス嬢……」

その名前を聞いたサイラスの美貌に嫌悪が滲んだ。

「彼女と？　まさか。婚約が整った時、私も彼女も、まだ十かそこらだった。それからも、会うのは年に数えるほど。十四になる頃には、早くも彼女のお遊びが始まっていた」

そう語るサイラスの声は冷えている。

「そんな相手とキスなんかできると思うか？　どれほどの男と間接キスしなきゃならないんだか。私にそんな趣味はないぞ」

「間接キ……あー、まあ、そうなるか」

俺は苦笑しながら、同情をもってサイラスを見た。

まあ、そうだよな。そんな婚約者とキスなんかできないよな。見知らぬ数多《あまた》の男共と間接キスなんてゾッとするもんな。

そういやプロポーズが衝撃的すぎて頭から抜けてたけど、サイラスって男色《なんしょく》なんだろうか？　俺を好きだってことは、そういうこと？

(そういや、側妾を迎える気もないって宣言したもんな。俺だけでいいとか言ってたけど、もしかしてそういうこと？　エリス嬢のせいで女性不信になって、男の俺を？)

俺の頭の中に、そんな考えがモヤモヤと湧く。

しかしサイラスは俺のそんな様子には気づかないのか、顔色も変えずにぬけぬけと言い放った。

「まあそれらのことを別にしても、彼女は最初から私の好みではなかったしね」

「えっ⁉　そ、そうか……好みじゃなかったか。華やかで綺麗な女性だと思うけど」

「そうかな？　白粉《おしろい》でギトギトに盛った彼女より、素肌が滑らかなアルのほうが比べ物にならないくらい綺麗だろう」

それを聞いた俺は、サイラスの正気を疑って、その顔をまじまじと見た。しかし、ここぞとばかりにまっすぐ見つめ返され、逆に狼狽《うろた》えてしまう。

「私の好みはアルだよ。まさに理想そのものだ」

「はは……俺が理想だなんて。君は変わってるな」

力なく笑うと、サイラスは不思議そうに小首を傾げた。

「そう？　可愛くて笑顔が綺麗で、真面目な顔が凛々しくて、頭脳明晰。おまけに性格もまっすぐな上に、謙虚で奥ゆかしい」

え、誰それ？　サイラスの自己紹介？

「……褒めすぎだ」

答えに窮してようやくそれだけ言うと、サイラスは急に真顔になった。

「前から思ってたけど、アルは自分の魅力を、もう少し自覚したほうがいい」

「お、俺の魅力？」

「うん。誘惑も多いだろうから、余所見《よそみ》が心配だよ」

目眩がした。

ダメだ。サイラスの好みが奇抜すぎる。その綺麗なお目々はただのガラス玉だということが今日でハッキリしたな。

本気でこの三白眼フツメンが素敵かつ可愛く見えてるのなら、早急に専門医の診療が必要だ……

俺はなんだか痛々しい気持ちになって、じっとサイラスを見つめた。

すべてにおいてあまりにも卓越していると、どこかで落とし穴があるんだな。理想の相手が俺みたいな地味メンだなんて、美的感覚が哀れすぎる……

完璧な親友の致命的な弱点を知り、俺は彼を不憫に思った。

サイラスはそんな俺の顔を見て、なぜか嬉しそうに目を細める。

「さあ、こんなところで立ち話なんかしてないで、屋敷に入ろう。湖のそばだし、三階の部屋からの景観は絶品だぞ。ん、何？　足腰が立たない？　大丈夫だ、私が運ぼう」

「いや、そ――」

そんなこと言ってない、と返そうとしたのに、言う前に横抱きにされてしまい慌てる。

「さ、サイラス、下ろしてくれ！」

「遠慮しなくていい。さっきのキスで腰が抜けたのは知ってるよ。本当に初心《うぶ》で可愛いな、私のアルは」

抱き上げた俺の顔を覗き込んで、サイラスは笑みを深くした。

その超絶美形の慈愛に満ちた笑みの破壊力に、思わず赤面してしまう。

なんだよ、ずるい。顔がいい奴って、ほんとずるい。

そうして俺は、使用人たちの見守る中、横抱きされながら屋敷の中に運ばれるという恥の上塗りを余儀なくされたのだった。

大事なことなので何度も言うが、俺はそれなりに上背のある、ごく一般的な体格の持ち主だ。サイラスに比べれば恥ずかしいくらい細身ではあるけど、筋肉だってそこそこについている。よもやそれが、こんなにも軽々と持ち運びされてしまう日が来るとは。

しかも、階段を上がった三階の部屋まで……

眉根を寄せ唇をキュッと噛みながら痛感する、圧倒的筋力の差。男として純粋に悔しい。

しかしこの羨ましい筋肉は天資のみではなく、子供の頃から騎士団に交ざって受けてきたという剣術や体術の訓練の賜物であることを、俺は知っている。サイラスは未来のアクシアン公爵として、凡人の何倍もの重圧を背負って努力しているのだ。

常に涼しい顔をしている彼がそれらの懊悩《おうのう》を口にしたことはないが、そんなものは何年もそばにいれば自然と感じ取れるものだ。

俺がサイラスの友となれて誇らしいと思う一番の理由は、彼が父の喜ぶ高位貴族だからではなく、身分など関係なく真摯に努力できる、尊敬すべき人間だからだ。

(だが、この状況は……)

磨かれた階段に、埃《ほこり》一つ見えないほど清掃の行き届いた広い部屋、豪奢なインテリアの数々。比べるのもおこがましいが、アクシアン家は別邸でさえ、俺の実家の百億倍豪華だ。そんな場所に、キスで腰の砕けた情けない俺が、お姫様抱っこで運ばれていた。

後ろからついてきていた使用人の男性が扉を開け、サイラスは俺を抱き上げたまま、つかつかと窓辺に向かう。

「わぁ……」

開け放たれている窓から見えた景色に、俺は思わず感嘆の声を上げた。

そこには、水面を陽の光に煌《きら》めかせる湖面があった。

そして、その湖とこの屋敷を囲む、森の緑の清々しさときたら。

(サイラスが自慢するだけあるなあ)

俺はしばしそれらに見入ったあと、サイラスに抱かれたまま、今度は部屋の中を見回した。

象牙《ぞうげ》色の壁、白い窓枠を飾るドレープたっぷりの錦織のカーテンは、古き良き時代を思わせる。

繊細な彫刻が施された白い大理石の暖炉《だんろ》、同じく白を基調にした調度品の数々に、落ち着いた意匠の異国の絨毯。全体的に少しレトロ感はあるが、総じて趣味が良い。

視線を俺たちのすぐそばに戻すと、そこには象牙《ぞうげ》色に金のあしらわれた丸い猫足テーブルと、それを挟むようにやはり猫足の椅子が置かれていた。この東ネールの屋敷は、アクシアン家の本邸の重厚さとはまた違う華やかさを持っている。

使用人が片方の椅子を引き、サイラスにそこに下ろされて座ると、ようやく人心地がついた。

(良かった。この部屋にはベッドが見当たらないぞ)

てっきりこのまま押し倒されるのではとヒヤヒヤしていたので、思わず安堵の息が漏れる。

そうだよな。登校中に連れ去られるなんて突飛なことをされて戦々恐々としていたが、本来サイラスは紳士的な人間だ。いきなり押し倒すなんてことをするはずがない……よな?

先ほどのキスはきっと、疲れていて正常な思考ができてなかっただけだろう。

彼が俺の向かいの椅子に腰掛けたと同時に、部屋にもう一人、中年の女性が入ってきた。

女性はワゴンを押しながらテーブルそばまで来て立ち止まり、静かにお辞儀をする。それから、テーブルの上に淡い群青色の美しい茶器を手際良く並べていった。

最近貴族の間で流行《はや》りの、繊細なフォルムのハンドル付きカップ。この一客だけでもどれほどの値が付くのだろうか。

そんなカップに茶が注がれたところで、それまで黙って俺の様子を眺めていたサイラスが口を開いた。

「アル、紹介しておこう」

そして右手を肩まで上げると、彼の後ろに控えていた使用人の男性が歩いてきて、テーブルの脇に立った。

「この屋敷の家令を任せているリドリーだ。今お茶の用意をしてくれたのが、メイド長のサラ。二人とも長く勤めてくれていて信頼できる者たちだよ」

紹介された二人は、俺に深々と頭を下げる。彼らは馬車の扉が開けられた時に見た初老の男性と、その隣に立っていた女性だ。

サイラスはさらに続ける。

「君がここに滞在する間の世話は、彼ら二人に任せることにする」

「え、滞在？」

それを聞いて、俺は驚いた。いきなり連れてこられた上に、滞在なんて聞いてない。

「それは、どういうことだ？」

聞き返す俺に、サイラスはこともなげに答える。

「頑固者の君に私の気持ちや考えを理解して受け入れてもらうのには、どうやら一日や二日では無理らしいから」

頑固者……なんという言い草だろうか。

君本当に俺のこと好きなのか？　まあ、よく言われはするが……

苦い顔で聞いている俺に、サイラスは続ける。

「私の立場を慮《おもんぱか》ってくれる君の気持ちは、理解しているつもりだ。突然、君に親友以上の関係を望んだ私に対しての戸惑いもあるだろう。だからこそ、ここに来てもらったんだ」

そこまで言って、サイラスは片手で俺を制してから目配せでリドリーを呼んだ。そして、少しの間何かを耳打ちしたかと思うと、それに頷いたリドリーはこちらに会釈をして部屋から出ていく。

ついでにサラも退場したことで、部屋にはサイラスと俺だけが残り、二人きりとなった。

その状況に、また妙な緊張感が漂う。

「学園とリモーヴ子爵家には連絡の早馬をやったよ。君の父上にはあとから手紙も書くつもりだが、先触れとして伝言をね」

「手紙？」

「仲を深めるために、当分の間ご子息をお預かりしたい、と」

そんな手を打たれてしまったか。俺とサイラスの婚約に賛成している父上なら、彼の提案を喜んで受け入れるに違いない。

なんならサイラスが改めての手紙を出す前に、早馬で行った遣いが、『どうぞご随意に』なんて書かれた手紙を持って帰ってきそうだ。

いいや、絶対に持ってくる。父上はそういうお方なのだ。家族思いだし悪い人ではないのだが、落ちぶれていく家を間近で見てきたせいか、金や権力におもねる節がある。

ましてや俺とサイラスは元々親しい上、皆の前で彼の求婚の手を取っていることから、俺も納得しているとでも思っているんだろう。

それについては、拒否も否定もしなかった俺に非があるので、仕方ないのだが。

なんの主張もせずにこちらの考えを汲み取ってくれ、なんて都合のいい話は通用しない。わかってるから、ことの発端であるサイラスに宛てて、婚約を固辞する手紙を書いたのだ。

しかし、逆にそれが状況を悪化させてしまうとは。想像力が足りなかった。

「アルの手紙を読んで、私も言葉足らずだったと反省したんだ。今の私たちに必要なのは、私の愛を理解してもらうための時間だ」

穏やかな笑みを浮かべ、サイラスはティーカップを持ち上げる。

その優雅な仕草はいつも通りだが、話している内容は全然いつも通りではなく、俺の肝はひんやりと冷えていく。

「これからは君にわかってもらえるよう努めるよ、手取り足取りね。学園のほうも当分は休みということで連絡を入れておいたから」

「え……」

あまりの手回しの早さに愕然とする。

彼は、言葉を失った俺の手元を一瞥し、にこやかに言った。

「アル、君のために淹《い》れさせたアシャ茶が冷めてしまう。早く飲むといい」

「……ああ」

サイラスがたまに見せる、穏やかながら逆らうことを許さない話し方だ。

言葉こそ優しく俺に寄り添っているように聞こえるが、俺が納得して事態を受け入れることを前提で話をしている。

それはつまり、俺が婚約を承諾するまで解放する気はないということだ。

（どうして、こんなことになった？　いや、わかってる。俺が見誤った。手紙を渡すタイミングと、俺に対するサイラスの本気度を）

衝撃と緊張で、喉がカラカラだった。

俺は震える指でカップを持ち、口をつけた。息を吹きかけるのを忘れて口にした液体はすでにぬるく、香りも飛んでしまって美味しさは半減している。

でもそのぬるさが、手早く喉を潤すにはちょうどいい。

にこやかに見つめてくるサイラスの視線を受けながら、俺は自分の迂闊《うかつ》さを猛烈に後悔していた。

現状を打破しようと起こした行動は、盛大に裏目に出てしまった。俺の顔色は、きっと青いを通り越して白くなっているだろう。

『婚約も結婚もできない、親友以上には見られない』

そう綴《つづ》った手紙を読んでおきながら、笑顔のまま穏やかさを崩さないサイラスが怖い。

いっそ怒りを表されるほうがまだ良かった気がする。その場合は、怒りに対する謝罪で、なんやかんや話は進められるだろう。

しかし、ニコニコしながらもこちらの主張は一切聞き入れる気はないのは、一体どうしたら……

（いや、待てよ？）

俺はふと思いついた。

サイラスの言うように時間をかけるということなら、逆にその時間のせいで失うものを提示すれば、俺の言い分を受け入れさせる奇跡も起こりうるのでは？

冷静に考えれば、サイラスを相手に俺がそんな逆転劇を起こせるはずがないのだが、人間というものは追い込まれると針の先ほどの可能性にも縋《すが》りたくなるものらしい。

一縷《いちる》の希望に活路を見出した俺は、ようやくほんの少し、落ち着きを取り戻す。

しかしそのわりに、口から出てきたのは、少々頓珍漢《とんちんかん》な言葉だった。

「勉強が遅れるのは……困る」

それを聞くなり、サイラスは口角を上げた。

「相変わらず真面目だな、アルは。まあ、そんなところも好ましいんだが。大丈夫、それくらいは私がカバーできるから、いつものように一緒に勉強しような」

「それは……ありがたいな」

自分を軟禁しようとしている相手に対して間の抜けた返答をしながら、俺は思い出していた。

サイラスの成績は、毎回トップなのだ。

専門の家庭教師も付いているし、学園で教わるレベルの学問などはすでに履修済みなのかもしれないと思うほどだった。

いや待て。今案じなければならないのはそこじゃない。やっぱり俺、全然落ち着いてなかった。

「大丈夫、心配するな。アルには何一つ、不自由なんかさせない」

テーブルの上、ティーカップの横に置かれた俺の右手の甲に、サイラスが自身の左手を重ねる。

優美な長い指があやしい動きで俺の手の筋を辿り、出っ張った骨を撫でた。

以前から、たまにされることだ。

背中がゾクゾクするので苦手なのだが、どうやらサイラスはこの行為が好きらしい。

「アル。改めて言うのは気恥ずかしいけれど、君を愛してる」

「……ありがとう、でも」

「アル」

でも受け入れることはできない、と続けようとしたのに、名前を呼ばれて遮られた。

視線を上げると視界に飛びこんできた、サイラスの静かな瞳。吸い込まれそうほど迷いなく澄んだ、深い青。

それを見た瞬間、思った。

（ああ、やはり俺では、彼を説き伏せるなんて難しいかもしれない）

なぜなら、俺と違ってサイラスは終始冷静だ。まるで俺の断りなんて最初から想定していたのではないかと思うほど。御者《ぎょしゃ》への指示もスムーズだったしな。

しかし直後、サイラスは意外な言葉を口にした。

「アル、私はね。君にあんな手紙を書かせてしまった自分が不甲斐ないよ」

「え？」

急に話の流れが変わりポカンとした俺に、苦笑しながらサイラスは続ける。

「エリスとの件を早く処理することに気を取られ、成してしまえば事後処理に追われ。君に求婚したにもかかわらず、話す時間をろくに確保できなかった。そのせいでいらぬ不安ばかりを抱かせてしまったのは、私の手落ちだ」

一気に言い切ると、サイラスは端整な顔の形良い眉を哀しげにひそめ、俺に向かって頭を下げた。

「事を急ぎすぎたと反省している。本当に申し訳なかった」

彼の表情がくしゃっと歪むのを目の当たりにして、ずくずくと胸が痛む。

サイラスがこんな風に表情を崩すのは見たことがない。

彼は常に冷静で穏やかで、喜怒哀楽で言えば、怒と哀は表情にのせない人だ。

胸の内はともかく、マイナス感情は表に出さないのを徹底している、さすがのトップオブ貴族なのだ。その感情制御力は、俺の不揺《ゆらがず》の微笑みなど比べ物にならない。

そんなサイラスに、まさか俺なんかがこんなに哀しげな顔をさせてしまうなんて……

罪悪感で何も言えずにいると、またサイラスが口を開いた。

「私はね、アルにはそばで笑っていてくれるだけでもいいと思ってる」

彼がスッと椅子から立ち上がり、ゆっくりと俺のもとに歩み寄ってくるので、思わずビクッと肩が揺れてしまう。

「でも、アルがそれだけには留まらない有能な人であることも知っている。だから、私は君を公爵家に相応《ふさわ》しくないとは思わない」

サイラスは俺の足元に片膝をつき、視線を合わせながらキッパリと言い切った。

まさか、俺のことをそんな風に評価していてくれたとは。社交辞令にしても嬉しい。

「……買い被りだ」

照れ隠しにそう返すと、サイラスは小さく首を横に振った。

「いや、そうは思わない。その証に、君は出会ってからこれまでの間、私に最も近い人間だった。序列や逆境を跳ね返すほどの、勤勉さと聡明さだ」

言われてみると、まあたしかにそうなるべく努力してきたからな、と思う。

成績で言えば、俺はずっとサイラスの一つ下、次席をキープし続けてきた。優秀な貴族の子弟が集う中、それは結構すごいことだと自負している。

しかし俺には、そうせざるを得ない切実な理由があったのだ。

俺の実家は没落寸前の極貧貴族である。本来なら長男である兄はともかく、次男の俺まで街中にある学園に通わせるのは、経済的にかなりの負担だった。

しかしどんなことにも、それなりに救済措置というものはあるらしい。この学園においても、入学試験で五位以内の学生に対しては学費が免除されるという制度が存在した。

だが首尾よくそれで入学できたとしても、その後の試験ごとにも査定はある。途中で成績を落とせばペナルティとしてその学期分の学費が請求されてしまう、という超絶過酷なシステムだったため、俺は常に上位成績者でいなければならなかったのだ。

入学試験で二位を獲って特待生入学をした当初は、事情を知らない同級生たちから嫉妬や不興を買うこともあった。

しかし俺の実家の境遇が広まるにつれそれは下火になっていき、さらに俺が成績以外の部分ではただの地味男だと周知されると、嫌がらせは完全になくなった。……サイラスの友人という立場を得たことも大きかったかもしれないが。

そんなわけで、サイラスの言う俺の勤勉は、単なる実家の経済的事情なのである。なので、あんまり褒められると尻がむず痒いような気になってしまうのに、サイラスはまだ続ける。

「私はアルを尊敬している。君は私が出会った中で、最も素晴らしい人だ。良い成績にも慢心することなく、ただ静かに努力して、結果を出し続けてきた。そんな君を、いつしか支えたいと思うようになっていた」

「サイラス……」

「君を愛している。共に生きてほしい。支えたいし、支えてほしい。いつか天に召されるその日まで、私の隣にいてくれないか」

お断りするはずが、逆に熱烈なプロポーズの言葉を引き出してしまった。

俺の右手を両手で包み、熱っぽい瞳と声で願うように彼は言う。

そんな目で見つめられると、ますます困る。どうしたら良いのかわからなくなった俺は、視線を逸らして俯《うつむ》いた。

たしかに俺は、サイラスに足を向けては寝られないほどの多大な恩がある。

俺の順風満帆な学園生活は自助努力のみではなく、かなりの部分でサイラスに助けられて成り立ってきたからだ。あまり頼ってはいけないと思いながら、笑顔で差し出されるそれらを、俺は押し返すことができなかった。

とはいえ、それに甘えてきたことを心苦しいと思っているのも事実だ。

俺で役に立てるチャンスがあるのなら、どんなことでも恩返ししたいとは思っている。

が、だからといって、サイラスと婚約とか結婚は、どうなんだ……

だって、俺だぞ？　ごく普通の、平凡な地味男。華奢《きゃしゃ》な美少年でもなく、すらりとした美青年でもなく、自慢できるような家柄でもなく、本当に凡庸。

容姿一つ取っても、美しいサイラスの伴侶としてはそぐわない。

努力することだけには自信があるが、それだけだ。下世話な話、農作業で鍛えられた体は硬く、夜の営みでサイラスを満足させられるとは思えない。

そもそも、彼は本当にそこまで望んでいるのだろうか？　……いやでも、キスはされたな。

いや待てよ？　学業で結果を出しているのを評価してくれているようだから、将来的に仕事の片腕として欲しいというオファーだったりしないか？　それだったら、誠心誠意務めるつもりはある。自分で言うのもなんだが、このままいけば学園は成績優秀者のまま卒業となる予定だ。高位貴族の家に就職するのに不足はないはず――

考えがそう行き着いた俺は、おそるおそるサイラスにお伺いを立ててみた。

「あの、そこまで想ってくれてる気持ちは、とても嬉しい、本当に。ただ前にも言ったが、やはり俺は、君の結婚相手には向かないと思うんだ」

俺の言葉に、薄く笑みを浮かべてサイラスは首を傾げる。

ダメか。遠回しな表現では伝わらないか。

俺は言葉を取り繕うのをやめて、ストレートに断ることにした。

「いや、たとえばの話、将来片腕として支えろというならば、力になれるとは思う。秘書として雇ってくれるとかな。だが結婚となると……わかるだろ？」

そこまで言って俺は、一度ちらりとサイラスの顔色を窺《うかが》った。彼は首を傾げたまま、変わらぬ笑みを浮かべている。

俺はそれにホッとして、言葉を続けた。

「再三になるが、第一にアクシアンとリモーヴとでは、家格と財力に格差がありすぎるだろ？　第二に、男の俺とでは後継は儲けられない。やはり相応の家のご令嬢を正妻に娶るべきだと……」

話している間に、サイラスの眉根がみるみる寄っていく。

しまった。さすがにハッキリ言いすぎたか。俺は慌ててフォローを試みた。

「あ、いや。そんなに結婚にこだわらずとも、俺は君が望むなら、ずっとそばにいると言いたかったただけで」

「……」

「君が奥方を迎えても、君と俺の友情が変わるわけじゃないだろう？」

「友情……？」

そう呟くサイラスの顔は、険しいを通り越し、もはや無表情になりつつあった。

（まずい。なんとか機嫌を取らないと……）

焦った俺は、この状況を打破するべく頭を巡らせる。

「わ、わかった。君がどうしてもそれだけでは満足できないというのなら、仕方ない。愛人、というのではどうだろう？　結婚した貴族が恋人や愛人を持つのは、暗黙の了解なんだし」

言ってしまってから墓穴を掘った、と思った。

切羽詰まったとはいえ、まさか自分がこんな譲歩案を口にする日が来ようとは。

サイラスには、俺なんかが一生かけても返しきれない恩がある。そんな彼が俺を望むというのなら、尻を差し出すくらい、やぶさかではないが……

いや、やっぱ多少思うところはあるわ。許されるなら、男としてはちょっと避けたいわ。

無理ならせめて、正室だけはなんとか辞退したい。それはさすがに重圧すぎるし、そもそも俺が収まっていいポジションではない。

だが決死の覚悟での提案も虚しく、それを聞いたサイラスの表情は完全に無になってしまった。

先ほどまでの微笑みが嘘のよう。

（あれ？　余計に不機嫌。今度は何がまずかったんだ、サイラスよ……）

考えている間に、部屋の中は耳が痛いほどの沈黙に陥ってしまった。

いたたまれない中、静かに時間だけが流れ、暑くもないのに背中を一筋の汗が伝う。

しばらくして、ようやくサイラスが口を開いた。

「アル。私はそんなに伝えるのが下手なんだろうか？」

明らかに気落ちしたような声に、胸がツキンと痛む。

「……え？」

「私なりにストレートに愛を告げたつもりだったのだが、わかりにくかっただろうか？」

「や、いやいやいや！　そんなことはない、十分に伝わってるぞ」

「じゃあなぜ、そんな残酷なことが言えるんだ？　他の誰かを娶れだの、君を愛人にしろだの。君は私が、愛する人をそんな立場に置いて平気な人間だとでも？　君の体や能力だけを求めていると、本気で思っているのか？」

「あっ、いやそういう意味ではなくてだな……」

しまった。余計にややこしくなった。俺、伝え方下手っぴすぎる。

どうやら、体の関係を受け入れたら気が済むという問題ではないらしい。色事にとんと疎《うと》い俺は、またしても回答を間違えてしまったのだ。

でもまあ、そうか。愛を告白して婚約を申し込んでくれている相手に、『愛人なら』はないか。

断るにしても、言ってはならないことだった。いくらなんでもデリカシーがなさすぎた。

……仕方ない、素直に謝るか。

「すまない。君は大公爵家の後継者だから、立場があるだろうと考えてしまって……」

それを聞くなり、サイラスは小さく溜息をついた。

「そうだな。君はそういう人だ。いつでも私の身を慮《おもんぱか》ってくれる。それを失念していたよ。ついでに、君の思考があさってなことも忘れていた」

「あさって？」

「君は聡明なのに、肝心のことになるとポンコツっぷりを発揮するよな。君ほどの人が、なぜそんなにも自己評価が低いんだ？　なぜ、自ら安い扱いに甘んじようとする？」

「ぽ、ポンコツ」

たしかにそうかもしれないが、あまりの言われようにショックを受ける。

だがサイラスの糾弾は続いた。

「そうだろう？　でなければ愛人でいいなんて言葉が出てくるはずがない」

「あ、いやそれは……はは」

サイラスの呆れたような言い方から、彼の静かな怒りが伝わってくる。

すっかりビビってしまった俺は、これ以上余計なことを言うまいと、口を閉じてサイラスを見上げた。そうして、物言いたげな瞳と視線がかち合ったその刹那。

目の前で片膝をついていたサイラスが立ち上がり、俺はまたしても椅子から抱き上げられた。

「ゆっくり受け入れてもらうつもりだったけど、気が変わった」

今日はよく抱えられる日だ。さっきは腰が抜けてたから不可抗力だったが、今度はどうして抱き上げられたのだろうか。

疑問だらけの俺の視界いっぱいに、煌《きら》めく絹糸のような見事な金の髪が揺れる。

密集した長い金色の睫毛と、高貴さを感じさせる高い鼻梁を持った端整な横顔。無表情となってしまった今、それらから感情は読み取れないが、よろしくない状況であることだけは、なんとなくわかる。

（まずい）

俺は、即サイラスに謝罪しなければと口を開いた。

「サイラス？　怒らせてしまったのなら――」

「いや、もういい」

しかしピシャリと言葉を遮られ、空気が重くなる。プレッシャーが肌に纏《まと》わりつくようだ。

サイラスは戦々恐々となった俺を抱え、部屋の端にある扉に向かいながら、平坦な声で言った。

「君には体にわかってもらうほうが早そうだ。さっきの口づけのようにね」

いくら疎《うと》い俺にでも、それが不穏な言葉だということは理解できた。

サイラスは俺を左手で抱え直し、右手で扉を押し開ける。

予想した通り、やはり寝室だった。

部屋の奥側の壁際には、実家の俺の部屋にあるものの何倍も大きく重厚な造りのベッドが鎮座している。

飾り付きの天蓋から、上品な臙脂《えんじ》色の厚いカーテンがたっぷりのドレープでベッドの四方を囲むさまは、とにかく贅沢極まりない。そして、凝《こ》った意匠の刺繍が施された、これまた豪奢なシーツには、目を瞠《みは》るばかり。

俺は、これほどの豪華なベッドを見たことがなかった。

サイラスのベッドは見たことがないけれど、別邸でこれなら、本邸はもっとすごいのを置いているんだろうか……

俺の知ってるベッドといえば、簡素な木組みの上に、藁や古い布切れや綿を詰め込んだ大きな袋を敷き、それらしく見えるよう整えたもの。

もちろん、そのまま寝るとチクチクしてすっっっごく寝辛いので、俺は袋を二重にしてるし、さらにその上に厚めの布を敷いて使っている。

そこまでの工夫をしても到底寝心地が良いとは言えないが、それでも庶民よりは多少はマシ……のはずだ。

なのに、この目の前に置かれているベッドときたら、藁や布切れなどとはまるで無縁の、贅《ぜい》を尽くした代物。こういう部分にもまた、埋められない格差をまざまざと感じる。

……まあ、ウチが貴族らしい生活をできてないだけなんだが。

で、サイラスにその上にそっと下ろされてからが、また驚きだった。

(なんだ、この感触……尻が柔らかく押し返される……!?)

驚きのあまり声を出すのも忘れて固まっていると、トンッと軽く肩を押され後ろに倒された。体を跨いで馬乗りになったサイラスに、両手首を頭の上に片手で拘束され、至近距離から見下ろされる形になる。

カーテンと同色の天蓋上部の臙脂《えんじ》色を背景に、サイラスの美麗さが映える。

――圧倒的貞操の危機。

しかし、こんな危機的状況の真っ只中にあるというのに、俺の意識はまだ背面のマットレスに向いていた。

背中に感じる弾力が柔らかい。痛くない。ゴツゴツしない。背中が幸せすぎて、ずっとこうしていたい。

王族や高位貴族は、水鳥の羽やふわふわした羊の毛などを詰めた寝具を使っているのだと聞いたことがある。

きっとこれがそうなのだろう。全身が柔らかに包まれるような心地よさ。

素晴らしい。金のある貴族たちは毎日こんなベッドで寝ているのか。感心するやら羨ましいやら。

しかし、事態というものは俺が考えていることなど、お構いなしに進んでいくものだ。

俺が寝具に気を取られている間に、サイラスは片手で器用に俺のクラバットをほどき、ジレのボタンを外し、シャツのボタンを外し、下着の中に手を入れていた。

素肌を這う手に気づいてやっと、俺は自分の置かれた状況を把握して焦り、サイラスの動向に意識を戻す。

たしかにさっき、体の関係を受容するというようなことは言ったが、まさか言ったそばからこんな展開になるとは。

「さ、サイラス？　さすがにこれは急すぎないか」

焦った俺は、サイラスの拘束から逃れようと身を捩る。

しかし、胸や腹を撫でるサイラスの手は止まらない。それどころか、胸の突起にわざと指先を当ててくるから、思わずビクッと反応してしまう。

そんな俺の反応を無表情で見下ろしながら、彼は口を開いた。

「急？　急だって？」

平坦な声から感じるのは、怒りだ。

「婚約を申し込んだあの夜から今日まで、君は私がどんなに言葉を尽くそうと素直に受け取ってはくれないじゃないか。あげく、他の人間と寝て子を作れだなんて。よくもそんな残酷なことを平気で言えたものだな」

「なあサイラス、落ち着いてくれ」

「私は君だけしかいらないと言っているのに」

「そ……」

言いかけて、口を噤む。彼の考えを否定することはできない。

「だから、決めたよ」

「……何を？」

「君のその口から私の愛を否定する言葉が出るごとに、君の体のほうと会話することに」

「はぁっ⁉」

本日何度目かの血の気の引く感覚。まずい。サイラスの目が完全にその気だ。

「あのっ！」

「問答無用だ。悪いがここからは体に教え込む。私がどれだけ君を好きなのか、その身をもって知ってくれ」

「え、は？」

「私をそうさせたのは、君だよ」

あとは、何を言うことも許されなかった。

サイラスが俺に、噛み付くようなキスをしてきたからだ。そして、ひとしきり俺の口内を舌で掻き回した彼は唇を離し、俺の目を見つめながら言った。

「好きだ。愛しているんだ、何年もずっと」

その間も、彼の熱い手は俺の体のあちこちをまさぐりながら這い回り、器用にシャツを剥ぎ取っていく。

「君の誠実そうな瞳が好きだ」

「やっ、ちょ、まっ」

「形良い鼻筋が好きだ」

「ひゃっ」

手を止めようとしないサイラスにブリーチズを下穿きもろとも下ろされて、太腿までが剥き出しになる。

それにより俺は、半裸にストッキングとハーフブーツという、世にもマニアックな姿を晒す羽目になった。こんな姿、物心ついてからはレイアードにすら見せたことがない。

(は、恥ずかしい)

いっそ全裸のほうがマシだとあまりのことに逃げ腰になるも、露わになった尻や腰をするりと撫で上げられると肌が粟立ち、あっという間に手足から力が抜けてしまう。

最初はゾワゾワと、それからゾクゾクと。サイラスの手が触れる面積が増えていくたびに、徐々に感覚が変わっていくのを感じる。

「ぁ、あっ……んぅ」

喘ぐ口を、サイラスの長い舌にべろりと舐められる。薄い粘膜に、ぬめっと柔らかな熱が触れる。刺激されたのは唇なのに、どうしてか下腹がずくんと疼いた。

「この薄い唇が好きだ」

「ん……っ」

唇の次には、耳介にカリッと歯を立てながら、彼は囁《ささや》く。

「耳の形が好きだ。薄い耳朶《じだ》も愛らしい」

「っ……！」

それから頬に、滑るような優しいキスを落とした。

それにさえ感じてしまって息が詰まる。

こんなの知らない。サイラスに触られるのがこんなに気持ちいいなんて、俺はおかしくなったのか。触れられるたびに体が跳ねて、自分の体なのにコントロールが一切利かない。

「滑らかな肌が好きだ」

「やっ……はあっ、んっ」

「手指の形が好きだ」

「やだ……やっ、サイっ、やめ……う……」

恭《うやうや》しげに手を取られ、甲に唇を落とされる。

小指の先に口づけしてから軽く食《は》み、そのまま口の中に迎え入れられ、舌と唇で摩擦される……という妙に淫靡な行為を、薬指、中指、人差し指、親指の順に繰り返された。

そのジュポジュポと濡れた音と肉をしゃぶられる感覚の生々しさに、下腹のゾクゾクが増していく。

(なんで指なんかで、こんな)

そう思うのに、まるで下半身に直結しているかのようなその刺激に、抗うことができない。

それどころか、俺の指を美味しそうに咥えているサイラスの唇を見ていると、なぜか堪らない気分なのだ。

(……どうして)

サイラスは親友なのに、俺はなんでその親友に指をしゃぶられて、こんなに感じているのか。その快感を、もっと違う場所に与えられるのを、あさましくも期待しているのか……

すべての指への愛撫が終わり、手首から手のひらに舌を這わされると、とうとう俺のペニスは完全に起き上がってしまった。

当然サイラスにはすぐに気づかれてしまい、俺は恥ずかしさのあまり頭が茹だりそうになる。

「感じてくれているのか。嬉しいな。私の口は、そんなに良いか？」

「……勘弁してくれ」

露骨に聞かれて、とうとう俺は、泣きをいれてしまった。

それなのにサイラスの奴ときたら、それをスルーして手で俺のペニスをやんわり握り込むと、ニヤニヤしながら言ったのだ。

「想像していた以上に立派だ」

「そういうの、ほんとやめて……」

俺はもう、ダメかもしれない。

気づくと俺は、サイラスの左腕に腰を抱かれ、右手でペニスを弄ばれるという体勢にされていた。

(ひぇ、いつの間に!?)

羞恥のあまり顔を隠しながら、俺は小さな声を絞り出す。

「なあ、それ、恥ずかしいんだけど……」

するとサイラスの手の動きが緩くなり、同時に俺の顔を覗き込んでくる気配がした。

「そういう君が見たいんだから仕方ないだろ？　それに、君の体は君自身より素直だから、君の感じていることがよくわかって、私は嬉しい」

「素直って……」

「素直だろ？　ほら、こんなに」

「ひん!!」

濡れた先端が何かにぐりんと押し撫でられて、悲鳴のような声が出る。驚いたはずみで顔を隠していた手が外れた。

そして見えたのは、サイラスの手技により立派に成長を遂げた、俺のペニス。

親友に襲われるという不測の事態に動揺中の心とは裏腹に、ものすごく元気に反り返っている。

直視してしまったことで羞恥が頂点に達して、顔から火が出そうだった。

「さっ、サイラス……んっ」

「こんなことには無縁って顔をした清廉な君の中にも、ちゃんと欲が隠れていたんだな。素敵だ」

「やっ、あぁあっ！」

なんだそれ。そんなのお互い様だろう。

頭ではそう言い返したいと思うのに、口から出るのは情けない喘ぎ声。それに気を良くしたのか、サイラスは嬉しそうに囁《ささや》いた。

「答えなくてもわかるよ。だって、こんなにあふれてくるものね」

屹立を握ったサイラスの手が上下して、ちゅこっ、ちゅこっ、と、粘着質な音を立てている。

あふれてくると言われた通り、先端からは先走りを垂れ流す。

「あっ、あっあっあっ、あ!!」

速くリズミカルでかつ、単調な動きに翻弄されて、喘ぐのが止められない。悦いところをピンポイントで刺激してくるサイラスの手も、たまらない。

今この時、俺のすべてがサイラスに掌握されていた。

(あ、イく、イきそう……っ)

体は熱く汗が流れ、足が突っ張って太腿の筋が引き攣る。解放を期待して、全身が震えた。なのに、なぜか寸前で止められてしまい、落胆する。少しの間あやされて、またすぐに高められて、また寸止めされてを繰り返され、地味にフラストレーションが溜まってくる。

(焦《じ》れったい、焦《じ》れったい。なんで？　射精《だ》したい、早く)

一体サイラスはどういうつもりで俺を弄んでいるんだ？

すでに頭の中は解放されることでいっぱいで、サイラスのあまりの仕打ちに俺は泣きたくなっる。

腹立ちまぎれにサイラスの顔を睨み上げると、彼と目が合った。

「……っふ、う……なん、でぇ？」

射精できないくらいでと思われるだろうが、その射精くらいが、今の俺には大問題なのだ。

俺がみっともなく泣き言を漏らすと、サイラスが驚いたように目を見開いた。だがすぐに目尻を下げて、うっとりしたような表情で見つめ返される。なんでだよ。

「これくらいで泣いちゃうのかい？　可愛い。可愛すぎるだろう、アル」

屈辱だ。絶句してしまう。

可愛い？　これくらいでって、なんだ？

この状態、男にとって拷問だろうが！　君だって男なんだから、それくらいわかるだろ!!

全裸にバンドを外された膝上ストッキングとブーツ姿で、ペニスを勃起させて泣きべそかいてる男に本気で可愛いと言っているのなら、サイラスはかなりの変態だ。本物の変態だ！

そんな信じられない気持ちでサイラスを凝視すると、彼は困ったような顔になった。

「泣いてる君は心臓が爆ぜてしまいそうな愛らしさだけど、意地悪しすぎて嫌われたくはないな。ごめんね？」

あ。これ、本気だわ……と思った途端。

「く、ふっ、んん……っ」

自分のものとは思えないような甘ったるい声が、俺の鼻から抜けていった。

それを聞いたサイラスが俺の耳元で囁《ささや》く声も、甘い。

「私の手はそんなに悦いかな？　嬉しいよ」

「やっ、あぅ……」

袋ごとやわやわと揉みしだくように動いていた手が、刺激されて硬くなった俺のペニスをぎゅっと握り込む。温かい手のひらの肉に圧迫されて、目がチカチカする。

なんなんだ、これは。朝の生理現象を事務的に処理する時とは全然違う。自慰行為に伴うわけのわからない罪悪感や虚無感も、快感の波に押し流されて、思い出すことすらできない。

想像すらしたことなかった。

他人に触れられて高められるのが、自分の手でする何倍も気持ちいいなんて。

いや、他人だから、じゃないのか。サイラスだから、なのか。

俺を、俺自身よりも大切にしてくれる、サイラスだから……

呼吸が荒くなり、心臓がバクバクとうるさく早鐘を打つ。体が熱い。

額から頬を伝って、汗が流れ落ちていく。

「あっ、あっあっあっ」

「感じてくれているのか？　可愛いな……」

壊れ物に触れるように優しいかと思えば、時に強い圧で握り込みながら上下するサイラスの手。

緩急をつけた刺激の波に快感の声を抑えられず、俺の唇の端からはだらしなく涎《よだれ》が滴り落ちた。

こんな姿のどこが可愛いものかと思うが、サイラスにはそう見えているらしい。

俺を見る目はうっとりと細められ、その瞳の奥には涼しげな色に不似合いな滾《たぎ》る欲望がチラチラと揺れている。

涎《よだれ》で汚れた俺の唇はサイラスの唇で塞がれ、口の中に溜まっていた唾液もすべて彼に吸い上げられた。広い部屋の中に、いやらしく粘着質な水音が響く。

そして、唇を好きにされながらサイラスの巧みな手淫に翻弄されて、啼《な》かされるしかなくなった俺は……

「いい子だね。イってごらん、アルテシオ」

「ぁ……っ」

耳元で、低い声で名を呼ばれて、果ててしまった。

射精の瞬間、これまで感じたことのない快感に襲われた。閉じた瞼《まぶた》の裏に星が散り、脳が痺れる。内股の筋がつり、全身が痙攣《けいれん》した。

ひどい。こんな時に、そんな呼び方するなんて。信じられないくらい感じてしまったじゃないか。

（……こんなに気持ちいいなんて、聞いてない……）

全身をびくびくと震わせながら、俺は痺れた頭でそう思った。

サイラスを見ると、彼は自分の手のひらや手首の内側に付いた俺の精液を、うっとりと見つめている。

汚れてしまったのを気にしているのだろうかと思っていたら、サイラスは口を開いたかと思うと、手のひらを汚している俺の白濁を舌で舐めた。

その喉仏がゆっくりと上下する。

「っ……!?」

驚きすぎて目が釘付けになっていると、サイラスがこちらを見て、にいっと笑った。

「濃いな。私もまだ君への愛を伝えきれていないし……もう一度、かな」

途端に、下腹の奥がゾクリとして、出し切ったばかりのペニスが首をもたげる。

なんて淫猥で妖艶な笑みだろうか。

穏やかで気高く、時に聖騎士のように清廉な雰囲気すら放つ彼が、そんな表情をできるなんて知らなかった。

(想定外、すぎる……)

しかし、つい今しがた射精させられたばかりでまだ息も整わない俺は、慌てて腕を振る。

「いや、もう十分だ。わかったから、もうやめてくれ。……これ以上は色々、もたない」

「ええ？　私の愛はこんなものではないのだが？　途中で中断するなんて不完全燃焼じゃないか」

途端に唇を尖らせ、サイラスは不満そうな声を出した。

どうやら止める気はないらしい。どうしてだ。いつもの余裕綽々で大人びた君は、どこへ行ってしまったんだ。

俺はヒクッと頬を引き攣らせる。

サイラスは開き直ってしまったのか、そのまま片手でするりと俺の太腿を撫で上げながら、さっきの続きのように口を開いた。

「この、すらりと伸びた形のいい足も、綺麗だ」

「あっ……！」

反射的に声を上げてしまう。

嫌だ。こんな媚びたように高くなった気持ちの悪い声、俺のじゃない。

自己嫌悪で、手で口を覆おうとする。

しかし、それは許されなかった。

口元近くまで上げた手首が、サイラスに捕らえられてしまったからだ。

「いつもの柔らかく響く声も魅力的だが、その切羽詰まった声もたまらない」

「……っ」

上目遣いの視線に捉えられながら、ちゅっと手首に口づけをされる。

自分のほうがずっと魅惑的な声をしている癖に、ありふれたような俺の声なんかに、なぜ。

「他の者たちとは違う、晴れた日の陽に温められた風のような清々しい匂いも」

「それってどんな⁉　も、もうそういうの、いいってば……」

いい加減、褒め殺しキツい。匂いにも言及されて、かなり気恥ずかしい。

臭いって表現じゃなくても、恥ずかしいだろ、体臭がどうとか。

息をするように好きなところを羅列され、口説《くど》かれ続けるのは、本当に参る。

「もう、勘弁してくれ……」

眉尻を下げながらサイラスを見ると、彼は小さく含み笑いをしながら俺を抱きしめた。

「いつもの飄々《ひょうひょう》とした表情も、今の困ったような顔も……君のすべてが愛おしい」

あまりにスパダリが過ぎる。

体と一緒に丸裸にされていた俺のメンタルは、完全にノックアウトされた。

なのにサイラスは、まだ言い足りないらしい。

「アルは自分の魅力をわかっていないから、常に無防備で困る」

「……っ」

「他の者を近づけないために、私がどれだけ気を揉んできたのか、君は気づきもしなかったよね」

「ちょ、やっ……！」

切なげに囁《ささや》きながら尻を撫でるのはやめろ。男の硬い尻なんか何が楽しいんだ。……いや、楽しいのか。

「ああ、夢のようだ。これがずっと触れてみたかったアルのお尻なんだな。形が良いとは思っていたけど、素晴らしいハリだ」

「っ、ハリとかやめろ……おい、変なとこ触るなって……ぁ」

撫でから揉みに変わったところで、サイラスの手つきに、俺は一抹の不安を覚えた。

いや、しつこすぎない？　感触を知りたいだけだったら、もうそろそろ良くない？

俺が「あのさ」と抗議しようとした時、サイラスの指が尻たぶを割り肛門に触れた。

「ひっ！」

「こんなに堅く閉ざされているとは、なんて慎ましいんだ……」

「はっ、はあっ⁉」

あらぬ場所を指の腹で撫でられて、悪寒が全身を駆け巡った。

堅く閉ざされて慎ましいって、そりゃそうだよ！　排泄物を出すところだからな！　しっかり閉ざされてなければ困ったことになるしな！　むしろ、そこが慎ましくない人間がいるのだろうか？

俺は彼の言葉に混乱しながら、身を捩って抵抗を試みる。

しかし腰をしっかりホールドされていて、それは叶わなかった。

その間にもサイラスの指は俺の肛門周りを撫で、唇を唇で塞ぎ、抗議の言葉を封じてくる。

それらから首を振って逃れた俺は、震え声で叫んだ。

「さっ、サイラス？　何を……」

「ん？　だって、準備が必要だろう？」

サイラスは何食わぬ顔でサラッと答えを返してきた。

「へ？」

……準備？

思わぬ答えに、思考停止して固まる。

準備……俺の尻穴を撫で回して準備、とな。

つまりそれは、今日この流れで、一気に行くとこまで行こうってことなのか？

「アルの気持ちよさそうな顔や声に、私のここも辛抱堪らないんだ。でも、お互い初めてなことだし、今日のところは少しだけで我慢するけどね」

なぜか恥じらった表情を浮かべながら、自身の股間に目をやるサイラス。

俺もつられるようにその視線のを追うと、そこには――

(え……で、でかくない？)

完全にその気になっているとわかる、股間の隆起。

俺は早々に全裸に剥かれたが、サイラスもいつの間にかコートやジレを脱いで、薄いシャツとブリーチズ姿になっている。

だから、窮屈そうに勃起したソコは嫌でも目についたはずなのに、彼の指に翻弄されていた俺は、今の今まで気づけなかった。

（そうか、サイラスは俺の痴態を見てこうなったのか。本当に俺で興奮するんだな）

そう思うと満更でもない気がするのは、俺もサイラスに毒されつつあるからなのか。

（まあ、それなら俺も、本格的に覚悟を決めようじゃないか）

つらつらとそんなことを考えていてふとあることを思いついた俺は、サイラスの股間の張りを指差してこう言った。

「じゃあ、その前に。まずは君のそれを見せてみろ」

「え……」

虚を衝《つ》かれたようにサイラスはポカンとする。

その反応はちょっと可愛いなと思いつつ、俺は続けた。

「え、じゃなくて。君だって今、散々俺のを見たし弄っただろう。それなら俺だって、観察くらいはさせてもらえなきゃフェアじゃない」

「それは、そうだが……」

「それに、立場的にも俺が君に抱かれる側なんだから……自分が受け入れるものの確認くらいはしておきたい」

俺の主張に、サイラスは驚いたように目を瞠《みは》った。

どうしたというんだ。まさか今更動揺しているのか？

ついさっきまで俺に突っ込む気満々だったんじゃないのか。なのに見せろと言ったら躊躇するなんて。

俺は、そんな思いを込めて、サイラスを見つめた。

それから少しの沈黙があってから、彼はゆっくりと口を開いた。

「アル」

「ん、なんだ？」

彼の改まった様子に、俺も表情を引き締める。

「ありがとう。私を受け入れてくれる気構えを聞けて、心底嬉しい。ただ……気を悪くしないでほしいんだが」

「うん」

「私のここは、少々君を驚かせてしまうかもしれない」

一瞬、虚無になる。

まあたしかに、布越しの勃起は大きいなと思ったけど、それ自分で言う？

「……自慢か？」

半目になってそう言うと、サイラスは目を伏せて首を横に振った。

「そんなレベルの話なら、こんなに慎重にはならない」

「慎重？」

「本当は、アルがもう少し接触に慣れるまで、見せるのは先延ばしにしようと思っていたんだが……そうだな。一生を共にと望んでおきながら、隠しておくのはフェアじゃないよな」

「……うん？」

つまり、何が言いたいんだ？

理解できずに首を傾げると、今度はサイラスが、少しトーンを落とした声で問いかけてきた。

「確認なんだが……私のここを見たから、気が変わるなんてことは……」

「くどいぞ。少なくともそれを理由に嫌とは言わない」

「そうか……」

サイラスはしばらく黙ったのち、意を決したように頷いた。

「わかった。ではその言葉を信じるとしよう。誰より君には、本当の私を知っておいてほしいから」

それからサイラスは俺の体から手を離し、自分でブリーチズのボタンを外し始めた。

徐々に白い下着が露わになる。

それに指が掛けられた次の瞬間、ビタンッとすごい勢いで何かが腹に張りつくのが見えた。

「っ⁉」

その正体は言わずもがな、サイラス本人のペニス。

見慣れた俺の朝勃ちなんかより、明らかに凶悪な大きさの怪物が、そこにはあった。

「ヒュッ……」

俺の想像力が貧困な頭と心はそれを見て一気にショートし、ふっと意識が遠のく。

後ろに倒れ込みそうになったのをサイラスの腕に抱きとめられた感触はあった。

閉じた瞼《まぶた》の内側でチカッと火花が散ったのは覚えているのだが、どうやらそれが気を失う瞬間だったようだ。


再び目を開けた時、俺はベッドに横たわっていた。

体には敷布《しきふ》が掛けられており、横から不安げな面持ちのサイラスが俺の顔を覗き込んでいる。

彼は、目覚めたばかりでぼんやりしている俺に、小声で話しかけてきた。

「アル、大丈夫か？　私がわかるか？」

「……」

数秒かけて状況を把握した俺は、声の代わりにこくんと頷く。

それを見たサイラスは、表情を少し緩ませた。

「そうか。気分はどうだ？」

「……ああ、うん。大丈夫だ」

起き上がろうとすると、サイラスが背中に手を添えて助け起こしてくれる。

枕を背もたれにしてマットレスの上に座った俺に、サイラスは申し訳なさそうに口を開いた。

「すまなかった。まさか気を失うほど驚かれてしまうとは」

「うん……いや、こちらこそ申し訳ない。俺が見せろと言っておきながら」

気を失う前に見たサイラスのペニスは、あまりに巨大だった。

見慣れた俺のモノの何倍も、太く、長く、大きく、色濃い。

以前、父上の仕事について行った先で、発情した雌馬に遭遇して興奮したウチの馬のナニを見た時くらいの衝撃だった。

人の体の一部にこんな言い方は失礼だと思うが、……純粋に恐怖を覚えた。

あんなの、少々とか変な謙遜しないでほしかったわ。

「しかし、それはそれとして。ひどいぞ、サイラス。まさか事前情報もないまま、初めての俺にあんなのを突っ込むつもりだったんじゃないだろうな？」

まさかな？　君はそんな鬼畜じゃないよな？

正直、生命の危機を感じるレベルのアレを、大好きなはずの俺に、まさかな？

しかし、俺の視線を受けたサイラスは、バツの悪そうな顔をして項垂《うなだ》れた。

「いや、さすがに今日は先っぽだけにしておいて、数日に分けて慣れてもらえばと……思ったんだが」

「……先っぽだけって、君な……」

(やっぱりその気だったんかい。先っぽだけから数日かけて慣らす？　あれって、未経験の人間の肛門がほんの数日で順応できるレベルか？)

ショックを隠し切れない俺は、本日二度目の絶句。

ドン引きしている俺の顔色の悪さを察したのか、サイラスは慌てたように釈明を始めた。

「いや、やり方についてはきちんと房事の教育係に口頭でレクチャーを受けたから、頭には入っているんだ。私の場合、相手の事前準備を怠ると大惨事になりかねないと、口酸っぱく言われてきたし。実践は初めてだが、上手くやれる自信はあったんだ」

「えっ、君、そっちも初めてなのか」

サラッと童貞発言されて驚く。

キスも未経験だと言ってたからもしかしてとは思っていたが、やっぱりか。

俺もだ友よ、仲間だな。

閨房レクチャー担当は付いていても、実践はしなかったんだな。

しかし同じ童貞だと確認できたのに、今は喜ばしさより不安のほうが大きい。机上で学んだだけの事を上手く実践できると思ってるのも怖いわ。

そりゃ、サイラスは初めてのことだって難なくこなしてしまえる天才だが、これもそうとは限らないじゃないか……

そんな気持ちが顔に出てしまっていたのだろうか。

俺を目だけで見上げたサイラスは、宥めるように優しく囁《ささや》いた。

「大丈夫だ。愛するアルの体に傷をつけるような真似を、私がするはずがないだろう？」

「……」

たしかにサイラスは、俺に甘すぎるくらい甘いから、故意に俺を傷つけるとは考えにくい。

しかしだ。童貞の俺が言うのもなんだが、性技とは経験を積むことで身につくものなのではなかろうか。

俺は少し呆れを含んだ目で、無言でサイラスを見る。

その無言をプラスに解釈したのか、サイラスは俺に眩しい笑顔を向けてきた。

「任せてくれ。きっと傷つけたりすることなく君の体を開発する方法を見つけてみせる。だから二人で気長に頑張ろう！」

「……ソウダナ」

そうかあ……そうだよな。結局、そうなんだよな。

サイラスの求婚を受け入れるってことは、あの馬並み凶器不可避の夫婦生活が待ってるってことなんだよな。

……………やはり逃げたいのだが？

◇◇◇

東ネールの屋敷に到着し、激動の一夜が明けた。

結局昨日は、サイラスの超巨根に恐れをなした俺が失神するという、我ながら深窓の姫君ばりの初心《うぶ》っぷりを発揮して終了してしまった。

いや、情けないと反省はしている。

ただ俺の名誉のために少しだけ言い訳させてもらうと、一度は愛人ならと肉体関係を覚悟して、サイラスのペニスが多少大きいくらいなら、妥協もやむなしの気持ちだった。

しかし、実物を目の当たりにして、その覚悟は霧散した。アレは規格外すぎるだろ……

正直、あの怪物が自分の尻に突っ込まれるのかと想像すると、もう恐怖以外の何物でもない。あんなの挿入されてピストンでもされた日には、穴と内臓が無事ではすまない。サイラスも、そんな凶器の所持を黙ったまま、ことを進めようとしていたことを反省したらしい。

あのあとは、「無理させてしまったね、今日はゆっくり休んで。あ、甘いものいるかい？　何が欲しい？　なんでも言うといい」などと、至れり尽くせりだった。

いや本当に、あのまま続行されていたら今頃どうなっていたかと気が遠くなる。

再三になるが、サイラスは基本的には紳士だし、本人も俺を傷つけたりはしないと言っている。が、人が興奮状態になり理性を失ってしまった時、その約束はどこまで守られるだろうか。

本当に、あの時サイラスに「性器を見せてみろ」と迫った自分の判断を褒めてやりたい。

そんなこんなでベッドの住人と化した俺は、その元凶となったサイラスに世話を焼かれながら半日以上を過ごした。

昼食には胃に優しそうな軽いスープや果物。おやつには舶来物の菓子が出て、珍しい甘味のおかげで、馬並みから受けたトラウマがやや緩和される。

心はともかく体はピンピンしているので、夕方頃になると、反省顔のサイラスに介護されるのにもそろそろ飽きてきていた。

するとちょうどそこへ、サイラスが俺の実家、リモーヴ家に送ったという使者が戻ってきた。

使者の持ち帰った父上の手紙には、『公子様のご随意に』というようなことが書かれていて、我が父ながら予想を裏切らない人だと痛感した。

しかもそれに続いて、学園からも学園長のサイン入りの書簡が届き、『短期間なら休みを許可するよ』という旨の文面を見て絶望してしまう。

アクシアン家の威光の絶大さを思い知らされた。権力怖い。

それに加えて、笑顔のサイラスが「ウチの父上にも、しばらくここに滞在することは伝えてあるから」とダメ押し。

嘘だろ？　まさか最後の砦であるアクシアン公爵の了承まで下りてしまっているとは……

隙間なく外堀が埋められていくのを、ひしひしと肌で感じる。

良いのですか、閣下。息子さんの性格上、止めるなら今がギリギリのタイミングですよ？

しかし、出奔するだとか、出家して修道院に入るだとか脅されてしまうと、そうもいかないんだろう。お気の毒だ。よりによって跡取り息子が、俺みたいな平凡低爵位家の次男坊なんかに引っかかるなんて。

いや別に俺が引っかけたわけではないが、なんとなく責任を感じなくもない。

ずっとそばにいて、サイラスの気持ちに気づけなかった俺にも落ち度はあるんだろう。

(どうしたものかなあ……)

読んだ書簡を上機嫌で机の引き出しに仕舞うサイラスの姿を見ながら、俺は溜息をついた。

そうして時間は過ぎて、日も傾いた頃。

俺は部屋に運んでもらった食事をサイラスと一緒に取りつつ、今後の話し合いをした。

「なんだか、すまなかった、いろいろ」

綺麗な姿勢でスープを食しながら、サイラスは申し訳なさげに謝罪の言葉を口にする。

「だが、ここに連れてきたことに対しては謝らない。先ほども言ったが、私の気持ちを理解してもらうには、時間が必要だと思うんだ。ここで共に過ごしながら私のことを知ってほしい」

「……うん」

「私の想いと同じほどには求めない。しかしできることなら、私との未来を考えてみてほしい。愛人や部下としてではなく、伴侶としてのだ」

目を伏せながらそう言うサイラスは、いつもの自信に満ちた彼とは様子が違っていた。

しかし、『愛人や部下などではなく』のくだりをさりげなく強調しているあたり、俺の放った愛人にしてくれていいんだぞ発言がよほどショックだったようだ。

なんかごめんな。

で、ここからがまた少々面倒だったのだが、俺が彼に最終確認をしたところによると、やはり軟禁を解く気はないようだ。俺に嫌われるかもしれないリスクを考えつつも断行した、というところに妙に固い意思を感じたので、そこは変に刺激せず、譲歩することにする。

まあ、なんと言うか、ほぼほぼ諦めの境地と言うか。

(まあ、いっか……)

なんて思ってしまったのが、運の尽きだった。

目まぐるしい展開に翻弄されてから、はや一週間が経った。

すっかり屋敷の生活に慣れてきた俺は、今朝もサイラスのキスで起こされた。

「おはよう、よく眠れた？」

「……おはよう」

「起きられそうなら、朝食にしよう」

そう言われたので、眠い目をこすりながら起きる。

そして、用意された洗顔用のお湯で顔を洗い、サイラスの部屋着を借りて着替え、揃って仲良く一緒に朝食をとった。

以前父上に、「何事も慣れ」だと言われたが、たしかにその通りだった。俺はサイラスのモーニングキスにも、甲斐甲斐しく世話を焼かれることにも、順応しつつあるのだから。

そうして、勉強したり読書しながら過ごしていると、午後になってから屋敷に来客があった。

やってきたのは、首都の一等地に店を構える一流宝石商の店主だった。

聞いてみると、そこは以前からアクシアン家御用達《ごようたし》の宝石商で、今日はサイラスから受けていたオーダー品が仕上がったので届けに来たとのこと。

超お得意様への納品とあって、店主自ら足を運んだらしい。

店主は客間に通され、その付き人と護衛たちは、隣室に待機させられた。

高額商品を取り扱う商人たちは、ほとんどが護衛を雇っている。特に貴族の注文品を運ぶ場合には、数人どころか護衛団を雇うことが多い。貴族相手の取引に間違いがあってはならないからだ。

（お金持ち貴族相手の商売は大変そうだな、やれやれ）

客の一団を見物し終えた俺は、部屋に戻るため階段へ向かう。すると数段上ったところでサイラスの声がした。

「アル、どこへ行くんだ」

見ると、先ほど入って行った客間のドアが少し開いていて、そこからサイラスが俺を見ている。

「君がいないと始まらないんだから、早くおいで」

「え、俺も？」

「君も」

笑顔で手招きされ、俺は首をかしげながらも階段を下りた。そして客間の入り口に着くと、サイラスは俺の手を引いてソファまでエスコートし、先に座らせてくれてから、自分も隣に腰を下ろした。

向かいに座っていた背が低く恰幅のよい中年男性が立ち上がり、サイラスと俺に向かってお辞儀をした。どうやらこの人が件《くだん》の宝石商店主らしい。さすがに貴族相手に商売しているだけあって、品が良く如才ない。

店主は、細かい彫刻の施された小さな白い木箱を恭《うやうや》しくテーブルの上に置き、サイラスの前へ滑らせた。

「ご希望通りに誂《あつら》えましたお品でございます。お改めを」

「うん」

頷いて木箱を開けたサイラスが、箱の中を見て微笑む。

「うん、素晴らしい出来栄えだ」

「ありがとうございます」

横で彼らのやり取りを見ていた俺には、それがなんなのか見えない。

「やはりこの石にして良かった」

「ん？　何？」

首を傾げながら聞くと、サイラスは俺の手を取りながら答えた。

「婚約指輪だよ」

「……え？」

俺はハッとして、すぐに慄《おのの》いた。

（いや、いくらなんでも早すぎない？　断罪パーティーの夜から、ようやく十日ほどだぞ？　あの翌日に注文かけたにしたって、婚約指輪ってそんなに早く仕上がるものなのか？）

貴族の結婚は契約である。

だが俺たちの場合、その契約を交わすには、しつこいようだがあまりにも格差がありすぎる。俺の家の財力では、アクシアン家へ嫁ぐためにかかる持参金諸々の費用を工面することすら難しい。

しかも、こんな短期間に婚約指輪の費用を用立てられたはずがない。

というか、そもそもどうやって婚約を断ろうかと考えてるくらいなのだ。

しかし今、サイラスが見せてきた箱の中には、一対の指輪が並んでいた。しかも相当高そうな。

とてもじゃないが、リモーヴ家ではこの指輪の百分の一の値も負担できないぞ。

やっぱり格差婚、無理だわ。サイラスとの生活が結構快適で、最近ちょっとグラついてたけど、やっぱ断るしか。

「なあサイラス。……やはりウチでは……」

怖気づいた俺は、尻ごみしながらそう言う。すると意図を察したらしいサイラスが、そっと俺の手を取り、その上に自分の手を重ねてきた。

「君は身一つでいいと言っただろう。費用のかかるものはすべて私が用意する」

「え」

「私が無理に君を望んだんだ。これ以上、負担をかけたりなんかできないからね」

「あ、ありがとう？」

まじか。あれって本気だったの？

考えてみりゃ、財力に富む公爵家が、貧乏子爵家の持参金なんかあてにする必要ないもんな。良かった!!

……じゃなくて。そもそも俺はどうにか婚約話を撤回しようとしてる立場なんだから、婚約指輪なんて受け取るわけにはいかなくてだな……

しかしそうこう悩んでいる間に、サイラスは指輪の一つを、嬉しそうに俺の左手の薬指に通してしまった。

「あ」

は？　いや嘘だろお前。なんてことしてくれるんだ。

信じられない奴めと思いサイラスの顔を凝視すると、サイラスはサラッとえらいことを告げた。

「実は、一年前から頼んでおいたんだ」

………なんだと？

聞き捨てならない言葉に、俺は今度こそ驚きを隠せなかった。

「いや、一年前に発注したってこと？　エリス嬢の素行調査はしてたけど、まだ婚約破棄のこの字も出ていなかった頃だよな？　俺に断られるとは思わなかったのか？」

「承諾してもらうまで食い下がるつもりだったよ。そうしたら、どうせ必要になるだろう？」

怖い。なんだその思考。本当に最初からイエスの答えしか想定してないのかよ。

というか、いくらなんでも気が早すぎるだろ。もう押しが強いとか、そういう次元じゃない。

考えてみれば、王家に次ぐ権力を誇るアクシアン家の長子に生まれ、生まれながらにすべてに秀でたサイラスだ。そんな彼に『否《いな》』と言える人間は、周囲にあまりいなかったのかもしれない。

唯一思い通りにならなかったのは、エリス嬢と婚約させられたことくらいだったりしてな。

本来、貴族の婚約や結婚なんてものは、本人たちの意向よりも、その背景の都合が優先されるもの。それで言うと、今回のサイラスと俺の婚約は明らかに異例だ。

いくら問題を抱えた相手だとしても、中堅貴族でそれなりの釣り合いだった伯爵家の令嬢との縁談をひっくり返して、恋愛感情で男との結婚を決めたのだから。

サイラスが俺に用意した婚約指輪は、四角くカットされた貴石が純金に嵌《は》め込まれたものだった。思っていたよりシンプルなデザインだったことになんとなく安心したが、石の色を見てギョッとする。

サイラスの瞳によく似た青に、ほんの少し金を混ぜたような、不思議な色合いの美しい宝石。それが、滅多に採掘されない非常に稀少で高価なものなのは、貴金属に疎《うと》い俺ですら知っている。この指輪一つでちょっとした屋敷の一邸や二邸くらいは買えてしまうだろう。

「ひぇ……」

あまりのことに震えてしまう俺を前に、サイラスは静かに説明を始めた。

「アルは華美すぎるものを忌避する傾向があるだろう？　だからシンプルなほうが身につけやすいかと思ってね。石は、いつでも共にあることを忘れずにいてほしいという思いを込めて、私の瞳の色と合わせたんだ」

サイラスの声を聞いている内に目眩がしてきて、ソファの背もたれに倒れそうになるのをどうにか耐える。

なんだか息まで苦しくなってきた気がするな……過呼吸か？

そんな俺の心を知ってか知らずか、サイラスは話を続ける。

「この青い貴石は、特に強い聖なる力を持つという。私がそばにいない時でも、きっと君を守ってくれるだろう」

そうだな。聖力もお値段も高すぎて、王族や高位貴族以外では、一部の聖職者しか身につけてないなんて話も聞くもんな。

そんな貴重なものが、今、俺の指に。

左手がとても重く感じて、もはやうんうん頷くしかできない。しかしそうしているばかりにもいかず、なんとか声を絞り出した。

「そう、なんだな……。うん、ありがとう」

「正式に婚約、受けてくれるか？」

真剣そうな面持ちで改めて聞かれて、言葉に詰まり頭の中で逡巡《しゅんじゅん》する。

いくらアクシアン家とはいえ、稀少なこの貴石を用意させるのはなかなか大変だったろう。

そんなものを、俺のために。

正式な婚約破棄前に、婚約者以外の人間のための婚約指輪を発注していたのは感心できないが、それはおそらく、自分の瞳の色と似たこの貴石を、同じ大きさで二人分用意するためだったのだろう。

サイラスの、俺に対する気持ちの詰まった特別な指輪。

断れば、それを無にしてしまうということになる、のか……

断られようが諦めないとは言っているけど、傷つかないわけではないよな。

俺ももう、サイラスの綺麗な瞳が翳《かげ》るのは見たくない。

時間にして、ほんの数秒。しかし俺の頭の中では様々に思い巡らせた結果。

「……よろしくお願いします」

俺は断腸の思いでそう言った。言うしか、なかった。

途端に喜色満面になったサイラスに抱きしめられる。その肩越しに、向かいに座っている宝石商と目が合った。目を細めて微笑んでいたので、釣られて引き攣った笑みを返す。

たぶん、これでいいんだ。

俺が素直に折れれば、全方向丸くおさまるんだから。

……そうだよな？


俺が改めての了承をしたことにより、婚約式の日取りは一ヶ月後、ごく身内だけでと決められた。

再三言うが、早い。なんでも早すぎるんだよアクシアン家。もっと迷えよ。

エリス嬢との婚約破棄から二ヶ月足らずで新たな婚約を結ぶって、異例の早さなのでは。まあエリス嬢と違って、こちらはきちんとケリはつけてからのことなので、問題はないはずだが。

少なくとも、サイラスはそう思ってるんだろう。

いろんなことに気を揉んでるのは、俺だけなのかもしれない。

しかも新たに俺を悩ませることになったのが、サイラスの巨根問題だ。

あの巨根でサイラスは、俺としっかりガッツリ性交したいらしいから……

婚約の次は結婚だから、夜の営みは必定《ひつじょう》だ。おそらく……いや確実に受け手となる俺が、尻穴をなんとか性交可能なまで拡張するしかないのだろうが……果たしてそんなこと、本当に可能なのだろうか。

これまでの人生、たいていの物事は成せば成る精神で生きてきた俺だが、さすがにそこまで自分の可能性は信じられない。ものすごく不安だ。

普通、家の後継者と婚姻するというのは、子作りの義務が生じるということ。特に王侯貴族の間ではそうだ。

他国よりだいぶ緩い我が国でさえ、男性同士の特例的（政治的、あるいは単純に恋愛）な結婚を除き、その義務が免除されることはない。結婚した正妻に子ができなければ、側室を迎えてでも子を作る。そして子作りには、性交が不可欠だ。

その一点のみだけで言えば、男性遍歴を重ねて百戦錬磨のエリス嬢は、巨根サイラスにはうってつけの逸材だったのかもしれない。

（もしかして断罪、早まったんじゃ？　そしたら俺も、こんなことで悩まずに……）

遠い目になる俺。

そんな俺の胸中を知ってか知らずか、サイラスはずっと上機嫌だった。


東ネールの屋敷に来て、二週間。

サイラスは、昼だけではなく夜も当たり前のように俺の部屋にやってきて、ベッドに潜り込むようになった。

「無理せずゆっくり慣らしていこう。何、これからずっと一緒なんだ。焦らずとも時間はあるさ」

「……うん」

性欲ではなく慈愛の眼差しでそう言われ、なんだか複雑な気分になる。

どうやらサイラスは、俺を己の逸物に、視覚と触覚から慣れさせようとしているらしいのだ。

そのためか初日のような強引に求めてくる様子はなく、言葉の通りゆっくりと優しく触れられる。

もちろんそれだけで済むはずもなく、愛撫されて、高められて、絶頂までがワンセットだ。

その途中で俺もサイラスのペニスを触らされたり、握らされたりする。

自分のモノの数倍はある、硬い怒張。それだけでも正直恐怖だ。

それでも俺がそれに触れると、サイラスが気持ちよさそうにするのだ。擦ると熱い吐息を漏らすし、サイラスがしてくれるように先端に唇を寄せて舌を這わせてみると、眉根を寄せて色っぽく呻く。

男らしい綺麗な顔を上気させて色気を醸す姿は、本当に心臓に悪い。同性は対象ではないと思っていたのに、最近ではそれが揺らぎつつある。サイラスのせいだ。

たしかに俺は、この歳になるまで色事には縁遠かった。婚約者もいなかったし、女性の手に触れたことすらない超奥手男子だ。

だが、サイラスだって似たようなものだ。

アクシアン家はリモーヴ家と違って高位貴族だから、閨房の指南役みたいな人物がいて、俺より性的な知識はある。しかしそれだって机上の知識のはず。

なのに、初めてのキスからすでに歴戦の猛者とそこいらの村人くらいの差があったのはどうしてなのか納得いかない。

しかし俺がそんな状態だからこそ、サイラスは気を遣って、超スローペースで閨事に慣れさせせようとしてくれているのだろう。そう考えれば、この状況はむしろありがたいと思えなくもない。

地獄に到達するのは、できるだけ先延ばしがいい。

本格的に尻の慣らしが始まって、サイラスの巨根の全部がこの体内に収まる日が来たら……それが俺の命日になるかもしれないのだから……

夜のほうは相変わらず戦々恐々とはいえ、昼間の生活は本当に楽しい。

一緒に勉強するのはもちろんのこと、ゆっくり敷地内を散策したり、時にはランチを用意して遠乗りに出かけたり。

野放図《のほうず》な自然に囲まれているように見えたネールの屋敷は、実はしっかりと管理されていた。敷地周辺の森には危険な大型獣避けの工夫もされており、姿が見えるのはリスや兎、小鳥ばかりで和む。

水辺が近いからか、木々の間を吹き抜ける風の匂いも清々しくて、特に早朝の空気の澄み具合は格別だ。

しかも、いくつもあるアクシアン家の別邸の中でも、サイラスが幼い頃からお気に入りなのだというこの屋敷には、彼の趣味が反映された書庫や書斎がある。

そこには学園の図書室や蔵書室などでもお目にかかれないような珍しい本もあり、俺の胸を躍らせた。ここに来た翌日からは、それらを繰るのが俺の日課になったほどだ。

誰よりも近い親友なだけあって、サイラスと俺は趣味がほぼ被っている。だから置いてあるどの書物も、興味深く面白い。

共にそれらの本を読み耽《ふけ》り、時にはチェスをしながら古代の戦の戦術などの議論を交わす。

またある時は夜の庭に出て、ホットワインを呑みつつ星空を見上げ、ロマンティックな星座の神話にケチをつける。

そんな暮らし、楽しいに決まってるじゃないか。

悪くないどころか、快適そのものだ。

（サイラスとの結婚も悪くないかなあ）

単純な奴めと言われそうだが、案外人間なんてそんなものではないだろうか？

すべての自由を奪われて閉じ込められている訳ではなく、贅沢な衣食住や娯楽を与えられ、気心の知れた友人がそばにいてくれる。まさに至れり尽くせり。

生まれて十八年。清貧に甘んじてきた俺は、わずか一ヶ月足らずで覚えさせられた贅沢に、まんまと懐柔されつつあった。これについては完全に、俺の性格や実家の内情を知り尽くしたサイラスの作戦勝ちだ。

最近では夜の戯れにも抵抗が薄れてきているし、婚約式までにはそれらしく振る舞えるようになるかもしれない、なんて思う。

そんなネールの屋敷での軟禁生活が、三週間と少し経った日の晩のこと。

「来週あたり、家に送っていこう。正式なご挨拶もその時にしようと思うんだけど、どうかな？」

いつものように二人で夕食をとっていた時、目の前のサイラスがそんなことを言い出した。

正式に婚約を受けたことで腹が据わった俺は、最近では平素の落ち着きを取り戻している。それを見てサイラスは、もう俺に逃げる気がないと見て安心したんだろう。

とりあえず楽しい軟禁生活は、そろそろ終了の雰囲気になりつつあった。

やれやれというか、残念というか。

「そうか。では父上にも報せておかないとな」

俺が兎肉のパイ包みに舌鼓を打ちながらそう答えると、サイラスはワインを傾けながら、笑顔で頷いた。

それにしてもここに来てから、新鮮な肉しか出てこない。

調理法は様々なのだが、一度も塩漬け肉が出てこないことに、さりげなく驚いているぞ。

実家の経済状況ゆえに、普段の食事が豆や野菜ばかりだったというのもあるが、それだけが理由ではない。

俺は、臭いからという理由で肉が苦手だった。

乾燥肉は硬いが、まだマシだ。問題は、長く保たせるために塩漬けにされたものだ。

あれは臭いのもさることながら、たまに緑に変色してヌルついてる時がある。

だが、他家にお呼ばれした食事会でそんなのが供されても、皆は結構平然と口にする。肉を出すのは客へのもてなしだと知っているからだ。

なので俺も、顔には出さずにいただくようにしていたものの、絶対そのあとで腹を下した。

けれどこの屋敷で日々の食卓に上るのは、きちんと血抜きや下処理がされた新鮮な肉料理ばかり。香草で臭みも消され、ぬるつきもなく、出来立てのいい匂いが鼻をくすぐる。

俺はここに来て、初めて肉料理が好きになった。

以前塩漬け肉が苦手だとこぼしたのを覚えていて、気を遣ってくれたんだろうか。

性別のことは置いといて、巨根以外は最高の相手に違いないんだよな……

俺はサイラスの巨根を見る瞬間まで、男に生まれた以上、性器は小さいよりは大きいほうがいいものだとばかり思っていた。

しかし、サイラスの秘密を知った今となっては、そうとばかりも言えないと感じている。

……まあ、そんなことはともかく。サイラスに提案されたリモーヴ家への帰省、および婚約の挨拶に、俺に異存はない。

サイラスが言うには、婚約式が済み次第、俺の身柄はアクシアン家の預かりになるらしい。実家に戻って暮らせるのは、きっとそう長くはないだろう。

せいぜい今の内に名残を惜しんでおかねば。

「久々にみんなの顔が見られると思うと楽しみだ」

「私もだ。義父上《ちちうえ》は何が好物なのだろうか」

そんな会話で和《なご》やかに夕食の時間は過ぎていった。

ところが、それから三日もしない内に、とある事件が起きたことにより、その予定は覆されることになる。

◇◇◇

その朝、俺が目覚めると、珍しくサイラスが横にいなかった。

いつもなら、メイドが起こしに来る前に顔中にキスして起こしてくるのに……という思考になった自分に顔が熱くなる。

そんなことに完全に慣らされてしまった自分が怖い。

（先に起きて何かしてるのか？）

じきに起こしに戻ってくるだろうかとベッドの中でボーッとしていると、規則正しいノックが聞こえた。

ドアを開けて入ってきたのは、メイド長のサラだ。

彼女は静かに俺の寝ているベッドへと近づき、俺が起きていることに気づくと、意外そうに目を見開いた。

「あらアルテシオ様、おはようございます。お目覚めでいらしたんですね」

「おはよう、サラ。つい今しがた起きたところだよ」

サラはベッドから少し離れたところからお辞儀をすると、窓辺へ向かっていく。

「サイラスは？」

そう聞くと、サラは窓のカーテンを開けながら、こちらを見て答えた。

「坊っちゃまは、ただいま王宮にお出かけです」

「王宮？」

「夜明け前にご使者の騎士様がいらっしゃいまして、その方とご一緒に」

「そう、か……」

毎朝、カーテンを開ければ差し込んでくる眩しい朝陽が、今日はない。

窓越しの空に目をやると、灰色の雲が垂れこめた、見事なまでの曇天だった。

（よりによってこんな天気の日に？　ツイてないな、あいつ）

馬車だから濡れることはないだろうが、舗装されていない道だと、こんな日にはたちまち悪路になるからな。しかもこの屋敷に来てから天気の良い日が続いていたから、なおさらだ。

それにしても、王宮から早朝の呼び出しだなんて。ただごとではないんじゃないのか？

「洗顔用のお湯をお持ちいたしますね」

「ありがとう」

サラに返事をしながら、俺は妙な胸騒ぎのする胸に右手を当てて、自分を落ち着かせるように撫でた。


俺の胸騒ぎをよそに、サイラスは昼過ぎに、無事屋敷に戻ってきた。

帰宅してきたサイラスをリドリーたちと一緒に出迎え、少し遅くなった昼食を一緒にとっていたのだが、どうも様子がおかしい。

いつになく難しい顔をしているかと思えば、食事中だというのにスープに浸けたスプーンを見つめたまま、動かなくなったりする。

いつもの笑顔もなく、あまりに挙動不審なサイラスに、俺は心配になった。

「王宮に呼ばれてたんだってな。何かあったのか？」

声を掛けると、サイラスは我に返ったようにこちらを向く。

そして、物言いたげに口を開いては、閉じるを何度か繰り返した。

こんなサイラスは初めてだ。一体、王宮で何があったのだろうか。

「サイラス、どうした？　何かあったのか？」

再度問いかけると、彼は言い辛そうながらも、ようやく口を開いた。

「アル。すまないが、リモーヴ子爵家への帰省は見送ってほしい」

その言葉に、俺は首を傾げる。サイラスがそんなことを言い出すからには理由があるのだろうが、それにしても急だな。

「理由を聞いても？」

するとサイラスは、少し躊躇するような様子を見せたが、しばらくして口を開いた。

そうしてサイラスの口から告げられたのは、想像もしていなかったことだった。

「誤魔化してもどうせ耳に入るだろうから、伝えておく。実は、シュラバーツ殿下が姿を隠されて行方知れずだ」

「え……？」

パンをちぎってスープに浸しながら食べていた俺は、一瞬呆気に取られたあと、まじまじとサイラスの顔を見つめた。

「あのシュラバーツ殿下が？」

第四王子シュラバーツ殿下と言えば、サイラスの元婚約者であるエリス嬢の最後の浮気相手であり、あの夜の断罪劇の主役の一人である。

しかし殿下は、父である国王陛下の前でサイラスに断罪され、さらには陛下直々に『北の塔にて一年間の謹慎処分』と言い渡されたのではなかったか。

北の塔と言えば、その劣悪な環境と堅固さで知られる王族の幽閉先だ。

「えーっと……行方知れずって、どうして？」

「どうやら脱獄されたようだ」

「え？　でもあそこって……」

「ああ、だから私も驚いている」

脱獄。もしそうなら、色事以外にはボンクラと言われるシュラバーツ殿下が、あの厳重な警備をどうやって抜け出したというのだろうか。

剣術や体術が優れているなんて聞いたことがない。とても自力で脱獄したとは思えないんだが。

「一体、どうして」

次にことを起こせば身分剥奪、とまで警告されておきながら、思い切った真似をしたものだ。

少し感心してしまった俺に、サイラスは真剣な表情を向けて答えた。

「つい昨夜のことらしく、仔細はまだ調査中だ。塔の入口を守っていた守衛も牢番もすべて倒されていて、全員未だに意識が戻らない。そういう状況から、誰かが外から殿下に脱出の手引きをしたと思われるのだが」

「まあ、そうだろうな」

中にいる殿下にそんなことできるわけがないものな。それにしても……

「シュラバーツ殿下に、まだそんなことをする支持者がいるとは」

不敬なのは承知しながらも俺がそう呟くと、サイラスは小さく首を横に振った。

「それはないだろう」

「なぜだ？」

「シュラバーツ殿下を支持するメリットがないからだ」

「メリット？」

俺が首を傾げると、サイラスは肩を竦める。

「はっきり言うと、シュラバーツ殿下は、特に優れたところも求心力も持たぬ妾腹の第四王子だ。上の兄君たちは有能かつご健勝で、王位継承順位の繰り上がりもそうあるとは思えない」

一応は臣下とはいえ、さすがは近親。不敬どころではない辛辣な見解だ。

しかし的を射ている。頷きながら聞いている俺に、サイラスは続けた。

「そもそも殿下はあのご気性ゆえ、取り巻きすらも少ない」

苦虫を噛み潰したような顔で、言葉を吐き捨てる。サイラスが他人のことを、そんな風にあげつらうのは珍しい。

気にはしていなくても、視界の端に飛び交う小虫は地味にストレスだったのだろうか。

しかし……支持者の仕業でないとしたら、危険を犯してまで殿下を脱出させる者なんているのか？

「たとえばなんだが、脱出の手引きではなく、連れ去られたという可能性はないのか？　誘拐とか」

俺の推測を、サイラスは再び首を振って否定した。

「おそらく、可能性としてはそれが最も低い」

そう言ってサイラスは持っていたスプーンを置き、腕組みをした。これも、日頃の食事中にはあまりしないことだ。

「王族の一人を誘拐するとなれば、身代金目的よりも国家間の外交の駒にされることのほうを考えてしまうが……今のところ、それらしき連絡はない。それに……」

「それに？」

言葉が途切れたことに焦《じ》れて先を促すと、サイラスは少し苦笑してから続けた。

「そういった目的に使いたくて王族が欲しいなら、わざわざ北の塔なんて面倒な場所におられるシュラバーツ殿下より、もっと楽に狙える方々に目をつけるだろう」

「まあ、それはそうか」

「それに、陛下のご不興を買った微妙な立場の王子ではな」

そうだな。王位継承序列上位者でなくとも、陛下の覚えのめでたい王子や王女は、他にもいる。殿下より重要度の高い王族は、王宮だけでなく宮外の離宮や別邸にも住んでいて、当然警護は付いているが、それでも幾重にも警備を突破しなければ辿り着けない北の塔などよりは、断然容易に接触できるはずだ。

「ゆえに皆の見解では、やはりシュラバーツ殿下自ら、何者かに脱出の手引きをするように依頼をされていたのでは、と」

「依頼？　そんなの請け負ってくれるところがあるのか？」

「報酬次第ではな。しかし、見てきたところ、牢の破られかたはかなり鮮やかだった。相当腕の立つ者たちが数人がかりだったのか……とにかく一人や二人とは考え難い」

「そうなのか」

「依頼したとしたなら、かなり高額になったろう。だが殿下は北の塔に移されるまでの数日間も、移られてからも、厳しい監視下に置かれていた。どのように警護の目をすり抜けて、その者らとやり取りしたものか……」

「つまり、そんな時間も隙もなかったと」

「その通りだ」

答えながら、サイラスは右側のこめかみを指で押さえる。朝早くから叩き起こされての呼び出しだったものな。疲れたか。

俺は冷めてきた雉肉のスープをスプーンで口に運ぶが、頭の中は様々な憶測でいっぱいになっていた。そんなの、俄然興味が湧いてしまうじゃないか。

「エリス嬢は、今回の件には関わっていないのかな」

婚約者よりも先に手を取るくらい燃え上がっていた関係なんだろうし、と考えながら口にしてみると、サイラスはまた首を横に振った。

「いや、タウナー伯爵もこれ以上陛下のご不興を買えばどうなるかは理解しているだろう。婚約破棄直後にカフェであった件も、アクシアン公爵家として抗議と警告の文を送ったし、陛下にもご報告は上げている。彼らはもう、滅多なことはできないはずだ」

「なるほど」

知らなかった。サイラス、素知らぬ顔でやることはきっちりやっていたらしい。さすがだ。

しかしそうなると、本当に貴族たちの中には、シュラバーツ殿下に手を貸すような者はいそうにない。

なら、おおかたの見立て通り、本人が外注で依頼をしたと考えるのが一番筋が通るか……

俺は食事中にもかかわらず、行儀悪く腕組みをしながら、思考し始めた。

アンリストリア王国第四王子、シュラバーツ殿下。

第三側妃ユーリン様を母君に持つ彼は、ある意味エリス嬢よりも有名な人物だ。もちろん、良い意味ではない。

シュラバーツ殿下の母君ユーリン様は、伯爵家の養女であり、元は豪商ヘンリ・サルタルの娘だった。要するに、平民である。

若くして頭角を現し金を唸るほど稼いだサルタルが、次に欲したのは家格だったらしい。

しかも強欲なサルタルは、一人娘であるユーリン様をその辺の貴族に輿入れさせることは考えず、最初から王室入りを狙った。上手くすれば手っ取り早く国の中枢に潜り込んで、経済に影響を及ぼせるとでも思ったのだろうか。

　そのためユーリン様はまず、サルタルに多額の借金をしていたメルチ伯爵家の養女にされた。そうして平民から身分を上げ、王の側妃となる資格を得たわけだ。

　メルチ伯爵家の娘として初めて謁見を許された日、陛下の目を釘付けにした彼女の美貌は有名だ。そう。ユーリン様本人は、傲慢狡猾な商人の娘とは思えないほどに、嫋《たお》やかで美しく、物静かな性格の方だった。陛下が寵愛を傾けられたのも当然だろう。

　しかし、ユーリン様が産んだ息子――つまりシュラバーツ殿下は違った。

　殿下は、髪や目の色などに王家の特徴を受け継ぎ、面立ちはユーリン様に似たものの、気質は父である陛下よりも祖父であるサルタルに似てしまった。しかも皮肉なことに、サルタルの持つ豪胆さや知慮は受け継げず、傲慢さや狡猾さだけを継いだ。

　他の兄弟姉妹に比べても、突出した才も見受けられなかったという。

　シュラバーツ殿下のもう一つの不運は、同年代の従兄弟に優秀すぎるサイラスがいたことだ。

　立場的には臣下になるとはいえ、王弟であるアクシアン公爵と、侯爵家の娘であった母君の間に生まれたサイラスは、紛うかたなき純血のサラブレッドである。

　身分こそ王子ではあるものの、産みの母は元平民であるシュラバーツ殿下が、サイラスに対して引け目を感じていたのも理解できなくはない。

　貴族というものは何よりも血統を重んじる。底辺子爵家次男で、生まれながらに平民とそう変わらない暮らしを送っている俺でもわかることだ。

そんな中にあって下賤の血が入った王子と囁《ささや》かれるのは、どんなに辛く、腹立たしかったことだろう。

加えて、きっと幼い頃から比較され、劣等感を煽られ続けたのだろう。

そのあたりの事情を鑑《かんが》みたとしても、サイラスに八つ当たりしていたのには、到底同情などできないが。

成長してからのシュラバーツ殿下といえば、遊び好きで女好き。王族という威光と、金に群がる取り巻きを引き連れて、素性を隠すでもなく街へ繰り出していた。

俺の父上も、所用で街に出た折に何度か見かけたと呆れていたっけ。

取り巻きになっていた連中は爵位の低い貴族の子弟ばかりだったらしいが、そのほとんどがあの断罪劇のあと、蜘蛛の子を散らすようにいなくなったと聞く。

しかも母方の祖父であるサルタル家も、陛下の怒りを買うことを恐れてかシュラバーツ殿下と距離を置いているらしい。

もはやどこにも頼りになる味方はなく、今までは甘かった陛下にまで見放されそうになっている。

今までのツケが回って来た結果だろう。

（ま、自業自得だろうな）

そう思っていると、サイラスが苦々しげに口を開いた。

「幼い頃からああなのだ、あのお方は。他者を見下す癖に、側室腹の王子というご自身の立場を、妙に卑下しているところがある。屈折しているんだ」

サイラスの言葉に、荒々しく人を見下す品のないシュラバーツ殿下の様子が思い出される。

いつもサイラスの横にいた俺も、お会いするたびに値踏みするような嫌〜な視線を受けたものだ。

まあ、そういう愚昧《ぐまい》な方ゆえに、自分のしたことの反省はしていないだろうと容易に想像がつく。

だからその後、サイラスが口にした言葉の数々に、考えすぎだと異議を唱えることはできなかった。

「殿下は私が告発したことを恨んでおいでだ」

「だろうな」

「しかもあの方は、非常に執念深い」

「その執念深さで何か一つくらいは極められたかもしれないのに」

「努力は嫌いな方なのだ」

サイラスは憂鬱そうにそう言い、溜息をつく。

なるほど。努力はしたくないが負けたくもないのか。面倒臭い性格だな。

「それにしても、陛下の命令を破ってまで塔を脱け出されるとは思わなかった。おそらくあの方の頭の中は、私への復讐でいっぱいだろう」

「復讐？」

「あの方は執念深いとさっき言っただろう？　陛下の命を破り自分の意思で塔を脱け出したのなら、目的があるはずだ」

「それが君への復讐のためだと？」

「他に考えられない。素直に塔の中で反省していたのなら、そもそも出ようなんて思わないだろうからな」

「たしかにそうかもしれないが……」

しかしアクシアン家の屋敷だって警備は厳重じゃないか、と言いかけて先ほど聞いたことを思い出す。あの北の塔の警備が、いともたやすく破られていたという話を。

近年、そんな鮮やかな手口の賊の話など聞いたことがない。

一年間大人しくしていれば再び外には出られたというのに、陛下の戒めを破ってまで脱獄した目的は一体なんなのか。

それを考えた時、サイラスの危惧はあながち見当違いではないような気がした。

「そうか、復讐か……」

もう食事どころではない。なぜだか喉がカラカラに渇いてきた俺は、テーブル近くに控えているサラに追加の茶を頼んだ。

サイラスは、そんな俺を気遣わしげに見つめながら、申し訳なさそうに眉尻を下げた。

「私はしばらく、シュラバーツ殿下の捜索に加わらねばならない。だからアルには、より警備が厳重なアクシアン公爵家の本邸に移ってもらいたいんだ」

「本邸に？」

「捜索の進み具合によっては、婚約式も先延ばしにするかもしれないことを承知していてほしい。シュラバーツ殿下が何かをしてくるとしたら、私本人ではなく、私が最も大切にしている『君』に対してだからだ」

最も大切、という言葉に思わずキュンとしてしまったが、そんな場合ではないとすぐ気を引き締める。

サイラスは俺の身を案じてくれているのだろうが、俺はか弱い令嬢ではない。剣術だって、まあサイラスほどではないが、そこそこの腕前なのは知っているだろうに。

しかし空気の読める男は、そんなことは言わないものだ。余計な行動を起こして心配の種を増やすような真似はしない。

「わかった」

俺は素直に頷いた。

今の俺にできるのは、おとなしくサイラスの言う通りにすることだけなのだ。


本来なら実家への帰省予定日だった日。俺はアクシアン家本邸の、サイラスの部屋にいた。

昨日の昼すぎに東ネールの屋敷に別れを告げ、厳重に警護された馬車でサイラスと共に出発。夕方になる前には、この本邸に到着した。

こぢんまりとした東ネールの屋敷とは比較にならない規模の、本邸のアプローチ。エントランスにズラリと並んで出迎えてくれた使用人の数に圧倒され、冷や汗をかく。

友人として訪れていた時には毎回七、八人程度だったのに、これが立場が変わるということなのか。

しかし東ネールの屋敷に連れていかれた時とは違い、本邸には家令のジェンズを始め、顔馴染《なじ》みの者も結構いる。そのため、なんとなく心強く思えた。

サイラスの部屋は広く豪奢だが、趣味の良い家具に囲まれた雰囲気の良い空間だ。

室内にある大きなソファの右端は、俺が来た時の指定席である。

そこに座り、出された茶に口をつけたあと、俺は満を持して口を開いた。

「……なぜだ？」

それは、俺の身辺の世話係やらの差配のことである。

東ネールの屋敷と同じく、またしても俺の周囲は年配の使用人で固められてしまった。

これはもう意図があるだろうと思って問うと、サイラスはシレッと答えた。

「アルのことは信じている。でも若い使用人だと、アルの魅力に心奪われて良からぬ考えを起こす人間が出てこないとは限らない」

「お、俺の魅力……？」

聞き慣れないワードに俺の脳内がザワつく。

サイラスの俺に対する過大評価はそこまで来てしまっていたのか、と遠い目になる。

そんな俺をよそに、サイラスは続けた。

「アル、私は心配なんだ。君は無自覚がすぎるから」

無自覚……？

日頃四方八方に気を張り巡らせて警戒している俺の、何が無自覚だと言うのか。

少々ムッとしてサイラスの顔を見ると、なぜか溜息をつかれた。

……何それ不本意。

「あのな、アル。何度か言ったと思うが、君は自分を過小評価しすぎだ。君の成績やそれを保つ努力は賞賛に値するし、容姿だって！　たとえ男性だとしても、君ほど清楚で魅力的ならば、憧憬を抱き虜になる者は少なくないんだよ？」

清楚……？　虜……？

またしても聞き慣れない……いや、初耳ワードだ。

というか、清楚なんて言葉を男に使う奴、初めて見たぞ。

そんな奴は君だけだろ。

俺はサイラスの顔をまじまじと見つめる。

「君な……。たしかに俺は、頭はそこそこだと思う。しかし外見に関しては……。あー、つまり、君みたいな物好きが他にいるとも思えないのだが」

だって俺、大衆に埋もれがちな茶色い髪に茶色の瞳。不細工とも美形とも言われたことがない、ごく平凡な顔立ち。身長はそれなりにあるものの、サイラスの隣に立てば低いし貧相。

成績がいいという以外は、特筆する部分もない、薄～く地味な男なのだ。

清楚もへったくれもなくない？　と首を傾げる俺に、サイラスは重々しい口調で話し始めた。

「こんなことは、一生知らないままにさせておきたかったのだが、仕方ないな……。どうか、心を落ち着かせて聞いてほしい」

心を落ち着かせて。

これはただごとではなさそうだと、俺は緊張しながら、言葉の続きを待った。

「君には、『清貧《せいひん》の君《きみ》を愛《め》でる会』という会が存在する。貧しさに負けず品格を保ち続けるアルテシオ・リモーヴ子爵令息を陰ながら見守り応援するといったもののようだ」

「せ、清貧の君……」

な、何？　それ……？

すべてを復唱する前に絶句した俺を見て、サイラスは頷いた。

「を、愛でる会だ」

「そこじゃなくて……冗談だよな？」

「事実だ」

「は、初耳なんだが？」

「だろうな」

しかし、こんなくだらない嘘をサイラスが言うはずもない。

事実だと認めざるを得なかった俺は、しばしの間言葉を発することができなかった。

俺の実家が貧乏なのは周知の事実だが、複雑な気持ちだ。清貧って。

「……それは、その、なんちゃら会は、いつからだ？」

少しして気を取り直し質問する俺に、サイラスは目を閉じ、記憶を辿るようにしながら答えた。

「報告では……ほら、あれだ。アルが家令お手製の背負い鞄を流行《はや》らせただろう。あれから間もなく発足したそうだ」

「そこそこ長いな！　嘘だろ、そんな前から？　背負い鞄は俺が流行《はや》らせたというか、いつの間にか勝手に真似されていたんだが？」

サイラスの言う背負い鞄というのは、我が家の家令・レイアードが夜なべして作ってくれた、例の通学用の鞄のことである。

「当時華奢《きゃしゃ》だった君が大きな鞄を背負って歩く姿は、鼻血が出るほど愛らしかった……。学園に一大センセーションを巻き起こしたのは、鞄の目新しさだけが原因ではなかったはずだ」

「鼻血……」

目を閉じたサイラスは、何かを思い返しているのか、唇の端をゆっくり上げる。

なんだその笑顔は。昔の俺の姿を回想中なのか。なんかやだな。きも。

サイラスの言う、あの頃の愛らしい俺とやらは、少しだけひょろっと背が高く、痩せっぽちだった頃のことだ。

その理由は単純で、ひとえに食生活の差である。

肉や白パンが主な食事の同級生たちとは違い、俺の実家の食事は百姓や平民と同じように穀物や野菜類ばかりで、甘いものを食べる機会もなかった。

普通の貴族なら野菜なんてそんなに食べたりはしないし、豆のスープが食卓に上ることはまずないが、貧しいリモーヴ家は逆だったのだ。

だから、まあまあふくよかな同級生たちが多い中、痩せて顔色の悪かった俺は、相当悪目立ちしていたと思う。

身長は、父上も兄上もそれなりに身長はあるから、それはたぶん、血筋のおかげだ。

……以上の説明でおわかりいただけたと思う。

俺は決して、世間一般で愛らしいと言われるタイプの男子ではない。

しかし、そこに言及しても無駄そうなので黙っていた。

おそらく彼が、事故で記憶を失うか死ぬかしない限り、ガッチガチに嵌《は》まってしまっている曇った俺フィルターが外れることはないだろう。本当になんの呪いなのですか、神よ。

まあ、それは置いておいて。

まさかそんなに前からわけのわからん会が発足していたとはまったく知らなかった。

そんな会に名を連《つら》ねるような奇特な生徒がどれほどいるのかは知らないが、物好きにも程がある。暇なのだろうか。

そして、次にサイラスが発した言葉は、再び俺を震撼させた。

「規模としては全学年合わせて、七十人を少し越す」

「なっ、七十!?」

ウチの学園の生徒数、五学年で三百人と少しなのだが?

驚きっ放しで口が塞がらなくなってしまった俺をよそに、サイラスは少し苛つきを露わにしながら続けた。

「その中には少なからず、君に恋情や劣情を抱いている者もいるだろう。私がいるから主張できないだけで、な」

奇特な人間が世の中にそんなにいるなんて、知りたくなかった。

いや、信じたくはなかった。

サイラス以外にも、俺を妙な目で見ている男が何十人もいるなんて。正気なのかその連中は。

何も、清貧のなんちゃらとかいうわけのわからん会の会員すべてがそうだとは思わない。思わないが、数人いるだけでも俺としては無念である。

何かこう、申し訳ないんだが、言い知れぬ嫌悪感を覚えてしまうのだ。

サイラスが俺を恋愛や性愛の対象に見ていると知った時には、戸惑いはしたがこんなに嫌悪は感じなかった。とすると、やはり俺にとってサイラスは特別な人間だということなんだろう。

……なんだ、あの時点で答えは出ていたんだな。

俺のような貧乏子爵の小倅《こせがれ》、いくら良い成績を修めたからとて、学園内での立場などあったものではない。

もし影響力のあるサイラスが親しくしてくれていなければ、件《くだん》の物好き連中の毒牙にかかってとうの昔に尻の処女を失い、痔でも患っていたかもしれん。

そう思うと、サイラスは俺の尻の貞操の恩人と言えなくも……いや、その恩人が、一番俺の尻を狙っていたわけだがな？　今現在、誰よりも俺を痔にする可能性を持っているのだがな？

俺が腕組みをしつつサイラスのありがたみを思ったところで、誰かが扉をノックする音が聞こえた。

「入れ」

サイラスの声に反応して入ってきたのは、家令のジェンズだった。

彼は扉を入ってすぐの場所に姿勢良く立ち、こちらに礼をしてから要件を告げる。

「サイラス様、レオナード卿が」

「そうか、通せ」

サイラスの指示で、ジェンズが扉を開いて誰かを招き入れた。

それは、背の高いガッチリとした体格の、どこか見覚えのある騎士だった。短い暗めの赤い髪に、精悍な顔立ち。たしか、東ネールの屋敷からこのアクシアン家の本邸に向かうために俺たちが乗った馬車を護衛していた、二十人ほどの騎士団の中の一人だ。

俺はなんだか少し緊張して、居住まいを正した。

「サイラス様、進捗状況をご報告に」

とても落ち着いた低い声だった。

「アル、彼はレオナード。私の母方の遠縁にあたる男だ。最近、個人的なことにも色々動いてもらっているから、これから顔を合わせることも多くなると思う」

サイラスが俺に彼を紹介してくれたが、彼のほうは俺のことを先刻承知のようで、こちらに向いて挨拶をしてくれた。

「リモーヴ子爵令息アルテシオ様、ご挨拶の機会をいただけましたこと、誠に光栄です。これからお見知りおきのほどを、よろしくお願いいたします」

レオナードから丁寧なボウ・アンド・スクレープを受けたので、俺も立ち上がって返す。無骨そうに見えて、なかなかに優雅な仕草。さすがは公爵家の遠戚だ。

遠縁と言っても、少なくともウチよりは爵位は上なんだろうなあ、などと思いながら彼を観察する。

歳の頃は二十五、六。どこから見ても騎士の風貌。顔立ちは整っているものの、厳つく骨太で、髪色と相まって野生的な印象を受ける。

母方の遠縁がどれほど遠いのかは知らないが、サイラスにはあまり似ていない。けれど身のこなしは洗練されている上に実直そうで、そのギャップを好むご令嬢もいそうだと思った。

「で、何か掴めたのか」

俺と同時にソファに座り直したサイラスは、レオナードに向かって問いかける。

「それなのですが」

「うん？」

少し眉を顰めながら、レオナードは答えた。

「シュラバーツ殿下と良く似た男が西の方角に走り去っていくのを目撃した者が、数人おりました。フードで顔を隠すようにしてはいたようですが」

「脱けたのは夜中なのに、目撃者だと？　不自然ではないか？」

「それが……花街近くをお通りになられておりまして。そこの娼館帰りの客の内の数名が、そう証言を」

「……花街で顔の売れた王族とはな」

驚いたように、しかし呆れたように、サイラスは呟く。

シュラバーツ殿下のご乱行は有名だったが、こうしてその片鱗を耳にするといやに生々しい。

我が国では、王族やそれに近い身分の方々が娼館のような店を利用することは、道徳的にも推奨されていない。どうしても遊びに繰り出すという場合は、顔や身分を隠して出入りする。

にもかかわらず、シュラバーツ殿下が花街で顔すら隠していなかったとは。

俺もサイラス同様呆れているが、しかしそれで目撃証言が出たのなら……と思い直した。

とりあえず、走り去る姿を見られているということは、殿下はやはり自分の意思で塔を脱けたということなのか？

「街に潜んでいるのか、すでに首都を出て周囲の街や村に逃げているのか……。とにかく、捜索の網を広げることになりました。ですので陛下が……」

「はぁ。殿下は私に復讐心を持たれているだろうから、そういうことなら捜索には加わらず、屋敷とアルを守ると何度も言ったはずだが。陛下、耄碌《もうろく》されていらっしゃるのかな」

そんなセリフを、サイラスは吐き捨てるように言う。その顔には、心底面倒臭いと書いてあるようだった。

(おい、それって大丈夫なのか？　その発言は不敬になったりはしないのか？)

ハラハラする俺をよそに、レオナードはサイラスの不機嫌さを特に気にする様子もなく答えた。

「いえ。陛下は、サイラス様のおっしゃることももっともだと申されております。つきましては、王宮からもアクシアン公爵家の屋敷に警備隊を派遣されるとのことです」

「陛下が？」

「サイラス様のお見立て通り、シュラバーツ殿下が復讐を考えられて脱したとするなら、アルテシオ様とサイラス様のお二方が殿下の標的になるだろう。ゆえに、捜索は免除する、と」

「やった!!」

伝えられた陛下の差配に、サイラスは飛び上がらんばかりに喜び始めた。

だから、それ大丈夫？　不敬じゃない？

「アル、やったよ！　ここで一緒に君を守っていられる！」

そう言いながら、俺のほうに体を向けて両手を握ってくる。

「あ、うん。心強い」

合わせて言いながら、正直、俺もホッとしていた。

自分の身も心配だったが、サイラスの身も心配だったからだ。

だが、捜索が免除され、自宅警備でいいという。しかもアクシアン家の警備隊に加え、王宮が警備隊を貸し出してくれるなら安心だ。

北の塔が破られた時の状況よりも厳重になるし、シュラバーツ殿下が雇った者がよしんば手練れだとしても、おいそれと侵入されることはないだろう。

身の安全が保証されるなら、婚約式なんか延期されてもぜんっぜん構わない。というか、別に婚約式を心待ちにもしてないしな！　安全第一！

……というように、俺たちの身辺の警護が固められたのだが……

それからわずか二日後、事態は思いもよらぬ形で収束することになった。

首都を抜ける手前にある西の森の中で、捜索隊がシュラバーツ殿下の身につけていた服の切れ端や装飾品の一部を見つけたのだ。

さらにはその近くに、肉片のこびりついた骨や、まばらに金髪の残る頭蓋骨を発見。

ズタズタに引き裂かれた衣類の損傷具合などから、獣によるものであると結論付けられた。残された部位がごく少なかったため、残りはおそらく獣に持ち去られたものと思われる。

北の塔を脱走した第四王子シュラバーツ殿下は、逃走中に亡くなったのだ。

塔から脱けたあと、王宮から近いアクシアン家本邸や東ネールの屋敷とは正反対の西の森まで移動していたことから、迅速に国外逃亡を企《くわだ》てていたと考えられる。

サイラスの、「復讐を考えているのではないか」という推測は、単なる取り越し苦労だったというわけだ。

(しかし、あのふてぶてしい殿下が、こんなにあっさりと命を落とすものだろうか？)

俺は、なんとなく腑に落ちないような気がして首を傾げたが、本人を示す物証がいくつもある事実を思うと、殿下の死を認めざるを得なかった。

俺の脳裏に、片方の唇を吊り上げ、蔑《さげす》むような笑みを浮かべたシュラバーツ殿下の姿が浮かぶ。

(困ったお方だったけど、こうなってしまうと……お気の毒だな)

俺はもう余計なことを口にせず、ただ傲慢で不遇だった在りし日の王子を悼んだ。


それから二ヶ月後。

東の果ての魔法大国・ホーンにおいて、国民のほとんどが黒髪黒目であるその国では珍しい金髪碧眼の男奴隷が、王の後宮に秘密裏に入宮を果たす。

即位したばかりの若き王に未だ妃はなく、数人置いていた側妾たちにも暇をやり、後宮の主はもっぱらその男奴隷ただ一人。

しかしそれは、俺たちの知る由もないことなのだった。

◇◇◇

シュラバーツ殿下の葬儀が執り行われるにあたり、間近に控えていた俺とサイラスの婚約は、やはり少しばかり延期することになった。

といっても、結婚ではなくあくまで婚約なので、延期期間は一ヶ月ほど。

シュラバーツ殿下の葬儀は、発見されたごく一部の遺体と、たくさんの季節の花々を棺に納めて、しめやかに執り行われた。王族としては、ごく簡素なものだ。

城から寺院への葬列も、場所を聖堂に移してからの葬儀参列者の数も、一国の王子を弔うためのものにしてはかなり寂しい。

本人の生前の行いや、亡くなりようを思えば、致し方ないのかもしれない。

しかし、道ならぬ恋仲だったはずのエリス嬢や、取り巻きだった貴族の子弟たちの姿も見当たらないとなれば、さすがに殿下が気の毒に思えた。

(あれだけ殿下に媚びていた癖に、薄情なものだな)

残念な気持ちで視線を巡らせていると、参列者の中に見覚えのある人物が目に留まった。

長い髪を首の後ろできっちりと束ねた、端整な顔立ちの背の高い貴公子。

静かに目を伏せた参列者たちの中、彼だけはずっと、シュラバーツ殿下の棺を凝視していた。

(あれは、たしか……)

喪服に合わせて髪を整えているから気づくのが遅れたが、たしか彼はコルヌ子爵家の令息で、名はジュール・コルヌ。シュラバーツ殿下の、元取り巻きの一人だ。

ちなみに学園の卒業生でもあり、一昨年までは俺とサイラスの先輩でもあった。なので、街中で殿下と遭遇する時以外でも、校内で姿を見かけることはあった。

シュラバーツ殿下と一緒にいる時は、決まって殿下の少し右後ろにいた記憶がある。

普段の彼は、緩いウェーブの濃い栗色の髪を束ねることなく背中に流していて、印象的な垂れた緑色の目を持ち、他の取り巻きたちとは一線を画す雰囲気を持っていた。

そのジュール先輩が、シュラバーツ殿下の棺をじっと見つめている。

その姿は、打ちひしがれているようにも、ただただ呆然としているようにも見えた。

(そうか。殿下にも、心を痛めてくれる人がいたんだな)

取り巻きたちが姿を見せない中、たった一人でも殿下を悼む友人がいたことに他人事ながら安心する。そして俺も、彼が見つめる殿下の棺に目をやった。

だから、気づかなかった。

シュラバーツ殿下の棺から視線を外したジュール・コルヌが、どんな目で俺とサイラスを見ていたのかを。


葬儀は、司祭による聖典の朗読で厳かに進行していく。

あまりご兄弟仲が良くないと言われていた他の王族たちも、今日ばかりは沈痛な面持ちで俯《うつむ》いていた。断罪の場ではあれだけお怒りだった陛下ですら、目に見えて気落ちしている。

常日頃は威風堂々として年齢よりも若く見えるのに、今日は目の下に隈をこしらえていて、ひどく憔悴して見えた。

まあ、オイタして罰を与えたら、反抗して家出したと思っていた不良息子が、まさか死んで帰ってきちゃったらな。

不肖の四男だと言いながらも、陛下はそれなりにシュラバーツ殿下のことを気にかけていた。馬鹿な子ほどなんとやら、というやつだろうか。

一年間の北の塔での反省。そうすることで少しでもマトモな人間になってほしいと考えていたらしいが、まさか脱走して、その先で獣に襲われて命を落とすとは想定外だったろう。

こう言ってはなんだが、シュラバーツ殿下は最後まで親不孝だったと思う。ひたすら陛下がおいたわしい。

シュラバーツ殿下は、決してすべてに劣ったお方ではなかった。

むしろ容姿は人並み以上には美しかったし、突出した才こそなかったが、かといって何もできない暗愚ではなかった。

ただ、王族に生まれるということはそれだけですでに特別であり、高いスペックや優れた結果を期待されてしまうものなのだ。

もし彼が王子ではなく、ただの貴族……または平民に生まれていたなら。

サイラスのような完璧人間と比較されずに済む環境で育っていたなら。

彼はあんなにもひねくれずに、そこそこ自尊心の満たされた、穏やかな人生を送れたのかもしれないと思う。

まあ、実際のところなど、神のみぞ知ることなのだろうが――

それにしても、シュラバーツ殿下は塔を脱して何がしたかったのだろうか？

発見時、殿下の遺体の周りには仲間と行動を共にしていたらしき痕跡はなく、単独行動だったらしいと聞いた。

警備兵たちが倒されていたのだから、外部から脱獄を手引きした協力者はたしかにいたはずなのに、その者たちはどこへ消えてしまったのか。単純に脱出させることだけが、請け負った仕事だったのだろうか？

なぜシュラバーツ殿下は満足な装備も持たないまま、一人きりで森を抜けようとしたのだろうか。

武器になりそうな殿下の持ち物は、血に塗れた短剣一本だけだった。落ちていた宝飾品は、塔収監時にも身につけることを許されていた、指輪とネックレス。

それらに王家の紋章が刻印されていたおかげで、遺体の身元は明らかになったのだ。

「アル、次だ」

「え？　あ……」

隣に座っていたサイラスに小声で耳打ちされ、我に返る。

「花を」

俺に差し出してきたサイラスの手には、白い百合の花が握られていた。

それを手に取り、視線だけを動かして周囲を見回す。参列者たちが前列から順番に、棺に花を手《た》向《む》け始めていた。

俺が考えを巡らせている間に、葬儀はクライマックスへ差し掛かっていたようだった。

サイラスと並び、棺の安置された祭壇へ向かう。最後の花を捧げるために見た棺の中には、当然、あの小憎たらしい笑みの主はいない。

そこはただただ、白百合を始めとする花々で埋め尽くされていた。

（まるで、花を弔う葬儀だ）

百合の花をそっと投げ入れると、それはすでに折り重なっていた花々の上に落ち、さびしげな音を立てた。

「……変な話だと思うだろうが、まだ信じられない」

葬儀から帰る馬車の中で、隣に座ったサイラスがぽつりと呟いた。伏せられた金の睫毛の下で、青の瞳が翳《かげ》っている。

「うん。そうだな、俺もだよ」

一部の人間を除き、俺を始めとしたほとんどの参列者たちは、シュラバーツ殿下の遺体を見てはいない。報せを受けた直後に王宮に呼ばれ遺体を目にしたサイラスでさえ、それがシュラバーツ殿下だとは実感しにくかったと言っていた。

それだけ、ひどい状態だったということだろう。

「殿下がこんな最期を遂げられたのは、私のせいなんだろうか。私が陛下のおられる場を選んで告発したから、殿下は北の塔へ押し込められることになった。だから不本意に思われて、無理に外に出ようなどと」

「サイラス」

陰鬱な表情で急に自責し始めたサイラスを、俺は制する。

そして、祈るように組まれた彼の両手に自分の手を重ねて、彼を見据えながら言った。

「それは違う。わかってるはずだ。陛下がシュラバーツ殿下に対してそういった措置を取られたのは、エリス嬢の件だけのことではない。それまでに積み上げられた、数々の悪行あってのことだ。おいたわしいが、自業自得でもある。断じて君のせいじゃない」

「そうだろうか……しかし」

自分が起こした断罪劇が、殿下の命運を左右してしまったのではないか……

サイラスはそう気に病み始めたようだが、俺は強い口調で反論する。

「サイラス、思い出せ。陛下は何も、シュラバーツ殿下に一生塔に入っていろとはおっしゃらなかった。たった一年だ。一年間、外界と遮断されることで、自分自身と向き合い内省される機を与えられた」

「うん…」

「その陛下の親心を無下にして外に出る選択をされたのは、シュラバーツ殿下ご自身だ。禁を破ったその先に何が起きようと、それはただ、殿下の運命だ。酷なようだが、俺はそう思う」

「アル……」

「何度でも言おう。君のせいではない。君は迷惑を被った被害者だ。原因を作ったのは殿下ご自身だということを忘れるな」

その言葉に、サイラスはやっと小さく頷いた。

それにホッとして、俺は彼の肩を抱きしめる。

「気に病むなと言っても、殿下は君の従兄弟だし、今は無理かもしれないが」

「いや、ありがとう。君が私の人で良かった」

抱きしめ返してきたサイラスの手に、いつもの力強さは感じられない。それどころか、わずかに震えているようだった。

彼も、この件で傷ついたのだ。俺はそんなサイラスの耳に、ただ静かに囁《ささや》いた。

「今はただ、殿下のご冥福を祈って差し上げよう」

こうして、いくつかの謎と後味の悪さを残したまま、シュラバーツ殿下の脱走事件は静かに幕を閉じたのだった。

◇◇◇

どんよりと曇った冬の空。

だが冬だって、そんな天気の日ばかりではない。

シュラバーツ殿下の葬儀のあとはしばらく元気のなかったサイラスも、日が経つごとに元の明るさを取り戻している。

逆恨みによる襲撃という脅威がなくなったことで、俺は婚約式までの間を実家に戻れることになった。

そしてリモーヴ家に戻り、学園への通学を再開したそばから、すぐにテストが始まった。色々あったにもかかわらず、今回もサイラスのトップは揺らがず、俺も次点を死守することに成功。

一ヶ月以上休んでいたとはいえ、勉強をサボっていたわけではないので、当然といえば当然だ。

シュラバーツ殿下の不幸があり延期していたサイラスとの婚約式は、冬季休暇中に済ませることに決定した。

本来ならば、国中の貴族を呼んで盛大に行われるべき公爵令息の婚約式及び婚約パーティー。

しかし、元の相手方に非があるとはいえ二度目の婚約だということや、さらには俺からの希望もあり、近しい身内やごく少数の知人だけを呼んで行うことになっている。

問題は卒業後に予定している結婚式だが、正直それもあまり派手にはしたくないのが本音だ。

だって、考えてみてほしい。

結婚式とは普通、花嫁になる女性の、美しいドレス姿が見所の一つだ。

俺とサイラスの結婚式となれば、花嫁ポジションは俺になる。

この、どっからどう見ても冴えない地味顔で、骨っぽい体の男の俺が、花嫁ポジション。

たとえばの話、男性でも容姿が美しければ、凝《こ》った衣装で飾り立てたりなどして、華やかさを演出することは可能だ。

しかし、この平民とも見紛われがちな平凡オブ平凡の、俺ではな……

超絶美形であるサイラスの美々しい花婿姿の隣に、衣装負けした地味男。その地獄の名はなんと呼べば良いのか……格差地獄？

というわけで、俺の心情的には、結婚式も婚約式と同じように地味婚希望だ。

しかしアクシアンの家格からして、おそらくそれは許されず、地獄の顔面格差派手婚からは逃げられない。

サイラスとの結婚はもう腹を括ったからいいとしても、皆の前での派手婚は気が重い。

なんなら、サイラスの馬並みペニスを突っ込まれる日を思うよりも、気が重い。

（あ～～～結婚式、気が重い。衣装似合わないとか、色々ヒソヒソされるんだろうなぁ）

いっそ俺だけ顔を隠す仮面でも被って結婚式ができたらな～、なんて本気で思った。

そんな中、冬休みに入って二日目のよく晴れた午後。

婚約式の最終打ち合わせのため、家族への賄賂……いや、手土産を携えたサイラスが我が家を訪れた。

本日の手土産は、最近街で人気沸騰中の菓子工房の焼き菓子ボックス三段セットである。

それ、絶対特注だろ……

受け取った母上と妹は、喜色満面。父上や兄上までもが、工房のロゴの入った美しい箱を見てソワソワしていた。ウチの家族は皆、甘いものに目がないのだ。

特にサイラスが土産に持ってきてくれる菓子は、卵やバター、牛乳や砂糖や果実が、贅沢に使われているものばかり。普段は小麦粉と水を混ぜて薄く焼いた生地に、ほんの少しの蜂蜜を垂らして甘味を味わっているようなウチの家族には、とても貴重で楽しみなものなのである。

例の如く、いつも案内する客間にサイラスを通し、座ってもらう。

少しするとレイアードが、茶と菓子を盛った皿を運んできて、テーブルに並べた。

茶菓子として出たのはもちろん、先ほどサイラスが土産に持ってきてくれた菓子である。

カスタードクリームの甘い香りが堪らないタルトに、木の実やチョコのトッピングされたクッキー。明らかに美味しいやつだ。

俺たちは茶を飲みながら、それらの菓子をいただきつつ、数日後に迫った式の衣装や時間の再確認を始めた。

ちなみに衣装は、一昨日にサイズの再調整をしたので、明日の昼には仕立屋から届く手筈となっている。相変わらずアクシアン御用達《ごようたし》は仕事が早い。公爵様がせっかちなのだろうか？

ついでに言うとその衣装、サイラスと揃いの仕立てなのだが、白基調でもそこまで華美ではなく、地味顔の俺にも優しい安心仕様となった。

それから、いつアクシアン家の迎えの馬車が到着するのか、リモーヴ家からアクシアン家への道順、所要時間などの最終確認をした。

ごく内輪で指輪交換を行うだけとはいえ格式ある家との間の縁組みなので、きちんとしておかねばならない。

それにしても、サイラスの父君であるアクシアン公爵や、母君の公妃様は、俺のことをどう思っているんだろう。

修道院に駆け落ちしてやると脅してからは反対されたとは聞かないし、サイラスは心配ないと言っていたが、本当に大丈夫なのか？

当日顔を合わせて何を言われるものかと考えて、ふと溜息が漏れる。

サイラスはそれを聞き逃さなかった。

「この間から顔色が優れないな。何か不安なのか？　それとも、他に悩みが？」

父上が横にいるというのに、そんな言葉を口にしながら彼は俺の手に触れてくる。

それをニヤニヤしながら見ている父上。

はたきたい、その笑顔。

「では、確認事項はこれで終わりましたかな～。では、あとはごゆっくり」

とか言いながら席を外していった。

父上が部屋を出ていったのを見届けると、サイラスは俺に向き直り、真剣な目で問いかけてきた。

「私との婚約、やはり気が進まないか？」

「あ。いや……」

俺は歯切れ悪く否定する。

「そんなことはない。もう腹は決めたんだし、そういうことではないんだが」

「本当に？」

「ああ、本当だ」

「なら、他に気になる何かがあるのか」

空気が読めることが取り柄である俺には、泣きそうな顔をするサイラスに対して『派手婚はちょっと……』などとは言えなかった。

「いや、婚約式はともかく、結婚式がちょっとな」

なるべく不満に聞こえないようにと笑いながら言うと、サイラスはキョトンとした表情になる。

そして、不思議そうに首を傾げた。

「結婚式が、どうした？」

「ウチはともかく、アクシアンの家格からして、婚約式レベルの式というわけにはいかないだろう?」

「まあ、そうだね」

「招待客もたくさん来るよな」

「まあ、抑えるつもりだけど、それなりには来るかな」

「だよなぁ」

そりゃ、そうだよな。王族に最も近い家なんだから、陛下を始めとして、王族の方々もご出席されるだろう。有力な貴族家もほとんど呼ぶことになるんだろう。

そんな方々の前で、アクシアン家の後継者の伴侶として品定めされるのだ。当然、前婚約者のエリス嬢とも比較されるはず。

彼女は中身はともかくとして、容姿は一級品だった。サイラスと並ぶと、それはもう絵画のように美しかったのだ。

それが今度は俺なのだから、見劣りするのは必然。つい溜息が出てしまう。

するとサイラスは、ますます怪訝《けげん》な顔になった。

「それがどうかした?」

聞かれて、思わず本音が漏れる。

「いや、それだけ多くの人たちの前で結婚相手として君の隣に立つのは、少し勇気がいるな、と」

「そんな……」

サイラスがショックを受けたように言葉に詰まった。そんな顔でもイケてるのが腹立たしい。

「本当にもう、最初から最後まで、花嫁のベールでも被っていたいくらいだよ」

不貞腐れ気味に言うと、それを聞いたサイラスは、少しの間押し黙る。

それから、とてもいい笑顔になった。

「ベール、いいね。この国では花嫁側の男性がベールを使う習慣はないけど、アルがやりたければ被ってみてもいいんじゃないかな」

思わぬ答えが返ってきて、俺は目を丸くした。

「い、いいのか？」

「うん、私は構わないよ。アルの可愛い顔を見せびらかせないのは残念だけど……」

決して可愛くはないが、言ってみるものだな!!

俺は一気に元気になった。……が。

「それにベールがあったで……そういうチラリズムって、そそられるからね。夜に向けての楽しみが増しそうというか……」

「あ、やっぱいい。普通に出るわ」

サイラスが意味深に笑んだので、俺はすぐさま手のひらを返した。

「えぇ？　被るのをやめてしまうのか？」

「被らない。男だからな、堂々と見せつける。うん、堂々とな」

「そんな！　どうして急に心変わりを!?　せっかくなんだか興奮するなと思ったのに～」

危なかった。

俺の卑屈心が、危うくサイラスの中の何かを刺激して、取り返しがつかなくなるところだった。

その気になりかけていたサイラスは納得いかないのか、ブーブー文句をたれている。それを聞きながら、俺は思った。

サイラス、君は気づいていないようだけど。

俺のことが可愛く見えている奇特な美的感覚の持ち主は、世界中でおそらく君だけだからな。


ついに、婚約式当日がやってきた。

朝、俺を迎えにきたアクシアン家の馬車は、普段見てきたものよりさらに数段グレードが上だった。

ピッカピカに黒光りする車体に、アクシアンの紋章が金で入った四頭立てのコーチ。

しかも、それが三台。

前の馬車はサイラスと俺が乗り、後ろの二台は俺の家族を乗せる用なんだと。

いや、三台も必要かな？

父上、母上、兄上、妹。四人で一台で十分では？　と思いはしたものの、そこは公爵家の面子やらそういう兼ね合いがあるのかもしれないと思い、何も言わなかった。

しかしこんなの、今どき冠婚葬祭や公式行事でもなきゃお目にかかれない代物だ。

最近は我が国でも他国に倣《なら》い、スマートかつスムーズに街中を行き来できる一頭立てのチャリオットが主流だ。

サイラスが普段使いしている専用馬車もそうだし、ウチの馬車もそうだ。四頭立てのコーチなんてめちゃくちゃ場所を取る。それにしてもこんな馬車で迎えに来られてしまうと、気後れ以上に、本当にもう公爵家の一員になってしまうのだと実感せざるを得ない。

俺たちがそれぞれ乗り込むと、馬車はまず、アクシアン家の本邸に向かって出発した。

アクシアン公爵と公妃様に、婚約の許しをいただくためである。

しかしこれは事前に了承を得ているので、形だけのこと。あくまで儀礼的なものだ。

アクシアン家の本邸に到着すると、エントランスにはサイラスや邸の使用人たちがズラリと並んで出迎えてくれた。

その後、改めてお会いしたアクシアン公爵と公妃様に緊張しながらご挨拶をし、温かいお言葉をいただけた。

その後はサイラスと共に馬車に乗り、アクシアン家の本邸からほど近い場所にある教会に向かった。

そこで司教の前で諸々の契約書にサインし、指輪交換の儀式を行う予定だ。

そして、無事に教会に到着した俺が、式を開始する前の準備を整えるため控え室に詰めた時に、それは起きた。

異変に気づいたのは、俺の担当として付いた若い司祭が、花を取ってくると控え室を出ていってからだ。

花というのは、衣装の胸ポケットに差すための白薔薇《ばら》である。

儀式用に使う花は教会に納入されると、聖水を一昼夜吸わせて浄化しなければならないとされている らしい。

そうして清めた花を互いに身につけて儀式に臨み、指輪と共に交換することで、結婚式まで互いの純潔を守ると誓うのだ。

たかが花一輪とはいえ、婚約式には欠かせない小道具なのである。

その大事な花を担当司祭が取りに行き、俺は控え室に一人になった。といっても、部屋の外ではドアの前に警護の騎士が立っている。

教会内部では配置されているのは二人ほど。残り十名ほどの小隊が、教会の入り口や周囲を護っているはずだ。

今回は小規模の婚約式のため、仰々しい警護は不要だろうとのアクシアン公爵の判断でそうなったのだ。

しかし、まさかそれが裏目に出るとは、誰も想像できなかった。

――ガチャ。

ドアを背にして座っていた俺は、背後から聞こえたその開閉音を、司祭が帰ってきた音だと思った。

それで、「ありがとうございます」と言って振り返った途端、鳩尾《みぞおち》に衝撃が来た。

「ぐっ」

目の前がチカチカして吐きそう、と思ったのは、ほんの一瞬。

そのあとは暗転し、再び目を開くと、そこは見知らぬ場所だった。

「ケホッ、ゲホゲホッ」

激しい咳込みで目が覚めた。苦しい。鼻と喉に違和感がある。

どうやら埃《ほこり》を吸い込み咳反射を起こしてしまったらしいとわかったのは、暗がりに目が慣れてからだ。

しかし見えるようになっても、両手両足を何かで拘束されていて身動きが取れない。

どうにか上半身を反らすと、高い位置に小窓があるのが見えた。そこから差し込むわずかな陽の光に、空気中の埃《ほこり》がチラチラと光りながら舞っている。

「ゲホッ、うぅ……」

咳が出るたびに鳩尾《みぞおち》に痛みが走り、呼吸ができなくなり涙が滲む。埃《ほこり》の積もった石の床、汚れた煉瓦《れんが》の壁。

倉庫、だろうか。それとも、ワイン蔵？　しかし何より。

「……どこだ？」

見覚えがない。

ぼんやりする頭を左右に振って覚醒させる。

たしか俺は、教会内の控え室にいたはずだ。鏡台の前に置かれた椅子に座り、準備が整うのを待っていた……

そうだ、花。胸に差す用の白薔薇《ばら》の到着を待っていたんだ。

だけど、開いたドアから入ってきたのは、白薔薇《ばら》を手にしたキャソック姿の司祭ではなく、黒づくめの服装に覆面で顔を隠した三人の男たち。

警護の騎士はどうしたのかとドアの向こうを確認する前に、その中の一人の拳を食らってしまい、防御する暇すらなかった。

ということは……

「俺は、拉致《らち》されたのか……？」

しかも、まさかの教会から？

そんな不埒《ふらち》な輩《やから》が存在したのも驚きだが、そんな思い切ったことをする目的はなんだろう？

さしあたって思いつくのは、嫌がらせ。

しかし、俺が有力な貴族家の息子だったなら、政権争いや金銭目的でそれも考えられそうだが、あいにく没落貴族次男坊。金もなければ、宮廷の権力争いにも先祖代々ノータッチ。

次に人身売買目的かと考えてみたが、それがもっとも可能性は低いと感じる。

街中やその辺を歩いている綺麗な娘たちを差し置いて地味男の俺をって、ものすごく考えにくい。

成人男性相手に抵抗されて手こずることを考えれば、わざわざ選ぶメリットがないし、そもそも容姿からしてそう値が付くとは思えない。まあ俺、手こずるどころか簡単に攫われたけど。

しかしそれなら、なんの目的で俺を？　と唸って、はたと気づいた。

「身代金……か？」

平凡面の男の市場価値など、たかが知れている。

だがこの世にたった一人だけ、こんな俺にどれだけでも金を積むであろう人間がいるじゃないか。

「俺が、サイラスの婚約相手……だから？」

サイラスに身代金を要求するつもりで誘拐したのでは？　今のところ、それくらいしか考えられないんだが。

(ということは、サイラスのもとに、犯人からの脅迫状が行ってたり？)

だとしたらサイラスの奴、今頃すんごいブチ切れてるんだろうな。

ついでに心配しているだろうな。泣いたりはしてないだろうか。

最近俺にベッタリだったサイラスを思い出して、少し胸が締め付けられる。

(それにしても、静かな場所だ)

いくら壁を厚く作っているにしても、こうまで外の音が聞こえないとは。

人の声も馬車の音もしないところを見ると、街中ではない。かすかに鳥の囀《さえず》りは聞こえる、ような気はするが……森が近いのか？　とすると、郊外だろうか。

というか、俺が攫われてどれくらいの時間が経っているんだ？

「窓から見える陽射しの感じでは、まだ午前中っぽいな。もしかして、そんなに時間は経ってないのかも」

そう呟いた時。

鎖の外される音がして、ドアが開いた。

石の床を踏む靴音が、まっすぐに近づいてくる。俺は緊張で身を固くしながら、その人影に目を凝《こ》らした。喪服のような黒い服を着た背の高い男が、そばまで来て立ち止まる。

「ごきげんよう、リモーヴ公子」

目の前に現れてそう言った男に、俺は見覚えがあった。

背中で波打つ栗色の長い髪、長い睫毛の目立つ垂れ目、印象的な緑色の瞳。

「ジュール・コルヌ先輩……」

俺が名を呟くと、彼はその緑色の目を少しだけ眇《すが》めた。

「まさか名を覚えてくれていたとは。光栄です」

俺を見下ろしながら、ジュール先輩は言った。唇の右端を上げ、薄笑いを浮かべている。

シュラバーツ殿下の後ろにいる時には影のように付き従っている印象で、こんな皮肉な笑い方ができる人だとは知らなかった。

ジュール先輩は、芋虫のように転がってる俺の前に立つと、突然足を振り上げる。次の瞬間、腹に衝撃が走った。

「うぐっ」

痛い。いや痛いが。なんで俺、蹴られた？

渾身の力という感じではなかったが、足蹴りは気を抜いて蹴ったって結構威力があるものだ。

俺は体をくの字に曲げて、ゲホゲホとえずいた。

「……痛そうですね」

「っ……」

「しかし、シュラバーツ様はもっと痛かったんじゃないでしょうか」

「え……」

ジュール先輩は苦しむ俺の前に屈み込み、薄い笑みを浮かべたまま首を傾げた。

この建物の中が暗いせいだろうか。笑っているのに、その瞳は仄暗《ほのぐら》く見えた。

身動《みじろ》ぎするたびに舞う埃《ほこり》に、再び咳き込む。ジュール先輩はそんな俺を見るなり眉を顰めて、汚いものでも避けるように立ち上がると、距離を取るように後ろに下がった。

「せっかく美しい純白の衣装だったのに、すっかり台無しですね。そろそろドブネズミそっくりの灰色になりそうだ」

平坦な声でそう言って、ジュール先輩はハンカチを鼻に当てる。埃《ほこり》対策か？　俺もそれやりたい！　と思ったが、後ろ手に拘束された身ではどうすることもできず歯痒い。

いや、それより。

「これはあなたの仕業ですか？　どうして俺を……」

そう質問すると、彼は俺を見下ろしていた目をふと上げ、小窓を見上げる。

そして、頼りなく差し込む陽光をしばらく見つめたあと、呟いた。

「生きながら」

「え？」

「獣に食われていくというのは、どんな気持ちなんでしょうね」

「……」

それがシュラバーツ殿下のことだとはわかったが、答えられなかった。そんなの、想像するだけで恐ろしい。

俺が黙っていると、ジュール先輩は俺に視線を戻した。

「あのお方は、そんな生き地獄を味わいながら死ななければならないほどの罪を犯したのでしょうか」

もうその顔に笑みはない。一切の感情が排除された、空虚な表情だった。

それを見て、悟る。

この人は俺を、いや、俺たちを恨んでいる。

「それは……」

彼の質問に、俺はまた答えられなかった。

俺だって、シュラバーツ殿下が死ぬほどの罪を犯したとは思っていない。俺だけではなく、皆がそう考えているはずだ。

他人の婚約者や恋人、場合によっては既婚者にさえ手を出し、街中の娼館に通うほどの色狂い。自分に楯突く者や気に入らない者には諍いを吹っかけ、不品行の見本のようなお方だった。

民の手本となるべき王族の権威を失墜させ続けた殿下の行状は褒められたものではなく、サイラスの一件がなくとも、近い将来、陛下からなんらかの処罰はあったものと思われる。

だが、人を殺めたわけではない。

生きながら食い殺されるような残忍な目に遭うほどでは、ないと思う。

けれど、シュラバーツ殿下をあんな目に遭わせたのは、陛下でも誰でもない。言うなれば、陛下の言う通りに自粛していなかった殿下自身だ。

「殿下のことは、残念に思っております。ですが……」

「僕はずっと考えていました」

ようやく絞り出した声は、ジュール先輩に打ち消された。

質問をしているようでいて、俺の返事など求めていない、ということなのか。

「殿下には、塔の暮らしはお辛かったに違いないと」

「……」

「毎日のように、差し入れを持って行きました。でもね、断られるんです。警備兵が、受け取り自体を拒否するんですよ」

（本当に徹底的に外界と遮断されるのか……思ってたよりずっと厳しいな）

北の塔が厳しいとは聞いていたが、まさか差し入れすらできないほどだとは。

驚く俺を尻目に、ジュール先輩の独白は続く。

「何不自由なく育ち人一倍寂しがり屋だったあのお方が、ある日突然何もかもを取り上げられて、暗く冷たい塔の中へ押しこめられてしまった。殿下は、偏食がひどいのです。お食事をきちんと召し上がられているか気になって、せめて好物の菓子や果物をお届けしたかったのに」

彼は目を伏せる。

「ああ見えて、純愛小説がお好きなのです。意外でしょう？　外国にお気に入りの作家がいましてね。その作家の書いた新作の翻訳版が手に入ったので、無聊《ぶりょう》を託《かこ》つあのお方に、届けて差し上げたかっただけなのですが」

とめどなく流れ出すシュラバーツ殿下への憂心に、圧倒される。

物静かで言葉少なな人だとばかり思っていた。

タイプの違う殿下に、なぜついて回っているのだろうと、ずっと不思議だった。

何か弱みでも握られているのかとか、親に言い含められているとか、そんなところだろうと。

でも、違った。

この人は、シュラバーツ殿下のことを……

そう察して俺はジュール先輩を見上げる。すると、いつの間にか先輩は、俺ではなく壁際に積まれたまま埃《ほこり》を被っている大きな箱に向かって話していた。

まるでそこにいる、見えない誰かを見つめるような、切ない横顔。先ほどまでとは、明らかに様子が違う。

「なぜあなたは、いつもいつも、私を置いていかれるのですか……」

「……先輩？」

「私では、ダメなのですか」

「ジュー――」

「それでも良かった。あなたが、生きてさえいてくだされば」

……ああ、やはり。

俺はそのセリフを聞いて、瞼《まぶた》を閉じた。

これは独白ではない。

告白だ。

この人はただの遊び仲間や取り巻きとして、殿下と行動を共にしていたわけではなかったのだ。

俺は身を捩って首を持ち上げ、彼の横顔に呼び掛けた。

「先輩、あなたは」

「だから、僕は決めたんです」

壁を向いていたジュール先輩が俺の言葉を遮り、ゆっくりとこちらを向く。

「僕からあの方を奪った、お前たちを許さないと」

小さく、しかしはっきりとそう呟いた彼の手には、キラリと光る何かが握られていた。

それに気づいた俺の血の気が瞬時に引く。

まだ刃先を向けられたわけでないが、様子のおかしい人間が凶器を持っているということ自体が恐怖だ。その場には緊張が走り、痛いほどの沈黙が流れた。

どれほど経ったのか、あるいはほんの数秒か。

沈黙を破ったのは、やはりジュール先輩のほうだった。

「君を傷つけて、穢した上で命を奪えば、あの男にも……僕のこの絶望を、味わわせてやれる」

「……っ!!」

先輩が俺を見る目がギラリ、と濁った光を放つ。

本格的に危険だと感じてどうにか起き上がろうともがくが、手足を拘束された状態からでは座ることすら困難。当たり前に先輩が距離を詰めるほうが早く、俺はまた腹を蹴られた。

「ぐっ‼　げほっ」

少しでも痛みを散らすために、体を内側に折ろうとしたのに、阻止されて馬乗りされる。

胴体を固定され、上から見下ろされる。背中に敷いた両腕が痛い。顔を覗き込まれながら右頬にナイフのブレードをあてられ、そのひんやりとした感触に鳥肌が立った。

クラバットに右手の指を掛けられ、勢いよくとかれる。それからジレのボタンをナイフで荒々しく切られた。緻密に彫刻された銀製のボタンは、石床に音を立てて落ち、転がっていった。

婚約式のために誂《あつら》えた特注の衣装だったのに、床に転がされるわ、引き裂かれるわ、汚れるわ、破損するわ、散々だ。その中の俺の体も、だいぶ散々だ。

（サイラスとお揃いだったのに……）

別に乗り気でもなかったくせに、衣装の打ち合わせをした日々を思い出してなんだか悲しい気分になる。

しかしそんな感傷をよそに、今度はシャツの前を切られ、またボタンの落ちる音がした。

中に着た下着が露出すると、先輩はそれにもナイフの刃を立てて、乱暴に縦に裂いた。その刃先がわずかに肌を掠《かす》ったらしく、鋭い痛みが走る。さっき蹴られたところも、じわじわ痛む。

ジュール先輩は、切れて血の滲んできた場所をわざわざ指で押し、俺が痛みに眉を顰めるのを見て鼻で笑った。

「アクシアン公子の趣味は実に変わっておられる……。あなたはあまりに凡庸な顔で、僕はまったくそそられません。でもあなたを犯すことで、アクシアン公子を苦しめることができるのなら……」

濁った目をした先輩が、不穏なことを言いながら俺のトラウザーズに手を掛けて、引き下ろそうとした――その時。

突然、何かが破壊されるような派手な音が周囲に響いた。ジュール先輩は瞬時に顔を強張《こわば》らせ、音のした左側に顔を向ける。床に転がされた俺には見えなかったが、おそらくその方向に出入り口がある。

それを裏付けるように、先ほどまではまったくしなかった人の話し声が聞こえてきた。

『会長、こちらです！』

『おそらくこの奥に』

何が起きたのかはわからないが、ジュール先輩がそちらに気を取られている今がチャンス。そう考え動こうとした時、それは聞こえた。

「アル‼　アルテシオ、いるか‼」

サイラスだ。サイラスの声だ。

サイラスが、俺の名前を呼んでいる。

精一杯体を捻り、俺は声のするほうに向かって声を振り絞った。

「サイラーース‼」

そう叫ぶなりいくつもの荒々しい足音が響き何人もの人影が現れる。

らしくなく髪を振り乱したサイラスが、俺と揃いの白い衣装で、手には剣を携え後ろに騎士たちを従えて、まっしぐらにこちらに走ってくる。

まるで絵画に描かれている、剣を手に戦う大天使様のようだ。

「くそっ、どうして!?」

突然踏み込まれて焦ったのか、ジュール先輩はとっさに俺の首をナイフで切り付けようとする。

だがナイフを握ったその左手は、風のような速さで駆け寄ってきたサイラスの剣に弾き飛ばされた。

武器を手放したジュール先輩は、サイラスに鼻先に剣を突き付けられて固まったところを、追いついてきた騎士たちに拘束され、外に連行されていった。

服を裂かれて転がったまま、全身の力が抜けていくのを感じる。

サイラスは屈み込み、俺を抱え起こしてくれた。

「アル、大丈夫か？　どこか切られたか？」

さっきまでの凛々しさはどこへやら、おろおろと涙声でそう聞くサイラスを見ながら、俺は首を横に振る。

「薄皮程度だ。大したことはない」

「……あいつ、許さない」

そう言ったサイラスの声は、怒りに震えていた。

「怖かっただろう。すまない、私がもっと警護を厳重にするよう言っておけば……」

「平気だ。知ってるだろう、こう見えて結構頑丈だ。農作業で鍛えてるからな」

そう言って少し笑ってみせると、サイラスの形のいい眉がキュッと顰められて、泣きそうな顔になった。

「私は……生きた心地が、しなかった」

そう言って、サイラスは俺を抱きしめた。その腕から震えが伝わってくる。

「君が、傷つけられているかもしれないと」

「……」

「もしも君を失ったら、私は生きていられない」

大袈裟だな、と言おうとしたが、言葉が出てこなかった。

俺にできたのは、ただサイラスの震える体を抱きしめ返して、生きている俺を実感させて、安心感を与えてやることだけだった。

俺は最初、剣技にも体術にも優れ、本人にもそれを守る警護にも隙がないサイラスを狙うのは悪手だから、弱い俺が狙われたのだ思っていた。

けれど、違った。

ジュール先輩の狙いは、最初から俺だった。

さっき彼が言った、「僕からあの方を奪った、お前たちを許さないと」という言葉。あの言葉が、ずっと耳に残っている。

おそらくジュール先輩は、シュラバーツ殿下を、恋愛的な意味で慕っていた。

しかし、シュラバーツ殿下は北の塔から脱した際に亡くなってしまった。

その塔に投じられるきっかけになったのは、あの夜起きたサイラスによる断罪劇。だからシュラバーツ殿下が亡くなったのはサイラスのせいだと……。そう行き着いたのは容易に想像できる。

あのシュラバーツ殿下の葬儀の日。棺桶を見つめるジュール先輩の目は尋常ではなかった。

その時は、殿下にも死を悼んでくれる友人がいたんだな、と思っただけだったが、今にして思えば、それだけではなかったんだろう。

シュラバーツ殿下にとってジュール先輩は取り巻きの一人だったのかもしれないが、ジュール先輩にとっての殿下は、もっとずっと大切な人だった。

だからこそ、殿下の死を受け入れられなかった。

殿下があんなことになったのはどうしてだと考えたに違いない。そうして、その一因となったサイラスに憎しみを向けた。

そもそもの原因はシュラバーツ殿下の不品行にあるのだが、憎しみに囚われた心にそんなものは関係ない。

だから、俺だったのだ。

俺を奪って傷つけて殺せば、サイラスに自分と同じ、『愛する者を未来永劫失う苦しみ』を、思い知らせることができるから。

そしてその目論見《もくろみ》は、半分は達成された。現に今、俺を抱きしめるサイラスの腕は震え、顔は蒼白で強張《こわば》り、目は血走り、唇には色がない。

ほんの数時間の間にすっかりやつれてしまった様からは、サイラスがどれだけ俺を案じていたのかがわかった。

「サイラス、ありがとう。俺は大丈夫だよ、大丈夫」

震えている背を撫でると、サイラスは長く息を吐いて、俺の肩に埋《うず》めていた顔を上げた。

「奴のことは、絶対に許さない。然るべき報復措置を取る」

「……うん」

迷ったが、それだけ答えた。

アクシアンに牙を剥いて無事でいられる人間など、この国にはいない。たとえ王族であろうとも。

シュラバーツ殿下がそのいい例だ。

それに、ジュール先輩はおそらく俺に庇い立てされることも、憎んでいるサイラスによる斟酌《しんしゃく》も求めていないだろう。

生家であるコルヌ家に累が及ぶのは気の毒な気もするが、傍目にもわかるほど様子のおかしくなった息子の動向に注意を払えなかった落ち度は許されない。

(仕方ない、か)

俺の被害自体は、最初の鳩尾《みぞおち》と、あとからジュール先輩に腹を二回蹴られたことと、刃先に胸を掠《かす》られた浅い傷のみ。当分痕は残るだろうが、レイプして殺すつもりでいたらしいことを思えば、この程度で済んだのは、俺からすれば実質無傷みたいなものだ。

しかし問題は、そこではない。人を拐《かどわ》かし、害そうとしていたこと、それ自体が問題なのだ。

それが、アクシアン家の後継者の婚約相手となれば、なおさら。

「アル。こんな目に遭わせて、本当に申し訳なかった。今日の婚約式は延期にしよう」

断腸の思いと言わんばかりの苦しげな表情で言うサイラス。だが俺はそれに、首を横に振った。

「いや、大丈夫だ。だいぶ遅れてしまっただろうが、やろう、婚約式」

まさか俺がそんな返しをするとは思っていなかったのか、サイラスは驚いた顔をする。

「数時間のこととはいえ、君は拉致《らち》されてたんだぞ？　平気なふりをするな」

「いや、俺は本当に平気だ。取り返しのつかないことをされる前に、君が来てくれたんだから」

「しかし」

俺がそう言っても、サイラスは躊躇を見せる。

わかる。彼は、俺の心身を案じているのだ。

俺がサイラスだったとしても、同じことを言うだろう。

いきなり拐《かどわ》かされて少なからず被害を受けた人間に、式を続行しようなんて言う鬼畜はそうそういない。

だがそれをわかっていても、俺は中止の提案に頷く気はなかった。

「では、言い方を変えよう。今日を逃すなら、俺はこの先君とは婚約しないが、いいか？」

すると、サイラスは探るような目つきで俺を見つめた。

「……本気なのか？」

「俺はいつでも本気だ。君が本当に俺を欲しけりゃ、この程度で尻込みなんかするな。とっとと教会に連れていきたまえよ」

わざと煽るような言い方をすると、サイラスはしばしの逡巡《しゅんじゅん》のあと、意を決したように表情を引き締める。

そして俺を抱き上げると、出口に向かってゆっくりと歩き始めた。

サイラスに抱えられた俺は、そのしっかりした首にしがみつきながら考えた。

大丈夫かと問われれば、嘘になる。さっき頬に押し当てられた刃の冷たさは、俺を心胆寒からしめるものだった。あのまま続行されれば、どうなっていたことか。

本当に、あわやの救出劇だったと思う。

だが俺は、そんな過ぎた恐怖体験から自分の心を守るより、今目の前にいるサイラスの心を守りたかった。倉庫に飛び込んできて、ボロボロに汚れた俺を見た時の、泣きそうに歪んだ顔が頭に焼き付いて離れない。

王国一の超絶イケメンスパダリにそんな顔をさせてしまった俺も苦しかった。

サイラスにはずっと、余裕綽々に笑っていてほしい。

何より自分自身が、こんなことに負けたくないのだ。

だって俺は、その辺のやわな温室育ちの貴族令息じゃない。

平民顔負けの雑草魂でしたたかに生き抜いてきた、リモーヴ家の男なのだから。

表に出ると、推測した通り、そこは周りには何もないような森の入り口だった。

そんな寂しい場所で、半ば廃墟化した屋敷。だが俺が連れ込まれたのはその屋敷ではなく、なぜか敷地内の片隅にある蔵のほうだった。

見えている限りの範囲、敷地内には草が生い茂り、この屋敷がそれなりの年数放置されていたのが窺《うかが》える。

よくまあこんな場所を見つけたもんだと感心しながら眺めていたら、外に待機していたらしき騎士たちがこちらに気づき、次々に駆け寄ってきた。

「サイラス様！」

一際大きな声でサイラスを呼んだのは、暗赤髪の騎士・レオナード卿だ。二頭の馬の手綱を手に歩いて来た彼は、俺と目が合うと、安心したように表情を緩めた。

「ご無事で何よりです、アルテシオ様」

感謝の気持ちを込めて、微笑みを作り頷く。すると今度は、鮮やかなオレンジ色が視界にフレームインしてきた。

「アル、大丈夫か？　災難だったなぁ」

「マルセル……君も探してくれてたのか」

近しい友人として婚約式に招待していたマルセルが、捜索の護衛騎士たちと共にいた。

「そりゃ、友達が困ってたら、協力してやらなきゃな」

そう言って笑うマルセルの笑顔は、いつもと変わらない。その変わらなさに救われる。

そうだな。こいつはそういう奴だ。いつも面白半分に煽ってくるけど、それは親しみによる気安さが根っこにあるから。だからどんなに揶揄《からか》われたって、本気の喧嘩にはならない。いざという時には、ちゃんと友達としての筋も通してくれる。

「ありがとう」

短く礼を言うと、マルセルはまた唇の片方を上げて、ニヤッと笑った。

俺はサイラスに抱き上げられたまま、敷地の外へ向かう。

錆びた門扉《もんぴ》の外には、アクシアン家のものであろう数台の馬車が並んでいる。ジュール先輩を乗せたのはどの車だろうかと目を走らせたが、どれもカーテンが引かれていてわからなかった。

俺はサイラスと一番前に停められていたコーチに乗り教会に向けて出発したのだが、その時に意外なことを聞かされた。ひどく郊外に思えた拉致《らち》現場だったが、実は教会からさして遠くない場所にあったのだ。

のちに上がってきた報告書によれば、その屋敷は昔、シュラバーツ殿下とジュール先輩が初めて出会った場所だったらしい。

実はジュール先輩の母君はシュラバーツ殿下の乳母であり、二人は乳兄弟《ちきょうだい》だった。ジュール先輩は、物心つく以前から殿下と共に育ち、殿下の良い部分も悪い部分も知り尽くしてなお、そのすべてを受け入れて、愛していたのだろうか。

ジュール先輩とシュラバーツ殿下。

あの二人の絆は、想像を遥かに超えて強く、深い。

しかしその結末はあまりに無慈悲なもので、俺はそれに少しだけ、やりきれない思いがした。

◇◇◇

教会に戻った俺が着替えのために衣装を脱ぐと、蹴られたところが赤くなっていた。

それらはあとで医師にゆっくり見せるとして、とりあえず担当司祭に胸の傷の応急処置だけをしてもらった。掠《かす》っただけだったからかすでに出血は止まっていたが、化膿しても困る。

「申し訳ございません、私がもう少し早く戻っていれば」

「いや、むしろ巻き込まずに済んで良かったです」

司祭はしょんぼりしながら謝ってくれたが、俺はそれに苦笑しながら首を横に振った。

詳しい侵入経路はまだはっきりしないが、俺を拉致《らち》した賊は、部屋のドアを守っていた屈強な護衛騎士二人を倒すほどの手練れだった。

日頃、聖典より重いものを持たないと言われる聖職者がそんな連中と鉢合わせたところで、のされて終わりだ。どのみち、俺が拉致《らち》される結果は変わらなかっただろう。

ちょうど手当てが終わったあたりで、アクシアンからの遣いが到着した。

これはこちらへ向かう途中、サイラスが騎士に、「本邸に戻って自分の礼服の中から、数着を至急で持ってくるように」と命じておいてくれた着替え用の服だ。

届けられた中から、淡いブルーの衣装を選ぶ。

（まあ、これなら白に見えなくもないし、違和感はないだろ）

サイラスの服だから俺には少し大きいが、背に腹はかえられない。

さすがに埃《ほこり》まみれになってしまった衣装で皆の前に出るわけにはいかない。なまじ白い衣装だったから、少しの汚れでもかなり目立つのに、まだらな鼠色になってしまったんだから。

まあ、指輪と白薔薇《ばら》さえあれば、揃いの衣装にこだわる必要はないだろう。

俺が攫われて行方がわからず、式がどうなるかの予測がつかなかったため、次の予定があった招待客にはお帰りいただいたとサイラスから聞いた。そのため、ただでさえ少ない参列者の人数はごっそり減り、残っていたのは本当に近しい関係者ばかりとなったとのこと。

まあ、今の状況ではそのほうが逆にありがたい。

そうして三時間遅れで始まった婚約式は、司教の祈り、婚約指輪と白薔薇《ばら》の交換、互いの宣誓と、思っていたよりも簡素に終わった。

最後に司教に礼をして、サイラスに手を取られながら教会を出ると、階段の下にはアクシアン家の馬車が待ち構えていた。

それにサイラスと共に乗り込み御者《ぎょしゃ》によって扉が閉められた瞬間、俺はようやく緊張から解き放たれた気がした。

（これで到着までひと息つける）

馬車が走り出し、安心して一息ついた矢先、横に座っていたサイラスの手が伸びてきて、柔らかく俺を抱きしめた。そしてあっという間に、彼の膝の上に横抱きにして乗せられる。

「ちょ、サイラ……」

少し驚いて声を上げかけた俺だったが、すぐに自分を囲っている腕が震えているのに気づき、口を閉じた。

「痛いだろう、アル」

彼の震える指先が、服越しに俺の胸や腹を、気遣わしげに撫でていく。ちょうど、切り傷を司祭に手当てをしたもらったあたりを。

「大丈夫だ。深く切られた訳でもなし、これくらい十日もあれば消える」

「アル……」

そう答えると、強がりと思われたのだろうか。震える声で呟くように名を呼ばれ、また抱きしめられた。

拉致《らち》された当事者の俺以上に、サイラスのほうが辛そうだ。

いや、実際にそうなんだろう。誰しも、大切な人が傷つけられるのは辛い。なんなら、自分がそうされるよりも。

俺は、拉致《らち》されたのがサイラスじゃなく俺で良かったと思っているが、サイラスはサイラスで逆のほうが良かったのに、と苦しんでいるんだろう。

それがわかるから、俺は彼の気の済むまでされるがままでいることにした。

サイラスの膝の上で、俺は自分の左手を顔に近づけ、しげしげと眺めた。婚約式を経た俺の左手の薬指には、東ネールの屋敷で見たあの青い貴石の指輪が嵌《は》められている。

指輪のアーム内側に彫り込まれたアクシアンの名は、正式にアクシアン公爵令息の婚約者になってしまった証だ。

前に見た時も感じたが、サイラスの瞳によく似たその色と輝きを見ていると、まるで、こう……「もう逃がさない」とでも言われている気分になる。

まあ今更、逃げるつもりもないけど……

万が一まかり間違って俺のほうから婚約を反故《ほご》にでもしようものなら、とんでもない額の負債を負うことになるしな。

だが正直な話、今日までずっと迷いが消えなかったのも事実だった。

どうにか純粋な親友に戻れる道はないだろうかという気持ちと、このまま絆されてしまってもいいかという気持ち。その二つがずっと、俺の胸の中で葛藤していた。

けれど、今はもうはっきり決まった。

正確には、さっき倉庫のドアを蹴破って突入してきたサイラスの姿を見た瞬間に。

あの時見たサイラスの姿は、眩しいほどに凛々しく、白皙《はくせき》の美貌を怒りで紅潮させながら剣を振りかざした雄々しさは、まるで古い宗教画に描かれた気高き戦天使のようだった。

そして不安げに揺れていた青い瞳が俺を見つけて潤んだ様に、胸を鷲掴みにされてしまった。

その一瞬で自覚したのだ。

俺の中に眠っていた、友情や憧憬を超えたサイラスへの感情を。

だからこそ俺は、自分を求めてくるサイラスの手を振り解くことができなかったのだ、と。

サイラスから向けられる感情がどんなに重くても。

彼の気持ちと同じだけを返せる自信がなくても。

それでも、そばにいてやりたい。心配をかけたくない。二度とそんな顔をさせたくない。

それならもう、潔く受け入れてそばにいよう。

(まあそれに……こんな重い男の愛に耐えられるのは、俺くらいだろうしな)

まだ小さく震えながらサイラスは俺を抱きしめる。俺は彼を安心させるように、その肩に頭を預けた。

もう間もなく目的地に到着するであろう、馬車の揺れが止まるまで。


到着したアクシアン家の本邸では、予定していた小規模の婚約パーティーが中止され、ごく身内だけでの食事会の準備に切り替えられていた。

俺は一旦、控え室として用意された部屋に通され、医師の手当てを受けてから、サイラスと一緒に食事会の席に着いた。

その席で、アクシアン公爵の口から今日起きた事件に関する説明がなされると、場はザワついた。

教会では参列者たちへの式の遅延理由として、『リモーヴ令息が緊張から体調不良を起こしその回復待ちだ』と説明したが、実際には拉致《らち》事件があったことや、その事実を知るのはこの場に残された身内と捜索に携わった者たちだけであり、いらぬ憶測などを避けるためにすでに箝口令を敷いたので、そのつもりでいてほしい、ということも。

何も知らず心配していた俺の家族は事実を知って動揺していたが、俺に目に見える外傷がないからか、意外とすぐに冷静さを取り戻した。

後日妹に聞いた話だと、心身共に図太いはずの俺が『緊張で体調不良』ってとこからして、そもその違和感はあったらしい。ほっとけ。

ただ、散々な目に遭った俺たちへの配慮なのか、食事会も早目にお開きとなった。

家族を送りに出た馬車を見送ったあと、俺はアクシアン家の本邸に数ある客間の一室に案内された。俺の個室は新しく用意しているのだが、準備期間が短かったため完璧に調《ととの》うのは明日になるからだそうだ。

とはいえ、天下のアクシアン家のこと。ただの客間でも、十分すぎるほど洗練された綺麗な部屋である。

（なんかもう、ここが私室で十分な気もするな）

客間に足を踏み入れて中を見回した俺は、後ろからついてきたサイラスと共にソファに腰を下ろした。

というか、正確に言えば、さっきの帰りの馬車の中と同じ状況だ。

サイラスは俺を膝に乗せ、肩に顔を押し付けて動かなくなってしまったのだ。

「サイラス、大丈夫か？」

片手を背中に回してポンポンと叩きながら問いかけると、彼は肩に顔を埋《うず》めたままでこくんと頷く。全然大丈夫じゃなさそうなんだが？

慰めようと、よしよしと彼の頭を撫でる。

細く柔らかな金髪の手触りは、まるで極上の絹糸のようだ。いや、たまに餌をもらいにくる猫だろうか。指で梳《す》いてみても途中で引っかからないのは、手入れが良い証拠だ。

「君の髪はいつ触れても素敵だな」

俺がそう言うと、サイラスは「なんだよ、それ」と、くぐもった小声で答えた。返事があったことに安心した俺は、続けて喋る。

「今日さ、司教様の前で緊張したりはしなかったか？　俺はサインを間違えたりしないか、受け答えでとちったりしないかと、ずっとヒヤヒヤし通しだった」

それを聞いたサイラスは少し噴き出した。

(笑った)

ますます安心する。

「だろうね」

「気づいていたのか」

「そりゃあ、ずっと見てるから」

どうやら俺の緊張は、すべてサイラスに把握されていたようだ。恥ずかしい。サイラスはあんな状態でも、落ち着いて動けていたというのに。

「みっともなかっただろう、すまなかったな」

そう言うと、サイラスは俺から体を離し、まっすぐに俺を見つめてきた。

「そんなわけあるものか。君は緊張していても、堂々として立派だった」

「そうか?」

「私の婚約者殿は、どんな時でも強く凛々しく、そして、愛らしい」

「あい……君なあ」

思わず黙り込んだ俺の肩に手を回し、サイラスは額と額をくっつける。

「私は嬉しかった。あんなことがあったのに、君が私との婚約を断行すると言ってくれたことが」

「それは、まあ、だって……」

俺たちの婚約を祝おうと何時間も残ってくれた人たちを、そのまま帰したくなかった。

何より、俺は無事に戻ってきて君の婚約者になったのだと、彼を安心させてやりたかった。

だけどそんなことを口にするのはなんとなく気恥ずかしくて言葉を濁していると、いつの間にか真面目な表情になったサイラスがじっと俺を見ていた。

「正直、君を危険に晒したことを恨まれるかと思っていた。許してもらえないだろうと」

「だってあれは君のせいじゃないのに?」

「いや、私のせいだ。君の忠告を無下にして、あんな場を選んで殿下とエリス嬢に恥をかかせたことが、そもそもの……」

またシュラバーツ殿下の葬儀後と同じ自責が始まってしまいそうだ。

俺は首を横に振って、それに待ったをかけた。

「すべてのことには原因がある。よって、シュラバーツ殿下が投獄されたのは、殿下ご自身が積み重ねられてきたことの結果でしかない」

「……」

「この間も言ったが、何度でも言おう。シュラバーツ殿下は自業自得だ。ジュール先輩も、頭ではそれを理解しているはずだ。ただ……」

俺はそこで一旦言葉を区切り、目を伏せた。

サイラスたちが突入してくる前に見た、ジュール先輩の泣き笑いの顔が脳裏をよぎる。

「……追いつかないんだろうな、心が」

ジュール先輩は俺にナイフを向けながらも、本当はその刃先を俺やサイラスではなく、自分自身に向けたかったのかもしれない。俺を殺す以上に、自分が死にたかったのではないかと、そう思ってしまった。

サイラスも、もし俺が無事じゃなかったら、彼のようになってしまったんだろうか。

恋い慕う人を喪うことが、絶望と同義の人間もいる。

いつも静かにシュラバーツ殿下のそばにいたジュール先輩の姿を思い出しながら、そんなことを思った。

そしてその夜、俺とサイラスは互いの存在を確かめるように、ただ静かに抱きしめ合ったまま眠りについた。


サイラスの正式な婚約者となった翌日の午後。

俺は、前日寝泊まりした客間より上階に用意されていた私室に案内された。

短い準備期間で調《ととの》えたというわりには、日当たりも良く窓から見える庭の景観も素晴らしく、たしかに昨夜泊まった客間とは格段の違いを感じる。

実家の俺の部屋が二十くらいは入りそうに広いのに、掃除が行き届いているばかりでなく、真新しい家具はグレードも高く、控え目に言って最高だ。

「ものすごく良い部屋だな。ありがとう」

すっかり嬉しくなった俺は、キョロキョロしながら家具に触れたり、カーテンを触ったり、テラスに出たりしてはしゃいでいでしまった。

しかしそんな俺とは裏腹に、なぜかサイラスは不満そうに部屋のあちこちに目をやっている。

不思議に思っていた俺だったが、確認するために一緒に足を踏み入れた寝室で、その理由を知ることとなった。

室内を見回していたサイラスは、とある場所を目にして、はっきりと顔色を変えたのだ。

「どうした？」

何か問題でもあるのだろうかと問いかけると、サイラスは眉間に皺を寄せながら答える。

「いや。急拵えだったたせいか、不備がな」

「不備？」

ぐるりと室内を見回したが、俺には特に気になるところはない。

しかしサイラスは、溜息をつきながら首を横に振った。

「寝具が客用のままだ」

それを聞いて俺は、首を傾げた。

「それが、何か問題なのか？」

「日程に余裕がなく客間しか用意できなかった昨日までなら大きな問題ではなかった。しかし今日からは違う。なぜなら、この部屋は最初から、アクシアン公爵家後継者の婚約者の私室として用意していたものだからだ」

「あ、うん。まあ、そうなんだろうだけどさ……」

言われて俺は、もう一度ベッドを見た。

そこには美しい模様の布団や、皺一つないシーツが掛かっている。

サイラスの言う問題とやらに皆目見当がつかない俺は、おそるおそる聞いてみた。

「これじゃダメなのか？　十分すぎるくらい綺麗に見えるけど」

するとサイラスは、厳しい表情のまま、再びゆっくりと首を横に振った。

「ダメだ。すでに邸内に部屋を与えられた婚約者を、ただの客人扱いすることは許されない。どういう意図でこんな状態にしたのか問い質《ただ》さなければ気が済まないな」

「そ、そうか」

アクシアン家独自のしきたりなのか、高位貴族がそうなのかは知らないが、なかなか厳しいな。

驚きと感心と不安を一気に感じる。

俺、ここんちの嫁やってけるかしら……

「だから、私の目の届く同じ階のほうがいいと言ったんだ！　なのに婚姻までは別の階にと母上が……。よし、今からでも隣の部屋を新たに用意させよう！　その部屋が調《ととの》うまで私の部屋で一緒に……」

「いや、何言ってるんだ君は。寝具を直すくらい、そんなに時間はかからないから大丈夫だろ」

お坊ちゃまがヒートアップしてとんでもなく我儘《わがまま》なことを言い始めたので、俺はそれにピシャリと返した。

しょんぼりと肩を落とすサイラスを見ながら、しかし、と考える。

たしかに、使用人のミスは問い質《ただ》すべきだというサイラスの言葉には一理ある、と思う。

寝具を客用から専用のものに替えなかったのは、単なるミスなのか、意図してのことなのか。

リモーヴ家にいた頃の俺なら、使用人の些細なミス程度は咎《とが》めたりせず、大抵のことは自分でさっさと直してしまう。そのほうが手っ取り早いし、何より薄給でも一生懸命に働いてくれている彼らをわざわざ呼びつけて叱責なんかしたくないからだ。

しかしここは、使用人も家族同然だった実家のリモーヴ家ではなく、アクシアン家である。そして俺は、近々そのアクシアン一族に加わり、将来的には公妃様からこの家の差配を任される予定の人間だ。

アクシアン家のような大きな貴族家において、人を束ねる側の人間が部下のミスを指摘も叱責もしないのは、優しさではなく怠慢と捉えられるであろうことは理解している。

とはいえ、勢力のある公爵家の使用人ともなれば、中には子爵家次男の俺なんかより爵位の高い出自の者もいるし、そうでない者たちも総じてプライドは高そうだ。俺のような下位貴族出身の人間に仕えることに反発心を持つ者がいても、なんらおかしくはない。

しかしもし、これが俺に対するお試し行為だとするならば、たしかになあなあにするわけにはいかない。

最初に小さなことを一つ許せば、舐められる。いい加減に仕えていい相手であると誤認させてしまうなんてことは、防がなければ。

なぜなら、俺を軽んじることは、俺を婚約者にしたサイラスをも軽んじるということになるからだ。

そのためにも初手は肝心、というのはわかる。

わかるが、しかし……なんて思いあぐねていると、俺の考えを読んだかのようにサイラスが口を開いた。

「アル。君は優しいから、わざとではないと思っているのかもしれないけれど、それはありえない」

「なぜだ？」

「アクシアン公爵家の使用人に、その程度の判断もつかない者はいないからだ」

そのサイラスの言葉はスッと頭と胸に入ってきた。

納得。そうか、そうだな。仕える家の家格が上がるほど高度な仕事が要求されるということなのだから、この部屋を準備したメイドだって指示したメイド長だって、それに応えてきた優秀な人たちなんだよな。最終確認をしたはずの執事だって……

つまり、やはりこのベッドは、ミスではなく、俺に不満を抱く誰かの、故意の仕業。

俺は、天井を仰いで息を吐き、目を閉じた。

まだ公妃様に気構えを教わる前から、早々にこんなことにぶち当たるとは。

サイラスの友人として出入りしていた頃から、アクシアン家のおもだった使用人には顔も知られ、良くしてもらっていた。だから心のどこかで、なんとかなるだろうなんて思っていた。そんな自分の認識の甘さを思い知らされた気分だ。

俺は気持ちを落ち着かせるため、大きく深呼吸する。

そしてすぐに目を開けると、横で難しい顔をしたままベッドを見つめているサイラスに向き直った。

「サイラス。悪いがこの部屋の設えをした者たちを呼ぶようにジェンズに伝えてくれないか。俺がその者たちに直接理由を聞く」

「え、アル？　それなら私が」

「いや。君の言うように、これが誰かの意図的なものだとしたら、それは部屋の主である俺を認めないという意思表示ってことだろ？　ならこれは、俺が解決すべきことだ」

「そうか……そうだな、わかった」

納得してくれたのか、サイラスはテーブルの上にあった呼び鈴を鳴らして廊下で待機していた使用人を呼んだ。

入ってきたのは、最近サイラス付きになったカリアンという少年。

彼は男爵家の三男で、行儀見習いをさせたいというのを縁故伝てに引き受けたのだと聞いた。

濃い金髪の、なかなか綺麗な顔立ちをした少年で、十四歳になったばかりらしい。

部屋に入ってきたカリアンは、静かにサイラスの近くまで歩いてきた。

「サイラス様、ご用でしょうか」

「ジェンズを呼んでくれ」

「かしこまりました」

カリアンはチラとこちらのほうを一瞥し、小さく頭を下げてから部屋を出ていく。

その後ろ姿を見送りながら、これからしなければならないことを思い、俺はまた溜息をついたのだった。


ソファに座りじっとしている俺の前を、サイラスが何度も忙《せわ》しなく行ったりきたりしている。

「まったく。どうなっているんだ」

そう呟き、苛立ちを隠しもしない。

俺を軽く扱われたことに憤慨してくれるのは嬉しいのだが、このあとのことを考えて、一応釘を刺しておくことにした。

こほん、と小さく咳払いをすると、サイラスがそれに気づいてこちらを向く。手招きをすると、不思議そうに首を傾げながら歩いてきて隣に腰を下ろしたので、俺は彼に顔を向けて言った。

「サイラス、俺を気にかけてくれる気持ちは嬉しい。でも、そうカリカリするな。君がそんなんだと、これから集まってもらう皆が萎縮してしまって真意を引き出せなくなる」

「アル……」

「悪いが、ここから先は俺に任せてもらえると嬉しい」

「君がそう言うなら」

「ありがとう」

青い瞳は気遣わしげな色を浮かべているが、それでも申し出に頷いてくれたサイラスに、俺はニコリと微笑んでみせる。

ぱあっと満面の笑みになって抱きついてこようとするのを躱したところで、ノックの音が鳴った。

「はい」

「失礼いたします、ジェンズでございます」

扉を開けて入ってきたのは家令のジェンズだ。その後ろには執事のロイスも見える。

「お呼びと伺いましたが」

と言いながら、二人はまずサイラスに視線をやり、次いで俺にも目礼をした。

呼ばれて来たのにサイラスが黙ったままなので訝《いぶか》しく思っているのか、わずかに表情を強張《こわば》らせている。さすがに何かを察するのが早いなと感心しながら、俺は口を開いた。

「呼んだのは私だよ」

使用人たちの手前、一人称を俺から私に改めながら話す。サイラスに倣《なら》うことにしたのだが、使ってみてなかなかの違和感だ。まあ、慣れるしかない。

「アルテシオ様でございましたか、失礼いたしました」

ジェンズとロイスは俺に向かい、丁寧に頭を下げた。それを受けて、俺も頷く。

「頭を上げてくれ」

「はい」

二人が顔を上げるのを待ち、俺はまず、感謝の言葉をかけた。

「部屋の用意をありがとう。準備期間も短い中で大変だったと思う。ご苦労様」

我ながら偉そうだなあと思うが、本来貴族は概《おおむ》ねこんなものだ。

そもそも、貴族が使用人に対して謝意を表すことはほとんどない。そのせいか、二人は驚いたように目を瞠《みは》ったあと、俺に向って深々と頭を下げた。

「「恐縮でございます」」

幼い頃から叩き込まれたような、美しいしぐさと身のこなし。

しかしそれに反して、表情は硬い。単に労われるだけに呼ばれたのではないと、間違いなく察している顔だ。

（早速、本題に入っても良さそうだ）

俺が二人に微笑みかけると、彼らの頬が少しひくついたように見えた。

「この部屋を調《ととの》える指示を出したのは、誰だろうか？」

俺の問いに二人は顔を見合わせてから、ジェンズが答える。

「私がロイスに命じまして、ロイスがメイドを数名選び作業をさせましたが……何か不都合がございましたでしょうか？」

平静を装っているが、声の調子はいつもと違う。

ジェンズやロイスとは、最初にアクシアン家に学園帰りに寄って以来、かれこれ五年来の顔馴染《なじ》みだ。サイラスの親友として出入りしていた頃から良くしてもらっている彼らに、こんなことで責を問わねばならないのは気が引ける。

だが、あの頃と今では俺の立場が違う。互いに、新たな主従関係に慣れていかねばならない。

ゆえに俺は、聞かなければならなかった。

「そのメイドの名は？」

「はい。マリー、メラ、エミルでございます。あとは、サイラス様付きのカリアンを伝達役に」

「そうか」

カリアンと聞いて、先ほどの金髪少年の姿が脳裏に浮かぶ。

「それで、ここの仕上がり確認は、誰が？」

「私でございます」

執事のロイスが、おずおずと右手を上げた。

ロイスは壮齢の男性だ。性格は、朗らかで実直。最近は髪に白いものも交ざってきて、整った顔立ちに落ち着いた品の良さが備わってきたように思える。

そんな彼に不安げな表情を浮かべさせるのは、少し胸が痛んだ。

「そうか、わかった。では、とりあえず二人で隣の寝室を確認してきてくれないか。それから私に気づいた点を聞かせてくれ」

回りくどいやり方に思われるだろうが、最初からただミスだけを指摘して叱責するような真似はしたくない。

だから、とりあえずは自分たちの目で何が要因かを確認して、叱責される理由に納得してもらおうと思ったのである。

まあ貴族としては、甘いのかもしれないが。

「かしこまりました」

ジェンズとロイスは一礼してから、隣の寝室へ入っていく。

俺がサイラスと長椅子に座ったまましばらく待っていると、数分も経たない内に二人が血相を変えて戻ってきた。

「申し訳ございません!!」

「うん、わかったか？」

「寝具は直ちにお取替えをさせていただきます」

「それはもちろんなんだが、なぜあんなことになったんだ？　私はこの家のことにはまだ疎《うと》いので、サイラスが気づかねば見過ごすところだった」

俺の問いに、ロイスが答えた。

「申し訳ございません。アクシアン公爵家の皆様の寝具のすべては、特注で誂《あつら》えたもので統一する決まりでございます」

「そうらしいな」

「アルテシオ様の寝具も、婚約が決まりました時からすでにサイラス様からご手配を命じられ、ひとまず十セット仕上がっております」

十セット。ひとまず、ということは、さらに用意する準備があるということか。一体何セットあるのが標準なのかは知らんが、今はそこじゃない。

すでに用意があるにもかかわらず、それが使われていないのはなぜなのか、が問題なのだ。

「うん、なるほど。それで？」

ロイスの話には何か続きがありそうだったので、俺は先を促した。彼は少し首を傾げながら話す。

「言い訳になるのは存じておりますが、最終確認の時にはたしかにすべての寝具は調《ととの》っておりました。私がこの目で確かめたのです、間違いございません。それがなぜ今、あの状態なのか……」

途方に暮れているようなロイスの様子に、嘘はないように感じた。

しかし、ということは、最終確認のあとに、わざわざ一族用セットから客用セットにベッドメイキングし直した誰かがいるということ。

やはり、嫌がらせだ。

これで、俺がアクシアン家に来たことを歓迎していない誰かの仕業だと確信できた。そしてそれができるのは、目の前の二人以外には、この部屋を調《ととの》えるために出入りを許されたメイドたちと小間使いだけ。

まあ、サイラスは優しくて美男子の若様だ。当然、若い使用人たちの間ではさぞかし人気があるだろう。

そんな若様の新たな婚約者が、よりによって冴えない男だなんて受け入れられないと思う者がいても、まったくおかしくはない。

ちなみに、実は俺の中では最初からジェンズもロイスも、嫌がらせ要員からは外れている。いい歳で立場もある彼らに、そんな真似をする理由もメリットもないからだ。

「では、手間をかけてすまないが、メイドたち三人とカリアンを呼んでくれるか」

「かしこまりました」

俺の言葉を聞くなり急いで部屋を出ていく二人の表情は、とても険しかった。

ちなみに、俺の言いつけ通り横で人形のようにじっと座っていたサイラスの顔も、めちゃくちゃ険しかった。

ジェンズたちが急いでくれたおかげで、四人はすぐにこの部屋にやってきた。

現在、長椅子に座った俺の前には、マリー、メラ、エミル、カリアンの四人が並んで立っている。

サイラスには少しの間、窓際の椅子で成り行きを見守ってもらうことにした。怒りの表情の彼が俺の横にいると、どうしても威圧感があるからな。

メラとエミルは二十歳前後、マリーは二人よりだいぶ年嵩《としかさ》で、三十代半ばのベテランメイドだ。

たしかメイド長の補佐役もしているはず。

実はマリーは顔見知りの使用人の一人だ。俺の好きな茶菓子や果物も把握していて細やかな気遣いをしてくれる、とても気の利くメイドである。

メラとエミルは半年前に雇われて、今はマリーの指導下に置かれているらしい。ロイスもそれを把握していて、三人で一緒に部屋を調《ととの》えるよう命じたということだった。

可哀想に、困惑顔のマリーはともかく、若い二人は怯えたように俯《うつむ》いている。主家の人間に改まって呼ばれるということは大抵ろくなことじゃないから、そりゃ構えるだろうな。

カリアンは先ほども言った通り、行儀見習いを兼ねての預かりで、今はサイラスの小間使いみたいなことをしている少年だ。

だがメイドたちとは対照的に、一番若い彼だけは平然としている。メイドの三人は平民出身だが、カリアンだけは貴族である男爵家の三男坊。

何かあっても貴族の自分は罰されないと思っているのがありありと見えた。しかし出自がどうあれ、アクシアン家は使用人らの扱いにおいて、基本的に平等だと聞いている。

俺は長椅子から立ち上がり、四人に向かって告げた。

「仕事を中断させて悪いな。実は……」

俺は先ほどジェンズとロイスにしたのと同じように状況を説明する。

隣室へ行った彼女らは、やはり顔を真っ青にしながら早足で戻ってきた。

……とある一人を除いて。

「あの、アルテシオ様、大変申し訳ございませんでした」

マリーはそう俺に謝罪し、メラとエミルもそれに倣《なら》う。

だが、その顔には明らかな動揺があった。

「おかしいわ、たしかに私たち、ちゃんと……ねえ？」

エミルはメラに同意を求め、メラもそれに力強く頷く。

マリーも二人と俺を交互に見ながら、困り顔で口を開いた。

「私もその場におりましたし、共に仕上げをいたしております。その後、執事長にもご確認いただき、問題ないとお墨付きをいただきました。ですのに、あの状態になっているとは何が何やら……」

そう口にしたあとで、はっと気がついたように目を瞠《みは》り、マリーは再び謝罪を口にする。

「これは、言い訳がましいことを申しまして。この二人は一心に業務に取り組んでおりました、責を問われますならば私に」

「いや、最終確認で了承を出したのは私でございます。どうぞ、罰されるならば私を」

覚えのないことではあれど、責任を問うのならまだ新人の部下ではなく自分にと主張するマリーと、それを制して命じた自分が責任者だとマリーを庇うロイス。

二人共、責任感が強く素晴らしい。それをハラハラした顔で見ながら、俺とサイラスの顔色を伺うジェンズも、良い上司だ。

アクシアン家の使用人たちは、俺が思っていた以上に一枚岩なのかもしれない。

正直、感激した。

しかし、この感動的な場にそぐわぬ態度の者が約一名いた。

その人間は、まるで自分は関係ないとでも言うようにそっぽを向いて、窓辺の椅子に座り肘掛けにもたれて不機嫌そうにことの成り行きを見ているサイラスにばかり視線を注いでいる。

はぁ、と息を吐き、俺はその者の名を呼んだ。

「カリアン。君は何か言うことはないのか？」

するとカリアンは、ようやく俺に視線を向けた。……うるさそうに、眉間に皺を寄せながら。

「はい？」

「ベッドの仕様が変更されていることについて、心当たりは？」

「は？　どうして僕が」

胡乱《うろん》な目で俺を見て面倒臭そうに答えるその態度を見るなり、ロイスが眉を顰めてカリアンを咎《とが》めた。

「カリアン、アルテシオ様はサイラス様の婚約者であらせられる。口の利き方に気をつけなさい」

「……」

注意されたにもかかわらず、カリアンは返事をせず無表情になる。まさか彼は、執事長であるロイスすらも見下しているのだろうか。

俺はズキズキ痛み出した右のこめかみを指で押さえ、カリアンに言った。

「カリアン。ロイスに返事はしないのか？」

「……申し訳ありませんでした」

俺をチラと見てそう言って、また目を逸らした少年に、溜息が出てしまう。

カリアンが俺のことを気に入らないのは、最初に挨拶を受け、その目を見た時から気づいていた。

皮膚を貫通しそうな、敵意の込められた鋭い視線。

それは学園に入学し、サイラスと親交を持ち始めた最初の頃に、周囲の学生たちから向けられたものとよく似ていた。サイラスの友人としては相応《ふさわ》しくない相手だと、糾弾する視線だ。

だが、それも時間の経過と共に薄らぎ、俺とサイラスの友人関係は周囲に受け入れられていったのだ。

だからカリアンも慣れていくだろうと放置していたのだがそうはならず、サイラスが俺に婚約を申し入れてきたあとから、カリアンからの視線の鋭さは逆に増してしまったのだ。

まあ、世の中には同性婚などに抵抗のある者もいる。

年若いカリアンが嫌悪感を持ってしまっても仕方ないかもしれない、なんて思っていたのだが、それがどうやら俺の思い違いであったと気づいたのは東ネールの屋敷から戻ってからだ。

しばらくぶりにサイラスに会ったカリアンの目には、思慕があふれていた。

そして、俺に向ける視線には、憎悪が。

カリアンはサイラスに恋心を抱いているのだと、俺はそこでようやく理解したのだった。

以上を前提として、俺の中ではほぼほぼ犯人の絞り込みができていた。

動機は十分。

だが、それだけではカリアンを犯人だと断定するのには弱い。

それに、企《くわだ》てたのはカリアンだとしても、彼が一人でベッドメイクを取り替えるなどできるとも思えない。協力した実行犯が他に数人いるはずだ。

短い謝罪の言葉を口にしたあと、またすぐにそっぽを向いたカリアンの幼さの残る頬を見つめながら、俺はどうやって自供を引き出すかを考えていた。

(さてと……どうしたものかな)

俺はわずかな逡巡《しゅんじゅん》ののち、メリーに聞いた。

「この部屋での仕事が終わったあとは、どこの仕事を？」

「こちらのお部屋を出ましてからは、そのまま奥様のお部屋のお掃除とベッドメイキングに向かいました」

「公妃様のお部屋の……」

「実は、アルテシオ様の寝具が納品されましたのが、つい今朝がたでございまして。それで奥様が、さっそくアルテシオ様のお部屋をと。ですのでお言いつけ通り、こちら、奥様のお部屋の順にこなし、終わってからロイスさんにご報告にまいりました」

「それは私も確認しております」

メリーの説明に、ロイスが頷く。

それなら間違いないだろう。

メイド三人のアリバイは、このロイスの証言により裏付けられた。

「ああ、なるほど」

納得して頷いた俺に、ロイスは記憶を手繰るようにしながらさらに続ける。

「午前中はそれで業務を終了しております。こちらのお部屋は早い内に完了しましたので、私が最終点検をしてすぐに鍵を掛けました。それからはアルテシオ様がおいでになられるまでは誰も……」

と、そこまで言ったところでロイスの言葉が途切れた。

はっとしたような表情を見るに、どうやらロイスも何かに気づいたようである。とはいえ、まだそれだけでは証拠不十分。

なので俺は、もう少し詰めてみることにした。

「この部屋の鍵の保管は？」

「は、お掃除中は私が纏《まと》めて持っておりますが、終了後には家令室にお返しに……」

ロイスがそう答えると、その横でジェンズが頷いた。

「はい、使用後の鍵束の管理はこちらで。鍵は全部屋に二本ございます。通常は私と、お部屋の主の方とで一本ずつ。私が管理しておりますほうは、使用後は家令室の中の保管場所に納め、そこにも鍵を掛けております。もちろん、こちらのお部屋の鍵も一本は私めがお預かりいたしておりますが……」

ジェンズはそう答えながら、とある方向に視線を向ける。

それを追い、全員の視線が窓辺に座るサイラスに注がれた。

離れているとはいえ、俺たちが話しているのとはほんの五メートルほど。しかも静かな室内での会話なのだから、サイラスの耳にはきっちり聞こえていたようだ。

彼はこれみよがしに盛大な溜息をついて、初めてカリアンに目を向けた。

カリアンの細い肩が、びくりと揺れる。

「もう一つの鍵を持っていたのは私だ。そしてその鍵は少し前まで、私の部屋にあった」

「ついさっき君から受け取ったこれだな」

俺は金色に光る鍵をジレの左ポケットから取り出し、顔の横に持ち上げてみせた。

そうだ。この鍵は、数十分前にこの部屋に入る直前にサイラスから渡されたばかり。

つまりそれまでは、サイラスの部屋の引き出しの中にあり、誰かが一時的にそれを持ち出すのは可能だった、ということだ。ご丁寧に綺麗な小箱に納まったそれが他の鍵とは扱いが違うことは、誰が見ても明らかだったろう。

しかし問題は、実際にそんなプライベートな場所を覗き見るチャンスのある人間が、限られているということだ。

アクシアン家では、部屋の清掃に入るメイドたちは大抵三人で組まれているという。それはもちろん、上が下の指導をしたり、協力して仕事をこなすという目的もあるが、清掃に関係のない主のプライベートな物や場所に許可なく触れないように互いを監視させる意味合いもあるのだろう。

十分な俸給で雇われていようが、人間である以上、魔が差すことはある。そんな時に、同僚の目を気にしなければならいこの方法は、さぞ有効だっただろう。

だがしかし。

そんなことを気にも留めず、仕事中に同僚の目を気にする必要もなく、禁を易々と破れる者がいたとするならば、どんな人物だろうか？

その答えを、カリアンに向けたサイラスの厳しい目線が告げている気がした。清掃を請け負うメイドたちや要職にあるジェンズ以外に、サイラスの部屋に出入りできる者など限られている。

「お前か、カリアン？」

ズバリとそう名指ししたサイラスの声は、聞いたことがない程に怒りに震え、かつ尖っていた。

日中、サイラスの小間使いとして周りをチョロチョロしているカリアン。しかも彼には、他の使用人たちのように使用人としての気構えはない。ただただ知り合いの家に、遊び半分で行儀見習いに来た程度の気持ち。

それは彼の言動からして明らかだった。

貴族のプライドから使用人たちを見下しているようだが、俺が思うに男爵や子爵なんて貴族の中では下位もいいとこだし、なんなら使用人の中にはもっと上の階級出身の者もいるからな？　むしろ、男爵家の三男如きが威張り腐って大丈夫か？　という気持ちだ。

大半の下級貴族なんて、ギリギリ貴族だ、ギリギリ。

ただ、そんなギリギリ貴族であろうと、なんなら準貴族であろうと、貴族と平民の間には歴然とした壁がある。

なのでカリアンのプライドの高さは、貴族らしいと言えば、らしい。

まあ中にはリモーヴ家のような、落ち目すぎてギリギリを通り越した、ほぼほぼ平民貴族もいるっちゃいるが、それはそれとして。

俺はサイラスを手で制してから、カリアンのほうに体を向け冷静に聞いた。

今にも激昂しそうなサイラスにこれ以上喋らせると、カリアンが萎縮してしまい、事情聴取が長期化してしまうと考えたからだった。

「カリアン。君、サイラスの机の引き出しを開けたか？」

「……」

サイラスの怒りを感じているのか、青ざめて震えているカリアン。それなのに今、問いかけた俺に対しては、きつい眼差しを向けてきた。

（こりゃ埒《らち》が明かないな）

しかし、黙っていられると話が進まない。

仕方なく、俺はカリアンが答えやすいように、優し～く噛みくだいて聞いてやることにした。

「最終点検が終わったあと、この部屋には鍵が掛けられた。清掃点検後は、鍵はすべてジェンズの管理下におかれるんだよな？　各部屋の主の持つ、それぞれの鍵を別にして」

ジェンズに視線をやると、彼はコクリと頷く。それを確認してから、言葉を続けた。

「だが今回、この部屋のもう一つの鍵は、つい先ほどまでサイラスの部屋にあったわけだが……君はそれを知っていたか？」

「……」

答えはなくとも、その視線がわかりやすく彷徨《さまよ》い始めたのを見て、俺の中の疑惑が確信に変わった。

「カリアン」

怒気を含み低く響くサイラスの声に、カリアンの顔から一気に色が消える。

「……す」

「す？」

震えながら開いた唇から漏れた言葉は小さく、俺は辛うじて聞き取れた語尾だけを繰り返す。

するとカリアンは、俺に向かってカッと目を見開き、開き直ったのか怒鳴ってきた。

「あーはいそうですよ、はい僕ですよ！　悪い？」

はい、自供いただきました。

俺がサイラスと、その場にいた他の皆に目配せをすると、皆が小さく頷く。

まあ、サイラスと家令のジェンズが聞いてるんだから、他に証人確保の必要もないんだろうが、念のためだ。

先ほどまでの蒼白な顔色はどこへやら、今や真っ赤になったカリアンの表情は、普段のおすまし顔からは別人のように歪んでいる。

「だって！　お父様にはお前ならいけるって言われてたんだ！」

「いける？　どこに？」

面白い語彙が出てきたことに俺は興味を誘われる。対象が思っていた以上に激昂しやすいとなれば、いちいち拾って煽りながらの誘導尋問が正解だろう。

「どこに？」はもちろん、その煽りの一環だ。

それは正解だったようで、イラついたらしい
カリアンは、とうとう俺だけに向かって捲し立て始めた。もはや、サイラスや他の者たちの存在

など目に入っていない様子だ。

「お前が！」

「私？」

「お前みたいな冴えない男、アクシアン公爵家に相応《ふさわ》しくない！」

「あー……まあ、そうかもな？」

というか、それは俺自身も先刻承知なので、今更言われても……という感じだが、とりあえずそのまま聞くことにする。

魔王のようなオーラを纏《まと》ったサイラスがゆらっと立ち上がってこようとするのを、待て待てと手で制しながら。

いやもう待て。本当に待って。ステイ。

さっき言っただろ。お前がキレるとややこしくなるから。ね？

「お父様も兄様たちも言ってくれたもん！　あんな地味な男にサイラス様のご寵愛が長く続くはずがないって！　そんなの、横に綺麗な僕がいればすぐ目移りするに違いないって！　そうなれば次期公爵の愛妾になれて将来安泰だって！」

「はぁ…」

なんという短絡思考だろうか。

呆れてしまうが、興味深いのでもう少し喋らせようと、俺はわざと短い相槌だけを打つ。

というか君、そんなに若いのに、もう愛人志願なのか……

安泰を狙うなら、他の貴族の一人娘に入婿したほうがまだ良くない？

最初から愛人の立場を狙わせるなんて、君のご家族の倫理観が心配なんだけど。

余計なことを口にしてはならないと思いつつ、疼いてしまったのでとうとう聞いてしまった。

「カリアンは、男性が好きなのか？」

俺の質問に、一瞬虚を衝《つ》かれたように動きを止めるカリアン。だがすぐに、余計に顔を真っ赤にして言い放った。

「何それ!?　違うから!!　男が好きなわけないだろ、サイラス様が好きなんだよ!!　こんなに素敵なお方、この世に二人といないんだから!!」

「……えぇ？」

「サイラス様ほどのお方が相手なら、男だ女だなんて些細なことでしょ！」

いや些細ではないだろ、というツッコミをぐっと堪えた俺、偉い。サイラスが聞いたら傷ついちゃうもんな。

というか、この子さっきから声張り上げて喋るから、耳が痛い。いつもの口数の少なさはどうした？　と思うが、やはり突っ込むことはしない。

彼の言うことをまとめると、男が好きなのではなく、権力と財力と美貌と肉体を兼ね備えたサイラスだから好きってことなんだな。

そうだよな。それくらいの年齢の頃って、そういう年上の同性がカッコ良く見えるよな。それが恋慕に変わるかは、人によるだろうけど。

さて、そんな熱い告白を受けての反応は、とサイラスを見ると、眉を顰めてこの上ない顰めっ面になっていた。

美貌のサイラス公子様が、なんて顔だよ……

しかしそれに気づいていないカリアンの言葉は続く。

「父様も僕に期待してるって言ってくれたんだ！　お前なら絶対、サイラス様のお目に止まるって！　だからわざわざアクシアン公爵家に顔の利く知人を探し出して口利きを頼んだのに！」

「へえ～……」

いたいけなお年頃の息子に、なんて入れ知恵してるんだ、その父親。

……いや、ウチの父上もサイラス公子なら～なんて言ってたわ。人のこと言えないな。次男以降の冷や飯食い息子の立場と、それを案ずる親なんて、どこもそんなものかもしれない。

苦い記憶を思い出して微妙な気分になってしまったが、カリアンはまだ止まらなかった。

「なのに運良くおそばに付けたって、サイラス様からは全然お声がかからないし！　それどころか、アンタを連れて東ネールの屋敷に行っちゃってひと月以上も帰ってこないし!!」

すごい。真っ赤な顔で唾を飛ばして捲し立てるから、まあまあ可愛い顔が台無しだ。しかし本人はまったく気にする様子はない。よほど鬱憤が溜まっていたんだな。

「東ネールから帰ってきたらきたですぐ婚約しちゃうし、したと思ったら、結婚前なのにもうこっちの屋敷に入るって言うし！　なんなんだよもう！　割り込む隙が全然ないんだってば!!」

少年の高い声が部屋中に響く。俺の頭にもガンガン響く。

たぶん、他の皆の耳と頭もガンガンしているだろうこと請け合いだ。

変声期、まだなんだね。

「なんでだよ！　来るの早すぎるだろ⁉　僕がサイラス様と仲を深める時間がないじゃん！　邪魔なんだよ！　だから、アンタは歓迎されてないんだってわからせるために意思表示しただけ‼　わかる⁉」

「お、おう。えーと、つまり……その意思表示があのシーツってこと？」

俺はすかさず確認のための合いの手を入れた。

「そうだよっ！」

ハッキリとした肯定をしながら、目眉を吊り上げて雄叫びを上げていたカリアンはその瞬間、ハッとしたように動きを止める。

そして、おそるおそるといった様子でサイラスに視線をやり、ヒェッと腰を抜かして尻餅をついた。

そこには恐ろしい形相になったサイラスが、仁王立ちでカリアンを睨みつけていた。

「じゃあ、何か？　君は父上や兄上に焚き付けられ、邪心を持ってアクシアン公爵家に乗り込んできたというわけか。あわよくば私の最愛のアルを蹴落とすか、排除できるとでも踏んで？　世の中にはとんでもない身の程知らずがいるものだ」

出た。キレた時特有の毒舌長セリフ。

言葉の主はもちろん、大魔王と化して立ち上がってきていたサイラスだ。

すごい。常日頃の柔和《にゅうわ》な表情が嘘のようだ。額の青筋、どうやればそんなに出るんだ？　今度教えてくれ。

背が高いから、下から見上げている小柄なカリアンには、かなりの威圧感を与えているだろう。可哀想なカリアン少年は、ちびる寸前だ。

推理的中に内心気分最高潮の俺ですら、ちょっと引くくらい怖い。なまじ顔が整いすぎているから余計にそう感じる。

ジェンズを始めとした使用人たちも、カリアンほどではないものの顔色をなくして棒立ちになっていた。

「ご、ご、ごめんしゃ……」

「ふざけるな」

尻餅をつきつつ後退《あとずさ》るカリアンは、サイラスを見上げながら初めて謝罪らしき言葉を口にする。

しかしサイラスはそれを最後まで聞かずに一刀両断した。

「謝罪先が違うのではないか？」

「ひっ」

「そもそも私は、男色《なんしょく》などではない。アル以外の男なんか、触れるのも嫌だ。色目を使ってくるような痴れ者には、男女問わず虫唾が走る」

それを聞いたカリアンの涙目が滂沱《ぼうだ》へ変わる。しかしサイラスの心境は憤怒を通り越しているようで、氷のように冷たい目でカリアンを見下ろしていた。

すごいなあ、五年も親友やってたのに、今日は見たことのないサイラスがたくさんだ。

キレた君は、本当に口が悪いよな。

新たな一面を知れて嬉しいというより、決して怒らせてはならない相手だと胸に刻まれた衝撃が強い。

「ま、まあまあ、サイラス。こんなに泣かせては謝罪どころではないだろう」

しゃくり上げすぎてまともな発声もできない様子のカリアンを庇うように、二人の間に入る。

するとサイラスは、明らかにムッとしたように左眉を上げた。

いや、違うぞ？　違うからな？　これは別にフォローではないから。

このアホな子をこのままの状態にしておいても徒《いたずら》に時間を食うだけで、埒《らち》が明かないと思ってのことだから。誤解しないように。

俺は後ろにいたカリアンに向き直り、目線を合わせるためにしゃがみ込んだ。

「カリアン。君の気持ちはわからなくもない。サイラスは素敵だものな。憧れるよな」

言いながら、子供をあやすようにニコッと笑ってみせる。

すると、カリアンは少し落ち着いたのだろうか。しゃくり上げる音が小さくなった。それに気を良くして、俺はさらに続ける。

「恋に性別は関係ないというものな。そんなことなんか気にならないくらい好いてしまったものは仕方ない。うん、仕方ないさ」

涙と鼻水でぐしゃぐしゃに汚れた顔で、こくり、と頷くカリアン。

おお……初めて俺の言葉に素直に反応した。向けられる視線からも、険がなくなっているような。常に穏やかで優しい憧れのサイラス様が大魔王に憑依されたのがよほど恐ろしかったのか、本性を知られて排泄物でも見るような目で見られたのが堪えたか……。ま、両方だろうな。

しかし、どちらも自業自得だとは思うのだが、年齢を考えると同情の余地はある……気がする。

何かに夢中になって自分の感情のコントロールができなくなる人間なんて、大人にだってたくさんいるのだから。

「だがな、カリアン。自分の思い通りにならないからといって誰かの足を引っ張っても、自分が代わりに上がれるわけじゃないんだ」

諭すように言うと、あどけないピンク色の唇がきゅっと噛み締められる。

たぶん俺に言われなくとも、今回彼は嫌というほどそれを学んだだろう。

「それに、嫌がらせをしても大抵の場合、相手を陥れるよりも自分の立場が悪くなるだけだ。された側に立場がある場合、それを放置するわけがないからな。君の家だって、使用人が粗相をしたら罰を与えるだろう？」

「……はい」

使用人への体罰は普通の貴族家なら珍しくないことだ。もちろん、主の性格によって扱いには差があると聞く。しかしカリアンの実家である男爵家は、様子を聞く限り推して知るべしだろうな。

実際、それを思い出してか、カリアンの表情は強張《こわば》っている。

まさか貴族の自分が罰される立場になるなんて想像もしていなかったという顔だ。

出自が貴族のボンボンでまだ幼いということと、サイラス付きというので多少のことは大目に見られていたようだが、そんな周囲の大人の対応がカリアンをつけ上がらせていたのは間違いない。

だがここにきて、俺の言葉で自分の立場に気づいた、というところだろうか。

「本当に、申し訳、ありませんでした……」

しゅんと眉尻を下げたカリアンが口にした二度目の謝罪は、最初の不貞腐れたものとは違い、真摯さがこもっているように感じた。

だから俺は、それを受け入れようと口を開こうとした、のだが。

「主家の人間に無礼を働いておいての謝罪が、そう簡単に済むとは思わないことだ」

俺の背後からカリアンにかけられた、サイラスの重々しい言葉。

慌てて立ち上がった俺は、サイラスに向き直る。

「サイラス、俺のために怒ってくれるのはありがたい。でも、どうかもうその辺で、な？　別に、実害があったわけでもないんだし」

そう言うと、サイラスは俺の目をじっと見ながら、小さく首を横に振った。

「アル。ジュールの時といい、君は優しすぎる。これはそういう問題ではないよ」

大魔王だった時を経て冷静になったようではあるが、それでも表情の厳しさは消えてはいない。

むしろ、ひんやりとした冷たさを感じる。

その迫力に圧された俺が黙ってしまうと、サイラスは、カリアンに向かってこう告げた。

「カリアン、暇を出す。今日中に荷をまとめて家に帰るがいい。主家の人間に忠誠心を持たぬ使用人など、我がアクシアン公爵家にはいらぬ」

その宣言を聞くなり、カリアンは呆然自失というように固まってしまった。

ジェンズたち使用人も、少し驚いたように隣の者と顔を見合わせている。

いや、サイラスの言いたいことはわかる。主に敬意を払わない使用人が罰を受けるのは当然だ。

しかし使用人にとって、荷物をまとめて帰れというのは、どんな罰よりも重い最終通告だ。

しかも高位貴族のトップであるアクシアン家からそんな追い出され方をしたと噂で広まれば、カリアンはこの先、どこぞの貴族家のご令嬢との縁談どころか、使用人として迎えられる道さえも閉ざされる。アクシアンの不興を買った者を相手にしたい貴族などいないからだ。

たしかにカリアンは、考えなしで直情的だ。

だが、まだたったの十四歳の子供でもあるのだ。物事の分別はそれなりについたとて、感情の制御は難しい年頃だ。

中には同じ年齢で聡く落ち着いた者もいるだろうが、大抵はまだこんなものではなかろうか。

それに俺が思うに、カリアンの場合は、彼を取り巻く家族のほうが問題だ。

父親や兄たちの焚き付けがなければ、彼はここまで勘違いして増長することも、せっかく入ったアクシアン家で、我が物顔で横柄に振るまって嫌われることもなかったはずだ。

サイラスの寵愛を得るために、邪魔な婚約者の俺に嫌がらせをすることもなかっただろう。我《わが》儘《まま》な性格だというが、おそらくカリアンは根が素直で染まりやすいだけなのだ。

そんな彼だから、下衆な思考を持った家族のもとで育ち、感化されてしまった。

その性格を利用され大人の思惑に踊らされたことを考慮すれば、この歳で先の人生が絶望で閉ざされるのはしのびない。そんなことになれば、実家に帰された彼を待っているのは、針のむしろかつ冷や飯食いか、追い出された末の野垂れ死にコースである。

（さすがにそれはあんまりだ）

完全に自分自身の趣味嗜好だけでやらかしていたエリス嬢の時とは、わけが違う。

にもかかわらず、同じような境遇に追い込むのはあまりに可哀想ではないか。

「いや待ってくれ、サイラス。さっき俺に任せるって言ってくれたろ？」

俺はサイラスの耳元に口を寄せ、片手で隠しながら声を潜めて言った。

「ああ、たしかに。しかしカリアンは、私に任された使用人だ。私が処分を下すべきだろう」

「とは言ってもだ！　反省しているものをいきなり家に突っ返すなんて」

「アル、君は人が良すぎるぞ。優しいのは君の美点の一つだが、主を軽んじる使用人を甘やかすのは彼のためにはならない」

いつになく頑《かたく》ななサイラス。しかし俺も引くわけにはいかない。

床に尻餅をついたままの格好で、可哀想なくらいぶるぶる震えているカリアンに視線をやる。

目が合うと、縋《すが》るような目で見られた。

……うん、やはり俺がなんとか取りなさなければ。

「サイラス、君の言っていることはもっともだ。俺のために怒ってくれているのも、貴族として、主家として守らなければならないことがあるのも理解している。だが、もう少し踏み込んで考えてはくれないか」

「……どういうことだい？」

サイラスは眉を顰める。

「素行の悪かったカリアンを、この件を理由に追い出すのは簡単だ。だが、彼だって仮にも貴族だ。行儀見習いに入った貴族の息子が早々に実家に帰されたとなれば、いくらひっそりやったって絶対に噂になる。人の口に戸は立てられない」

「そうだろうな」

「だろう？　そうなれば、俺が婚約者としての尊厳を軽んじられたことも当然、知られる。その上で、君の処断はもっともだとされるだろう。そこまではいいとしよう」

「……何が言いたいんだ、アル」

「主としての筋を通そうとする君は立派だ。時に苛烈な処罰を下すことは、きっと使用人全体に主に仕える緊張感と初心を思い出させる効果もあるんだろう」

依然として難しい顔のサイラス。しかしその表情に、ほんのわずかな戸惑いの色が乗ったのを俺は見逃がさなかった。

「だが俺には今回のことが、彼の将来を丸ごと台無しにするほどのことには思えないんだ」

サイラスは何も言わずに、静かに俺の言葉を聞いている。

「彼はまだ十四歳の子供で、分別がない。今回のことだって短絡的にしでかしたことだ。それに、本当に悪いのは、彼に勘違いさせるまで焚き付けた周囲の大人だとは思わないか？」

「もちろん、カリアンの父親であるゼスト男爵には、息子の行動に対する責は問うつもりだ」

「うん、親だから責任を問うのは当然だ。だが、すでに何十年も大人として人生経験のある男爵はともかくとして、まだ十四のカリアンのほうが失うものが多いのは、どうなんだろうか？」

そう言うと、サイラスは初めてハッと気づいたように俺を見た。

カリアンを睨みつけていた時の視線の鋭さはすでに消えている。

いつもならそんなことは誰に言われずとも予想できているはずのサイラスが、それを忘れるほどに頭に血が上ったのは、自分のことではなく俺のことだからだろう。

そう思うと、悪い気はしない。だが今はそれで胸キュンしている場合ではない。

（あとひと押し）

サイラスの気持ちが軟化した今、一気に畳み掛けようと俺は口を開いた。

「貴族が一度口にした言葉を覆すのは良くない。それは重々理解している。だが、その上で頼む。追い出すのは、今少し思いとどまってはくれないだろうか？」

もう耳元ではなく、普通の音量で言ったのは、これが通常ではありえないことなのだと使用人たちにも理解させるためだ。

しばらく腕を組んで考え込んでいたサイラスが、根負けしたようにはぁ、と溜息をつく。

「わかった。では、カリアンの処分は一旦保留にしよう」

そして、そう言ってくれた。

その答えを引き出せたことに俺は胸を撫で下ろす。

カリアンもホッとしたのか、大きな目から涙をあふれさせている。その顔は、今まで見たどの表情とも違っていて……なんだろう、表現するのが難しい。

俺が少し微笑んでやると余計に泣いてしまって、どうしたものかと困っていたら、横でサイラスがぼそりと言った。

「……だが、保留にしたはいいが、このあとのことはどうするつもりだ？」

それに俺は、先ほどから考えていたことを口にする。

「君の下にそのまま置くわけにもいかないなら、俺が預かってもいいだろうか？」

「……余計に悪いじゃないか。君は被害者なんだぞ」

「実害はなかったんだから気にしていないと言ったじゃないか」

俺たちの会話が聞こえたのか、カリアンが泣き止んだ様子で、じっと俺を見上げている。

ちょうどいいと思い、俺はカリアンの前にしゃがみ込んで聞いた。

「カリアン。屋敷に残って、きちんと仕事を覚える気はあるかい？」

俺の言葉にまたうるっと瞳を潤ませて、カリアンは何度も大きく頷く。

そして、俺の前に座り直して、なぜか両手を握ってきた。

「はい、もちろんですっ！　僕、僕……心を入れ替えます！　そして、僕をお救いくださったアル・テシオ様のために、精一杯お仕えしますっ!!」

カリアンの言葉は、さっきまで向けられていた敵意が嘘のように切実なものだった。

でもなんかこう……勢いがすごいな。

「あ、ああ、そうか。うん、良かった」

「僕、これからの人生ずっとアルテシオ様のためにっ」

「え、重……」

「カリアン、アルの手を離せ」

人が変わったように俺の手を握り、うるうるした目で頑張るアピールを始めたカリアンと、後ろで再び大魔王顔のサイラス、そして生温かい目をした使用人たち。

カオスな状況だが、先ほどまでの緊迫感は消えた。

（このまま収まってくれたら……）

しかし、俺のそんな淡い期待は、すぐに一変してしまう。

突如として扉をノックする音が室内に響いた。

その場にいた全員が音のしたほうに注目し、ロイスが早足でそこに向かい扉を開けた。

瞬間、その後ろ姿からわずかに動揺したような気配があり、それで誰が来たのかをおおかた察することができた。

俺が立ち上がると、やはり気づいたらしいサイラスも扉に向かって姿勢を正し、他の使用人たちもそれに倣《なら》う。

「お邪魔するわね」

聞こえてきたのは、落ち着きの中にも威厳を感じる女性の声。姿を現したのは、やはり予想通りの人物だった。

美しい緑色の瞳。トレードマークにもなっている、それに合わせた品の良い深緑色のドレス。サイラスの母君であるアクシアン公爵夫人――公妃様だった。

この屋敷内で執事であるロイスがあそこまでの敬意を見せるのは、主家の人間とその関係者だけだ。しかしその中で、サイラスとその婚約者である俺はこの部屋にいて、父君であるアクシアン公爵は本日登城している。

となれば、残りは公妃様でしかありえない、という簡単な読みだった。

公妃様は穏やかな微笑みを浮かべながら、優雅な足取りで俺たちのほうに歩み寄ってくる。

その後ろには二人の侍女が続き、俺は公妃様に頭を下げながら、思っていた以上の彼女の動きの早さに舌を巻いていた。

体が弱いと聞いていたが、まったくそれを感じさせない。やはり公妃となり、これだけの屋敷内を取り纏《まと》めているお方だ。

今回、俺が関係者であろうと判断して招集した者たちは速やかにこの部屋に集まり、まだ誰も公妃様に報告を上げてはいなかったはず。一体誰から情報を掴んでこの場に足を運んだのだろうか。

屋敷内で起きたことを、短時間で把握しているという事実に、少し空恐ろしい気持ちになった。おっとりと優しく見えて、実はあちこちに耳目を張り巡らせている抜け目のなさ。さすがにサイラスの母君だと感嘆せざるを得ない。

公妃様は俺とサイラスの前まで来ると軽く小首を傾げ、閉じた状態で右手に持っていた扇を口元で広げる。

そして、チラリとカリアンを見下ろして目を眇《すが》め、思いもよらない言葉を口にした。

「この者は私が預かりましょう」

「「えっ⁉」」

俺とサイラス、そしてカリアンの声が重なる。ジェンズやロイス、メイドたちは声こそ出さなかったが、やはり驚いた表情だ。

しかし皆の驚きも意に介さずといった様子の公妃様は、涼しげな顔でにっこりと微笑み、こう続けた。

「おおよその話は聞いています。実は私のところにもこの者への苦情が結構上がってきていたの」

「あ、さようですか」

まあ、そうでしょうね～。

さっき聞いた、これまでのカリアンの生活態度のひどさを思い出せば、それが屋敷の統括者である公妃様の耳に入っていないわけがないもんな～。

公妃様の口から改めて聞く自分の評判のひどさに、カリアンは目に見えて肩を落とす。華奢《きゃしゃ》な体がさらに頼りなく小さく見えて、いっそ哀れだ。

俺がカリアンに哀れみの目を向けていると、今度は横にいたサイラスが公妃様に問いかけた。

「母上のお耳にも入っていたのなら、なぜ今までこやつがのさばっていたのですか？」

サイラスのやつ、とうとうカリアンをこやつ呼ばわりした。

俺はそれに、無表情を保ったまま驚く。

公妃様はそんなサイラスを見て、呆れたように眉を顰めていた。

「サイラス、あなた、少し口をお慎みなさいね。感情のまま下の者に接するのはいけないとあれほど教えたのを忘れたのかしら。しかも彼は下級とはいえ、貴族の人間よ」

「……申し訳ございません」

そう言うわりには、公妃様もカリアンのことを『この者』呼ばわりだよな。

さすがは親子……という俺の心のツッコミなど知りもせず、サイラスは素直に謝った。

国一番の呼び声高い貴公子も、母君には形無しだなあと見ていると、公妃様は、今度は俺に向かって口を開いた。

「アルテシオさん。私が至らなかったばかりに、あなたには不快な思いをさせてしまいました。ごめんなさいね」

「いえ、そんな」

公妃様に直々の謝罪をされてしまい、急に緊張する。

「何度か注意はさせていたのです。でも一向に改める気配がないものだから、そろそろ何か処分を考えなければとは思っていたのよ」

公妃様は美しく整った眉尻を少し下げて、溜息混じりに話し始めた。

公妃様の話によれば、そもそも行儀見習いの縁故採用とはいえ、カリアンの実家であるゼスト家とアクシアン家の間に直接の交友はない。

ではどういう縁故かといえば、公妃様が若い頃のご友人である伯爵夫人の、そのまた友人の一人が、現ゼスト男爵夫人……つまり、カリアンの母親だったのだ。

たったそれだけの、細く、薄く、遠い縁を頼って、ゼスト男爵夫人は伯爵夫人にアクシアン家への口利きを頼んだらしい。

しかし公妃様がゼスト男爵夫人に会ったのは、娘時代に従姉妹の屋敷のお茶会に呼ばれた一度きり。顔も覚えていない相手の、その息子の行儀見習い。

なので公妃様は、最初は断ったようだ。

ところが、ご友人である伯爵夫人が何度も手紙で頼み込んできたため、その顔を立てて受け入れることにした。

それでカリアン本人と面接をして、まずまずの容姿であり素直そうにも見えたので、とりあえずはサイラスの小姓にでもつけてみるか、となったらしい。

しかし、カリアンが殊勝な態度だったのは、最初のたったひと月だけだった。

少しばかり慣れてきたあたりからは、ぽつりぽつりと悪い報告が上がってくるようになり、さすがにこれ以上増長させると何をしでかすのかわからないので、そろそろ決断をしなければならないか、と思っていた矢先の今日の出来事だったのだ、と。

ちなみに日々の報告で、サイラスに気がありそうだという報告も、たびたび上がってきていたという。

しかし、カリアンが、『下には尊大だが上にはおもねる』という性格だったので、まさかサイラスの婚約者に嫌がらせをする度胸があるとは思っていなかったと、再度詫びられた。

「そういうわけなので今回のことは、この者の所業を知りながら、その行動を抑止できなかった私にも責任があるのです。この者に加担したメイド二人もすでにこちらで確保しているわ」

「えっ、もう!? あ、失礼。もうですか?」

公妃様の言葉に驚いて、思わず口調が崩れてしまう。

こちらは、まだこれから協力した者を聞き出すところだったのに。

やっぱり公妃様、怖いお方だ。

「やはり協力者がいたのですね」

「どうしてそうなったのかはこれから聞き出すのだけれど……本当に申し訳なかったわ」

「いえ、そんな。公妃様にそこまで頭を下げていただくようなことでは……」

義母になる人に何度も謝罪され、恐縮してしまう。

何度も言うが、本当に実害があったわけではないし、俺は何一つ傷ついてもいない。

それにカリアンも謝罪したし……と思っていたら、公妃様はぴしゃりと扇を閉じた。

「こうなったからには、私のそばにおいて、侍女たちにみっちり指導させるわ。実家に帰すのは、そのあと。我が家に使用人として入った者をこんな性根のまま返したら、アクシアン公爵家の格が疑われます」

「え」

困惑する俺の隣でサイラスが声を弾ませる。

「それは良いお考えです、母上。……カリアン。母上の侍女たちは、伯爵家や子爵家の出自で、そなたよりも格上の者ばかりだ。当然、作法にも厳しい。遠慮なく、主家に仕える心構えと貴族としての立ち居振る舞いを躾け直してもらうがいい。大体、私のアルのそばに侍ろうなどと……図々しいにもほどがある」

「そ、そんな」

俺の肩を抱きながら、サイラスはカリアンを見下ろしながら吐き棄てるように言う。そんな彼の顔は晴れ晴れとしていたが、カリアンのほうは絶望感満載の顔で、助けを求めるように俺を見上げていた。

すまない、カリアン。

俺には、この母子のタッグに太刀打ちできる力は、まだないんだ。

ちなみにサイラスから聞いたところによると、公妃様の右斜め後ろで力強く頷いていた大柄なご婦人は、公妃様の侍女頭で勤続二十年のベテラン侍女だった。騎士家系の伯爵家出身で、昔は王国最強の女性騎士と呼ばれたという、見るからに厳しそうな女性だ。

対して、左斜め後ろでニコニコしていたご婦人は子爵家の出身で、勤続十五年ほど。穏やかな見た目に反してめちゃくちゃ行儀に厳しく、素行の悪い使用人は最終的に彼女に任されるというほどのスパルタ指導なのだとか。

どんまい、カリアン。

そうして、カリアンは公妃様と公妃様の侍女に首根っこを引っ掴まれ、部屋から出ていく。

するとようやく、部屋は安堵の溜息に包まれた。

「やれやれ」

疲れたようにそう呟くサイラスに、俺はボソリと耳打ちした。

「まさか公妃様が足をお運びくださるとは」

「ああ、私もだ。さすがは母上、耳がお早い」

本当に、と頷きながら、いずれはあの公妃様の役割を、俺が引き継がなければならないんだよなと思う。

う〜ん、今更だけど、荷が重い!!

「それにしてもあいつ。私の次はアルのそばに付きたいなどと。あんな嫌がらせをしておいて、厚顔無恥もいいところだ。腹立たしい」

「まあまあ。最終的には公妃様の下で叩き直してくださることになったんだから、いいじゃないか。ありがたいことだ。俺ではどうしても甘くなっただろうから」

正直、実家のリモーヴ家では皆長く仕えてくれていて、できた使用人ばかりだった。だから感謝こそすれ、罰を与える必要はなかった。父上や母上がそうしているのすら見たことがない。

そんな俺がカリアンを預かっても、果たして厳しく躾けられたかどうか。

大きな目を潤ませながら改心すると俺の手を握ってきたカリアンは、本来は甘え上手な人間なのかもしれない。そんな彼に手のひらを返して素直に懐かれてしまった時、俺はきちんと手心を加えず指導できただろうか。

サイラスは俺を優しいと言うが、そうではない。俺はたぶん、懐に入れた者に甘いだけなのだ。

しかしこれからは、それでは通用しないというのもわかっている。

普段はどうあれ、いざという時に毅然とした対処ができない主は舐められてしまう。

俺はもっと、人として貴族として、成長しなければならない。ハリボテではない、内から滲み出るような品格を身につけなければならない。

そして、サイラスの隣だけじゃなく、背中を預けてもらえる存在になりたい。

今までのように守られるばかりじゃなく、彼を守れる剣に、俺はなりたいんだ。


その後、皆が引き揚げ、少し疲れたからと理由を付けてサイラスも追い出した俺は、荷解きを始めることにした。

これまでの暮らしで、できることは自分でやる癖がついている。持ち込んだ荷物も少ないし、一人のほうが気が気楽だ。

箱から取り出した大切な荷物を、本棚に収納するものと机に置くもの、その他と分類しながらテーブルの上に並べていく。

身一つで入れるようにと、何もかもが不自由ないように取り揃えられたアクシアン家の本邸でも、唯一揃わないもの。それが、俺が授業で使用してきたこの教材やノートたちだ。

生まれ育った生家の部屋で、灯油の節約のために早々に灯りを消して、窓からの星明かりを頼りに何度も読み返した教科書たち。兄上からのお下がりのそれらを、俺なりに大切に使ってきたつもりだったのに、よく見ると表紙は色褪せて細かい傷が増え、開き跡や手垢なんかも濃くなってしまっている。

ノートに至っては、要点を纏《まと》めていた部分を何度も見返してチェックを入れていたので、紙がヨレているページが結構多い。

パッと見でもジッと見でも小汚いが、それらはこれまでの俺の努力の集大成であり、サイラスとは別の意味での大切な相棒なのだ。自分なりの勉強のノウハウの詰まったこれらは、筆記用具のようには替えが利かない。

ただまあ、言ったようになかなかに小汚くはあるので、アクシアン家の本邸の、綺麗な部屋の書棚や机に並べるのは少し気が引ける。だが、仕舞いっぱなしでは勉強ができない。

ここしばらくは婚約や引越しで少し忙《せわ》しなくしていたが、そろそろ卒業試験へ向けての勉強に本腰を入れなければ。

「サイラスには、試験勉強なんか必要なさそうだよなぁ」

教科書のページを捲りながら、そんな独り言を呟く。

サイラスは学園卒業後、さらに上のアカデミーに進むと言っていた。

しかし、アクシアン家に嫁入りが決まった俺の勉学の道は、おそらくここまでだ。それならせめて、学園くらいはサイラスに次ぐ成績のままで卒業したい。

正直に言えば、当然のようにアカデミーに進むサイラスを羨んでいる。

実は俺の場合、アカデミー進学そのものだけなら、手段はあった。けれどリモーヴ家の財政状況を考えると、これ以上の進学を望むより働き手となるほうがいいと判断したのだ。

そう決めたあとに、思いもよらずサイラスの婚約者になってしまったのは予想外だったが、どちらにせよアカデミーに縁がないのは変わらない。嫁す身でアカデミー進学なんて、聞いたことがないからだ。

俺は教科書の表表紙を指で撫で、ふう、と溜息をついた。

「まあ、せいぜい悔いの残らないように、最後の試験勉強をするか」

内心でどれだけサイラスが羨ましいと思っても、最後まで口にはしない。

それが俺の、なけなしのプライドだ。

公妃様が、療養先の別荘に戻っていかれた。もちろん、カリアンも連れて。

公妃様たちの乗った三台の馬車を、俺とサイラス、使用人たちで見送ったのだが、カリアンは最後までべそをかいた顔で名残惜しげに俺に手を振っていた。俺も笑顔で手を振り返しながら、心の中でカリアンに激励を送った。

(あちらの指導は厳しいというから、次に会う時には、きっと見違えるようになっていることだろう。グッドラック、カリアン)

それにしても、年の半分を別荘で過ごされているにもかかわらず、常に本邸の状況を把握し人員管理もおざなりにしないとは、公妃様はやはりすごい。聡明な方だから自然と周りにも優秀な人が集まるのか、それとも公妃様が使えるように人材を指導育成した結果か。どっちもかな。

実はそんなお方に婚約式の直後、『これからは留守にしていても安心して療養していられるのね。

アルテシオさん、こちらのことはよろしくお願いしますわね』などと言われてしまったことも、今回の件を自分で解決しようと思ったきっかけだったのだが……

「結局、公妃様のお力頼みになってしまったな。ただ己の未熟さを露呈しただけに終わってしまった」

「いえ、とんでもございません。アルテシオ様のご明察、冷静なご対応、お見事でございました」

自嘲混じりに呟いたのが、俺の後ろにいたジェンズには聞こえていたらしい。やや慌てたように慰めの言葉をくれた。

「ありがとう、気を遣わせてしまったな」

俺が礼を言うと、今度はサイラスの後ろに控えていたロイスが口を開く。

「奥様は、アルテシオ様のお振る舞いを好ましく思われたと存じます。エリス様がこちらにおいでになられた時は、一度たりとも姿をお見せになりませんでしたから」

「ロイス」

「失礼を」

「いや、いいんだ。二人ともありがとう」

エリス嬢のことを口にしたロイスをジェンズが慌てたように窘《たしな》めたが、俺は笑って首を横に振った。

エリス嬢の名前を聞くくらい俺は気にしないのだが、使用人たちはそうはいかないんだろう。すごく気を遣われている。

まあ実際、エリス嬢の名を聞いたサイラスは、微妙に目尻をヒクつかせたから、今後は気をつけるに越したことはないかもしれない。

「見送りも済んだことだし、皆戻ってくれて構わないぞ」

俺がジェンズにそう言うと、彼はそれに頷いてから、その場にいた使用人たちに告げた。

「では皆、各々の仕事へ戻るように」

言われた使用人たちは、俺やサイラスに一礼すると、それぞれの持ち場へ戻るため、次々に邸の中へ入っていく。

それを見送りつつ、俺も部屋に戻ろうとすると、背後からサイラスに呼び止められた。

「アル、少しいいか」

振り返ってみると、表情を曇らせたサイラスが、真剣な目で俺を見ていた。何か話したいことがあるらしい。

「もちろん。じゃあ、俺の部屋で」

俺は頷いてそう言い、サイラスと共に俺の部屋へと戻ったのだった。


部屋に着くと、俺たちは窓辺の椅子に向かい合って座った。

それからサイラスは、俺が知らなかったこれまでのことを、淡々と話し始めた。

「ロイスの言う通りだ。母上はエリスをいたく嫌っていらした」

「公妃様が……」

「まだエリスと婚約関係にあった頃、彼女は何度かこの屋敷を訪れたことがある。だが、その使用人たちに対する態度と横柄さには目に余るものがあったんだ」

「そうだったのか」

俺の返事に、サイラスはこくりと頷いて、続ける。

「母上は『人』を大切にするお方だ。ゆえに、自分が手塩にかけて育てた使用人をぞんざいに扱われたことがまず許せず、自分の留守中にずかずかと上がり込まれたのもお気に召さなかった。しかし、婚約は父上が決められたことだったので、否定的な言葉は呑み込まれていたように見えた」

その頃を思い起こすように、サイラスは目を閉じて、溜息をついた。

「やがてエリスの醜聞が届き始めると、母上は別荘から戻られるたびに、私と彼女の婚約を解消すべきだと父上に抗議してくださった」

「一応、そういう話も出てはいたんだな」

「ああ。しかし、父上は多忙なお方だから、面倒なことは後回しにしがちだった。だからこそ私は、私自身とアクシアン公爵家の将来を守るために、強硬手段に出ざるを得なくなった」

当時のことを思い出すと苦々しい気分になってしまうのか、表情にもそれが如実に表れている。

「母上は、ずっとエリスを忌避なさっていた。あの娘をアクシアンに入れるべきではないと。しかし、アルとのことを打ち明けて相談した時は、すぐに賛成してくださった」

「え、えええ？」

公爵様を脅迫……いや、説き伏せたというのは聞いていたが、公妃様がはなから賛成していたというのは意外だ。エリス嬢《アレ》よりはマシ、とかいう消去法だったりして……と、卑屈な考えが浮かぶ。

だがそれは、次のサイラスの言葉により、一瞬で払拭された。

「とはいえ、私の君への気持ちを知る前から、母上は君に対して好意的だった。あの人は、自分が育て上げた者たちを信じているからね。使用人たちから評判のいい君を、気に入らないはずがないんだ」

「そ、そうなのか……」

サイラスの口から次々に語られる、あの婚約破棄劇の意外な舞台裏。

想像してみたことすらなかったその話に、俺はただ聞き入るしかなかった。

◇◇◇

正式な婚約者としてアクシアン家の本邸へ入り、数日が過ぎた。

入居初日にちょっとしたいざこざがあったことで前途多難かと思われたが、解決後はとりたてて問題が起きるでもなく、俺は日ごとにその環境に慣れつつある。

そしてそんな日々の中、俺はサイラスからとある報告を受けた。ジュール先輩の処罰に関することだ。

まず、息子の暴走を許してしまったコルヌ家には、管理責任を問う形で多額の慰謝料を請求。息子が傭兵を雇って公爵令息の婚約内定者を拐《かどわ》かし、婚約式を台無しにしようとしたということで、慰謝料額は相当なものとなった。今やコルヌ家は青息吐息らしい。

しかし俺と俺の実家であるリモーヴ家は請求権を放棄したから、その分の負担は軽減しているはずだ。

そして、肝心のジュール先輩本人には、王都からの永久追放が課せられた。しかし、当初のサイラスの勢いからすれば、これはかなり温情をかけたと言える。

まあ冷静に考えれば、実際の俺の被害は打撲と掠《かす》り傷だけだし、怖い思いをしたわりには、トラウマらしいトラウマも残ってない。悪夢を見ることもなく毎日快眠だ。トラウマが残ったのは俺本人よりも、むしろサイラスのほうだった。

前にも増して心配性になり、一緒に寝ていてもよく夜中に魘《うな》されるようになったのだから。

ただ、サイラスはジュール先輩へ温情をかけたが、多額の慰謝料を課せられた上にアクシアン家にも睨まれることとなったコルヌ家は、そうではなかった。ジュール先輩は、コルヌ家の家系図から除籍されてしまったのだ。

サイラスの密偵は、トランク一つのみを持たされて家から放り出されたジュール先輩が王都を出たところまでは確認したが、そこで追跡を切り上げたという。

どうせ身分を剥奪されて通行証を取り上げられた人間は、再び王都に入ることはできないから、との判断だそうだ。

それにしても、あれほどの事件を起こすまでに愛した人を失った先輩は、この先どんな風に生きていくのだろうか。

というか、生きていけるのだろうか。

それを思うと、俺はジュール先輩が気の毒で仕方なくなってしまうのだった。

冬休みが明け、再び学園への登校が始まった。婚約してから初めて、サイラスと同じ邸から登校する。

教室に到着し、サイラスと並んで席に着いた途端、待ち構えていたようにたくさんの生徒たちが俺たちを取り囲んだ。

「ご婚約成立、おめでとうございます！」

「サイラス様、良かったですね！　長かったですもんね！」

「清貧の君、めちゃくちゃ鈍感でしたもんね‼」

「全然お膳立てにも気づいてくれませんでしたもんね！」

「ありがとう、君たちのさりげないサポートのおかげだ」

「おい待て。待て？」

次々に俺とサイラスに祝いの言葉を口にする生徒たちと、それに礼を述べるサイラス、そして聞き捨てならないと突っ込む俺。

大体、その呼び方で俺を呼んでるってことは、もしや俺の清貧会とやらのメンバーなんじゃないのか？

君たち、清貧の君の笑顔が固まっちゃってることに気づけ？　本当のことでも、本人の前で鈍感とか言うな？

それはさておき、今の聞き捨てならないセリフの中で、より引っかかることを言ってた生徒に、俺は声をかけることにした。

「そこの君、お膳立てって、なんのことだい？」

下級生らしきその男子生徒の袖を捕まえて、そう質問する。すると生徒は、なぜか捕まれた腕と俺の顔とを見比べながら、真っ赤になってうろたえた。

「あっ、いや、えっと、……すみませんっ！」

「サポートとは？」

「あのっ、そのですね、お二人でいらっしゃる場所から他の生徒たちを退出させるよう誘導したり、清……アルテシオ様の御身の回りをうろつく不逞の輩《やから》を人知れず更生させたり」

「更生……」

「サイラス様のせ……アルテシオ様を想う気持ちが本物ならば、その恋、いえ、ご友情を応援して差し上げて幸せを願うのが筋ではないか、といった類の洗の……教育を、少々」

いや、言葉をすり替えても大体わかるから。

気遣いなのかはわからないが、もうそこまで言いかけるなら普通に清貧の君とか洗脳とか言ってしまえばどうだろうか。

俺が胡乱《うろん》げな目で生徒を見ていると、生徒は真っ赤な顔に加え、ダラダラと汗を流し始めた。

反応に困った俺が横にいるサイラスを見ると、サイラスの視線は俺が腕を掴んでいる生徒に注がれていた。一見すると笑顔だけど目は笑っておらず、視線が妙にじっとりして妙な圧を感じる。

それに気づいていたらしい生徒の顔が、急激に真っ赤から真っ青に変わった。

サイラス、微笑みで威嚇するのはやめろ……

真っ青になって俯《うつむ》いてしまった生徒に申し訳なくなり、どうしたものかと考えていたところに、あの男がやってきた。

「おいおい、名誉会長様。ちょっとオイタしたくらいで、ウチのいたいけな会員、怯えさせないでくれよな～」

トレードマークのオレンジ髪を揺らしながらこちらへ近づいてきたのはマルセルだ。

「かか、会長～!!」

サイラスに笑顔威嚇された生徒は、やってきたマルセルに駆け寄ると、その背中にサッと隠れた。

………会長？

「マルセルは、いつの間になんの会長になったんだ？　あと……サイラス、君は俺の知らない間に何かの名誉会長に？」

後ろを振り返ってサイラスを見ると、彼は何も答えずニッコリと笑みを浮かべていた。

次に、そばまできたマルセルに「何かの会長になったのか？」と聞くと、やっぱりこっちもニヤニヤして何も言わない。

「なんだ、二人して俺に隠しごとか？」

というと、「君も知ってるとこだから当ててみなよ」と二人から言われた。

「ふむ？」

「推理の期限は昼休みまでだ」

マルセルがそう言った時、ちょうど始業の鐘が鳴った。

「じゃあな。今日は一緒に昼食をとろう」

マルセルはそう言って、集まっていたメンバーの生徒たちに自分のクラスへ帰るよう促し、自分も後列の席へ行ってしまった。

そうきたか。別にどうしても知りたいというわけでもないが、いいだろう。受けて立とうじゃないか。

そう考えていると、教室に入ってきた教師が出欠を取り、久しぶりの授業が始まった。


昼休み、俺とサイラスとマルセルは、校内の食堂の特別席にいた。特別席というのは、つまり他の席とは隔離された個室席である。

学園の食堂には、ずらりと一般席の並ぶ広いスペースとは別に、十人程度が座れる長テーブルのある部屋が三室ほどある。以前は個室なんか使うこともなかったが、断罪劇以降は、空いていればちょくちょく使用するようになった。周りを気にしなくて良くなるので、気がラクといえばラクなのだ。

今日はそんな個室席に、朝の続きをするために入ったのだった。

そこそこの広さのある部屋の真ん中に置かれたテーブルを挟み、俺とサイラスが隣同士、マルセルが俺の向かいの席に座っている。個室席でのメニューは、食堂特製フルコースのみ。

では一旦、目の前に並んだ前菜とポタージュでも食しながら、状況を整理してみるとしよう。

まず、マルセルは「名誉会長、ウチの会員を怯えさせるな」とサイラスに言って生徒を庇った。

そして生徒はマルセルを「会長」と呼んだ。

生徒は『清貧の君を～』の発言から、清貧会メンバーの可能性大。

それらから導き出される答えは……

よし、ピンときた。

「まさかなんだが……マルセルは、清貧の君を愛でる会の、会長？」

じっと見据えて聞くと、ニッと笑い、「ご名答～」と肯定した。

「えっ、なんで？」

え、マルセル、俺を愛でてたの？　煽られた覚えしかないんだけど。

俺のドン引きが顔に出ていたのか、マルセルは俺を指して大爆笑した。

屈辱。行儀悪いぞお前。

「サイラス、君、知ってたのか？」

左隣に座るサイラスに聞くと、彼はいともあっさり頷いた。

「ああ、もちろん。というより、マルセルを会長に据えたのは私だし」

「……は？」

予想外の爆弾発言に、俺は一瞬目が点になる。サイラスはそんな俺を見て、クスッと笑った。

「だって会長のマルセルが、私を名誉会長と呼んでいたじゃないか」

「あ」

た、たしかに〜。

「じゃ、えぇと、サイラスが清貧のなんちゃら会の名誉会長で、マルセルが会長？」

「ビンゴ！　今日の今日まで気づかないなんて、本当に鈍感だよなあ〜」

笑いすぎで涙目になりながら茶化すように言うマルセルにイラッとする。お前、あとで裏庭に来い。

だがそこに、サイラスがさらに追い討ちをかけてきた。

「アルは純粋で鈍感だからまったく気づいてなかったけど、君、自分で思ってるよりも人気があるんだよ」

「……それは、前に聞いたが」

別に純粋ではないがと思いながらも、面倒なのでそこはスルーして答えた。

「まあ、それ自体は悪いことじゃないから、最初は目を瞑っていたんだけど」

「けど？」

俺が促すと、サイラスは苦笑しながら続きを話し始めた。

「学年が上がって周知されると共に、君の人気は上がっていった。しかしそれと同時に、妙な輩《やから》も出てきてな」

「妙な輩《やから》」

意図せず片頬がピクリと引き攣ったが、先を促す。

「君は気づいてなかったけど、私の隙をついて狼藉を働こうとした者を処分したのも、一度や二度じゃないんだよ」

「ひっ」

それを聞いて、ゾッとした。

やっぱり!?　会のことを初めて知らされた時になんとなく考えたこと、杞憂じゃなかったのか！　だよな、これだけ男ばっかり集まってるんだ。そんな輩《やから》も出てくるよな！

サイラスはそんな俺の肩を、安心させるように抱き寄せながら言う。

「でも、大丈夫だったろう？」

「あ、ああ。そういえば、そうだな。でもそれは、君が一緒にいてくれたからじゃ？」

「そうだね。私はかなり強力な防波堤だったはずだ。しかし万が一不測の事態が起きた場合、私だけでは対処できないかもしれなかった」

「不測の事態……」

まあたしかに、俺とサイラスは基本的にはずっと行動を共にしていたが、四六時中一緒にいるわけではない。二年の時と四年の時には選択科目を別にしたからクラスも違ったし、校内で離れる時間もそれなりにあった。

しかしマルセルや他の友人たちもいて一人になることはあまりなかったのだが、それでも、隙を狙う輩《やから》はいたってことなのか？　いつ、どのあたりで？

俺が過去の学園生活を回想している間も、サイラスは話を続けている。

「君の会の発足当時の会長は、三学年上の上級生だったんだ。だからその会長の卒業に合わせて、私がマルセルをねじ込んだ。彼を会長に据えるのなら、私が会を公認すると条件をつけて」

次々明かされる驚愕の事実に、俺はもうキャパオーバー寸前だ。

そもそも清貧の君を愛でる会って、非公認じゃなくて、サイラスの公認だったの？　ああいうのって、公認は本人がするものじゃないの？　なんでサイラス??

ますますわけがわからなくなった俺は、無言でサイラスとマルセルを交互に見た。久々に登校したら、情報量多すぎて処理が追いつかないんだが。

するとマルセルが、俺の顔を見てまた噴き出した。

「ぶふっ！　いつもの素敵な笑顔はどうしたんだよ、アルテシオ様」

「マルセル、アルが混乱するのは当然だ」

マルセルが茶化すように言って、サイラスがそれを諌める。

いや、息をするように煽ってくるの、ほんと腹立つな、マルセル。お前はあとで礼拝堂裏にも来い。

んで、サイラスはなぜにこいつを会長に？

納得いかん、と笑顔を偽装した細目で睨んでいたら、サイラスは肩を竦めた。

「まあ、それでね？　会長になったマルセルに会を掌握させたんだ。彼は社交に長《た》けてるし人心掌握は得意分野だから。おかげで会員情報の共有ができて、情報収集や伝達事項なんかの連携が取りやすくなった」

そこまで言うと、サイラスはにこりと笑った。

俺は向かいでニヤニヤしながらこっちを見ているマルセルに内心で、俺の心は掌握されてないけどな！　と毒づく。

しかしそのニヤケ顔を見ていて、はたと思い当たることがあった。

「なあ、その不測の事態って、結構あったのか？」

「そうだね、三年に上がるまではそれなりに。去年くらいからは目に見えて減ったな。最高学年に近くなったのと、アルが身を守れるほどに育ってきたことが理由じゃないかと」

「じゃあ、そういった事態から人知れず守ってくれていたということで、あってるか？」

「その通りだよ」

「そう、だったのか。君たちが……。ありがとう」

サイラスの話を聞いて、俺は遅ればせながらゾッとした。サイラスたちが嘘をつく理由はないから、それは事実なんだろう。感謝の言葉が自然と口から出た。

実際、年頃の貴族の子弟が集まっての学園生活では、生徒間の暴行事件はそう珍しいことではない。犠牲になるのは、家格が低かったり、容姿が良かったりする生徒が多いが、体格で劣る下級生だと特に狙われて、隙を突いての被害に遭いやすいと聞く。

入学当初のサイラスなんか、天使のように美しすぎて、美少年趣味の連中垂涎の的だったとか。

しかし、本人が見た目や年齢にそぐわず馬鹿強いこと、アクシアン家を敵に回しては本気で家が潰されるなどで畏れられ、早々に観賞用ということで落ち着いた。

それでいくと俺なんか、貧乏下位貴族の息子・平凡顔・貧相な体格で、条件だけ見れば、捌け口として使われる可能性は十分だった。

サイラスと親しくなっていなかったら、それは本当に起こりえたことだったのだ。

「その節は本当にありがとう。それで、つかぬことを聞くようだが……その不測の事態においての連携とやらはもしや、つい最近も？」

それを聞いてサイラスとマルセルは顔を見合わせる。

俺は黙った二人を交互に見ながら続けた。

「たとえば、婚約式の日、とか」

「よく気づいたね」

サイラスに微笑まれて、頭の中で点と点が瞬く間に繋がっていく。

救出される直前に聞いた、『会長、こちらです！』という声。それを聞いた時の妙な違和感。

その直後に、俺はサイラスやサイラスの護衛騎士団に救出され、表に出てみればマルセルの姿もあった。

夜になってからサイラスに、あの場所を突き止めるのにマルセルとその友人たちが力になってくれたと聞いた。

あの『会長』が誰を指していたのか、ずっと不思議だった。誰かが『隊長』か『団長』を呼び間違えたのかとばかり思っていたのだ。

でも、間違いじゃなかったんだな。あれは『会長』で合っていて、それはマルセルのことだった。そしてまさにあの時が、その不測の事態に対する情報収集、及び伝達力が最大に活きた場面だったんだろう。

「まあ、俺は別にアルに知られなくたって良かったんだけどさ」

マルセルはそう言いながら、あの日の事を掻い摘んで話してくれた。


あの日、控え室から俺が消えたことに気づいたのは、白薔薇《ばら》を取りに行って戻ってきた担当司祭。司祭は、護衛が倒されていて俺がいないことを確認すると、急ぎサイラスに報せに走った。

すぐに異常事態を察したサイラスは、自分の控え室に護衛騎士団とマルセルを招集。手分けして教会周辺の目撃者、聞き込み、事件を起こす動機を持っていそうな者の迅速な絞り込み、不審な動きをしていた者に関する情報提供の呼びかけを行った。

そうして最初に俺の居所を掴んだのは、マルセルだった。

実はマルセルが動かせるのは、会のメンバーだけではない。アクシアン家とは別ルートで広く深く張り巡らせた人脈を持ち、その上アルタス社専属の記者たちは、独自の情報網を持ちながら事件を追っている者ばかり。

その中に、幕引きされたはずのシュラバーツ殿下の事件を未だに追っている者がいた。

他の社ではとうに事件性なしと打ち切った事件に不信感を捨てきれず、ある程度粘り強く追う記者は一定数いる。そして今回は、シュラバーツ殿下の件を追っていたその記者が、情報提供者となった。

事件の被害者を取り巻く交友関係を調べるのは基本中の基本だ。そうして何度も調べている内に、記者はおかしな動きをしている人物に気がついた。

事件の直後から人が変わったようになったその人物は、およそ良家の子息が一人では近づかないような危険な場所に出入りし、怪しい人間たちとの接触を図り、銀行から多額の金を動かしていた。あまりに挙動不審であるためマークしていたら、その人物がとある闇ギルドで傭兵を雇ったことを掴む。

記者はそれを、マルセルに報告した。なぜなら、この取材自体がマルセルによる密命でもあったからだ。マルセルはその人物を妙に警戒していて、常に動向を気にしていた。

何かするつもりでいることは明白だったが、それが何かわからず、事件の二日前からは他の記者たちと三交替制で本人に張り付いていた。しかし途中でその人物に気づかれ、撒かれてしまったのだという。

見失った記者は、対象が家に戻っていないことを確認すると、慌てて教会にいるはずのマルセルのもとへ馬を飛ばした。すると、教会では俺が賊によって連れ去られていた。記者から報せを受けたマルセルはすぐに犯人を悟り、近隣を捜索するよりも、マークしていた人物の行方を捜すことをサイラスに提案した。

マルセルも会メンバーの中から動かしやすい数人に連絡を取り招集をかけたが、その中にはマークしていた人物の親戚や、交友関係にある者もいた。彼らからの聞き取りにより、いくつか心当たりの候補を挙げ、手分けして捜すことに。

しかし、とある生徒からの証言により、俺が拉致《らち》されているであろうおおよその場所を特定することができたマルセルは、サイラスにそれを報せて共にそこへ向かった。

ただ、到着した場所で騎士たちが屋敷の中を捜索しても見つからず、蔵や倉庫、物置きなどの捜索をしていた生徒が、蔵から人の話し声らしき音が聞こえることに気づいた……という訳だったらしい。

掻い摘んでも十分長かったが、実際にはもっといろいろあったのだと、マルセルは笑った。

記者がマークしていた人物とは、もちろんジュール先輩である。

マルセルはひょんなことから、ジュール先輩とシュラバーツ殿下が乳兄弟《ちきょうだい》だと知った。ジュール先輩の抱いていた感情までは知らなかったが、殿下の葬儀で見た時に様子がおかしかったこともあり、警戒が必要かと思った、と語った。

「まさか、アクシアン相手に本気でことを起こすほどだったとはな～」と、マルセルは苦笑した。

「つまり、俺が間一髪で助かったのは」

「切り込み隊長はサイラスだったけど、俺と、うちの会の子たちのおかげもだいぶあるよね～」

「そうだな、ありがとう、ほんとに」

「清貧の君を愛でる会の存在意義、感じたろ?」

「もっと早く教えてくれてたら良かったのに」

「陰ながら見守り応援する会なんだから、本人に認知されるのは会の主義に反するだろう」

俺とマルセルの会話に、サイラスがオチを付ける。

「そりゃそうだろうけど。じゃ、なんでこないだ教えたんだよ？　会の主義はいいのか」

そう突っ込んだら、「そりゃ、もう卒業だから解散前だし」と返された。

そうか、なるほどな。俺が卒業したら、見守る対象いなくなるもんな。

俺は納得して頷く。

それにしても、まさかサイラスとマルセルが裏でもそんな風に手を組んでいたなんてな。ぜんっぜん気づかなかった俺は、やっぱり鈍感なのだろうか。

そんなことを思っている内に、いつの間にか食事は終了し、コーヒーが注がれていた。ミルクと砂糖を入れても苦いそれに口を付けながら思う。

情報整理で頭使いすぎて、なんだか全然、食べた気がしないわ……

◇◇◇

通常の学園生活に戻ったと思いきや、すぐに卒業試験が始まった。

そして俺はその卒業試験に、今まで以上の気合いを入れて取り組んでいる。絶対に二位を死守するぞ！

さて。伝統と栄誉ある我が学園では、成績優秀者の上位三名までは本人が希望すれば、王立アカデミーへ推薦で進学できるという制度がある。

しかも、その場合は学費免除。

ちなみに王立アカデミーとは、国内外の優秀な学生たちが一堂に集う、我が国最高の高等教育機関である。当然、財力があり高等教育を受けてきた貴族の子弟が半数以上を占めることになるのだが、中には優秀さを見込まれて教会や篤志家の貴族や商人たちに援助を受けてきた平民の学生もいる。

そして彼らは学問に対して、貴族の子弟たちよりもずっと熱心だ。

それはなぜか。

王立アカデミー卒業という肩書きだけでも箔は付き、その後の人生はほぼ安泰だからだ。

だが、さらに優秀な成績での卒業となると、国を問わずあらゆるところからスカウトがくる。そして当然、彼らの本命である官僚の道も開かれる。前途洋々、人生一発逆転だ。

そんな風に人生がかかっているのだから、単なる学問好きでアカデミーに入学した、なんて動機の貴族連中とはハングリー精神が違う。

まあ貧乏貴族に育った俺だって、以前は『優秀な成績で学園卒業』に『王立アカデミーに推薦入学・卒業』というスペックが加われば、引く手数多《あまた》だろうなあ、なんて夢見たこともある。

しかしそれは、学園を卒業して家のために働き手にならなければという理由でまず諦め、次いでサイラスと結婚したら伴侶として婚家に入らなければならないということで、どちらにせよ断念したつもりだった。

そのつもり、だったのだが……

「私が行くのだから、君も行くのが筋だろう」

もはや習慣化した添い寝のために俺のベッドに潜り込んできたサイラスは、キョトンとした顔でそう言った。

なんの気もなさすぎるその言葉に、俺は驚いて眉を顰める。

「え？　だって、君と結婚したら、嫁の立場の俺は家庭に入ることになるだろう？」

「今どき、何を馬鹿な。私の伴侶になるといったって、君が優秀な男であることは変わらないだろう。まさか、母上のおっしゃった言葉を真に受けたのか？」

サイラスは呆れたように答えてから、眉間に皺を寄せた。

「真に受けた、というか……」

——これからは留守にしていても安心して療養していられるのね。アルテシオさん、こちらのことはよろしくお願いしますわね。

俺の脳内に、いつだかの公妃様の言葉が再生される。

真に受けるも何も、これからは安心とか、こちらのことはよろしくとかって、そういうことじゃないのか？　もしかして、違った？

「公妃様のお言葉の端々に解放感みたいなものがあった気がしたから、てっきり本邸の管理は俺にお任せになるおつもりなのかと思っていた。そうなると、俺の仕事は家政ということにならないか？」

首を捻りながらそう言うと、サイラスは笑いながら言った。

「やっぱりそうだったか。真面目な君のことだから、妙に気負っているんじゃないかと思ってた」

「気負ってって……」

「母上が君にああおっしゃったのは、別にいきなりすべてを丸投げしようと思ったからではないぞ。これからはいざという時にはアルがいてくれる、とは思っただろうけど」

「そういうニュアンスだろうか？」

「私はそう取ったけどな。それに、父上もまだまだお若くてご健勝だし、結婚したとしても私が爵位を継ぐのはまだ先だよ。ということは、母上だってまだ引退はお考えではないだろう」

「あ。そうか、そうだよな」

サイラスに言われて、ハッとする。

そりゃそうだ。サイラスが学園を卒業したから、あるいは成人したからといって、働き盛りの公爵様のことだから、まだ青二才の息子に爵位譲って引退するわけがないよな。

そして、その伴侶である公妃様だって。

つまり、俺が勝手に先走っていただけ……

急に恥ずかしくなった俺は、布団のカバーを両手で掴んで引き上げ、顔を覆った。それを見たサイラスが、慰めるように俺の髪を撫でる。

「とはいえ、母上はお体が強いお方ではない。今以上に体調が悪化するようなことがあれば、予定より早くアルに全部を任せたいとおっしゃるかもしれない。でも仮にそうなったとしても、私はアル一人の肩にすべてを背負わせるような真似はしないよ」

「サイラス……」

頼もしい言葉を聞いて、俺は思わずサイラスの顔を見つめる。するとサイラスも俺を見ていて、穏やかな表情でこう言った。

「だからね、卒業して結婚したからと言って、やりたいことを我慢する必要はない。アル、君は勉強が好きだろう？　元々はアカデミーまで行って学んでみたいと目を輝かせていたじゃないか」

「……うん」

前々から将来はどうしたいかと話す時には、決まってアカデミーの話が出た。学園を卒業しても、共に進学して、当たり前のようにずっと席を並べて学ぼうと。

サイラスはそれを、ちゃんと覚えていてくれたんだな。

「私と結婚するからと、アルが夢を諦める必要はない。もしそうなってしまったら、私は自分が許せない」

「サイラス……ありがとう」

感動して少し胸が熱くなった俺の頬に、サイラスがキスをする。それから彼はにっこり微笑んだ。

「まあそうなれば在学中に結婚することになるが……いいじゃないか、夫婦でアカデミーに通う学生がいたって。私たちは胸を張っていればいい。それに、夫婦二人共にアカデミーを卒業してみろ。アンリストリア王国始まって以来の快挙になるぞ」

「た、たしかに」

「そうなれば我がアクシアン公爵家は名実共に無敵だ、アル」

共にアカデミー卒業生の夫婦。それはたしかにすごい。今までそんなの聞いたことがない。

そもそもからしてこの国では男女間に教育格差があるから、普通の令息と令嬢の組み合わせの結婚では、男女共に同等の高等教育を受けているカップルなんて皆無なのだ。数少ない男性同士の夫婦で学園の先輩後輩だったという場合もあるが、アカデミー卒でそれは聞いたことがない。

なので、二人揃って学園卒、俺もサイラスと一緒に王立アカデミーに進学予定となれば、共にアカデミー卒の高学歴夫婦になる可能性は極めて高く、たしかにそれは王国始まって以来の快挙と言える。

と、そこまで考えて、ふと思う。

そうか、そういや在学中に夫婦になるんだっけと妙な実感が湧いた。なんだか不思議な気分だなと、遅まきながらの感慨に浸る。

するとそんな俺の両肩に、真剣な顔をしたサイラスの手が置かれた。

「だからな、アル。一緒に花道を飾って、揃ってアカデミーに行こう」

その言葉に、俺は力強く頷いた。

そして翌日。

俺は教諭に、アカデミーへ進学する決意を伝え、卒業試験に臨んだ。

結果は、やはりサイラスを抜くことはできなかったものの、次点はキープ。アカデミー推薦には申し分のない成績を修めることができた。

そうして俺とサイラスは、揃って王立アカデミーへの切符を手にしたのだった。

アカデミーへの推薦合格通知を受けてしばらく経った頃。

サイラスと俺は、五年間を過ごした学園の卒業式を迎えた。

壇上で総代として答辞を読み上げるのはもちろん、入学から卒業まで主席を守り切ったサイラス。

その堂々とした姿はいつにも増して輝き、さすがのカリスマ性を放っていた。

式典が終わると、構内のあちこちに卒業生や在校生たちの固まりができていた。別れを惜しむように話したり、泣いたり、抱きしめ合ったりしている。

卒業後の生徒たちの道は様々だ。

俺やサイラスのようにアカデミーに進学する者もあれば、外国に留学する者もいる。この学園の卒業実績だけでも十分だと、これ以上の進学をしない者も多い。

学園に入るために地方から首都に出てきていた生徒は、卒業を機にそれぞれの地元へ戻っていくし、そうなればもう一生会えない友人同士もいるだろう。

サイラスも多くの同級生や在校生たちに囲まれていて、ついでにそばにいた俺も囲まれた。

涙ながらに祝いと別れを惜しむ言葉をもらい、こちらもつい鼻の奥がツンとなって困った。知った顔も、あまり馴染《なじ》みのない顔もある。

でもそんなことは関係なく、みんな白目が真っ赤になるほど泣いていた。

おそらく例の『清貧の君を愛でる会』メンバーも交じっていただろう。

抱えきれないほどに手渡された、たくさんの花束。卒業式会場だった講堂から校門までの道も、色とりどりの花で飾られている。

散った花弁でさえ美しいその花道は、俺たちの未来に繋がっているように思えた。

俺はその道を見ながらぼそりと呟く。

「綺麗だ。道が光ってるみたい」

「そうだね、素敵だ」

俺の呟きを聞いたサイラスが答えてくれた。

足並みを揃えて隣を歩く彼の指先が、俺の指先に触れた。なんとはなしに、そのぬくもりを握ってみる。

我ながら大胆だったかなと思ったらサイラスはさらに上手で、俺の手を握り返してきただけでなく、指まで絡めて繋げてきた。

周囲で小さなざわめきが起きたが、なぜだか気にならなかった。卒業式の雰囲気に、気分が浮き立っていたからかもしれない。

たくさんの友人や後輩たちと別れなければならない中、一番離れがたいサイラスとだけは別れないで済むのだから、俺は幸せだ。

親友、恋人、婚約者、そして、生涯の伴侶。

その関係にどんな名がついても、もう構わない。

この手を離さずにいてくれる。ずっと一緒に歩いていける、君となら。

まっすぐ前を見つめながら、俺は言う。

「サイラス。これからも、よろしく」

「もちろん。何が起きても一生、離さない」

顔を見なくても、微笑んでいるのがわかる声だった。

俺はそれに安心して、晴れやかな気持ちでその花道を歩ききり、思い出深い学園に別れを告げたのだった。

◇◇◇

我が国の卒業式は周辺国よりも少し早く、春の終わりに行う。

そして初夏から夏の終わりまでの長期休暇を挟み、秋になると他国と同じように新学期が始まる。

夏季休暇が長いのは、アンリストリアの夏が周辺国よりも暑いからだと言われているが、外国の夏を知らない俺にはどうでもいい話だ。

どうせ休暇とは名ばかりで、アンリストリアの夏は忙しい。

長期休暇に浮かれてバカンスへ行ったり遊び回ったりするのはお気楽な子供のうちだけ。それなりの年齢になれば、領地管理などの家業を学ぶのに多忙になる季節だからだ。

まあ、残った領地も小さく、ほぼほぼ平民だった俺の実家の場合は、机上の管理業務よりも家族総出で田畑での作業に追われていたけどな。

周りの国より夏と冬の寒暖差が大きいこの国では、春から夏の終わりまでの数ヶ月間が、ほとんどの作物にとっての重要な生育期間なのだ。

特に、日々のパンを作るのに最も重要である小麦などは、夏真っ盛りに収穫して、秋にはまた翌年収穫するために播種《はしゅ》しておかねばならない。小麦の収穫結果は向こう一年の生活をダイレクトに左右するため、家の者たちは主従の別なく皆必死で働いていた。

そういえばしばらく見ていないが、今年のウチの畑の状況はどんなものなんだろうか。気になる。

(だがまあ、今年からは収穫作業の手伝いには行けそうにないな)

何せ今の俺は、公爵令息の婚約者で、実家にすら気軽に帰れない立場なのだから。

「どうした？　アル」

アクシアン家へ帰る馬車の中で、そんなことを思いながら外の景色を眺めていると、横に座っていたサイラスが声をかけてきた。

「あ、いや。入学から、長いようであっという間の五年間だったな、と」

ヘタレな俺は、とっさにそれらしい返答をしてしまう。

だってまさか、卒業の感傷に浸ることもなく、実家の畑の様子が気になっていたなんて言えない。

そもそも畑どころか、最近は家族の近況すら手紙のやり取りでしか知れていないけど。

今だって、今日も帰ったら、無事に卒業したと父上や皆に手紙を書かなきゃな、なんて考えている。

そんな俺の横で、サイラスは俺の言葉に一瞬何かを考え込むようにしたあと頷いた。

「そうだね。初めてアルに会ったのがつい昨日のことのようだ。本当に、瞬く間の五年間だった」

「うん、まったくだ」

「新入生だった頃のアルは本当に愛らしかった。ひと際輝いていて、目が離せなくなるほどだったよ」

「へえ……」

しまった。思いもよらず、サイラスの俺スイッチを押してしまったようだ。なんたる不覚。

しかし、己の失態を悔いる俺の胸中を知る由もない、サイラスの俺語りは続く。

「あれはめっきり涼しくなった秋の初めだった。生っ白い新入生ばかりの中、健康的な小麦色の肌をした君は、一人ぼっちで置いてけぼりをくった夏の妖精のようだったね」

出た、たまに発動する、サイラスのヤバいポエム。夏の妖精ってなんだよ。

全身にゾゾッと鳥肌が立つ。

斜め上を向いて何かに浸るように目を閉じたサイラスは、口から出た言葉も斜め上だった。

奴の言っている小麦色の肌とは、単なる農作業焼けである。

普通の貴族は農作業なんかしないし移動は基本的に馬車だし、そもそも日焼けしたって赤くなるだけで小麦色になったりはしない。だが、俺はそうなる。

よって、目立っていたのは確かだろう。

ちなみに、その日焼け肌は毎年、冬を迎える頃にはすっかり周りと違和感のない普通の肌色に戻る。母方譲りの、俺たち兄妹共通の不思議な肌質だった。

「小麦色の肌に明るい茶色の髪、利発そうな澄んだ瞳の涼やかな顔立ち。小柄だったのに存在感が際立っていて、目が離せなくなった。思えばあの時から、私はアルの虜になっていたんだな」

「そ、そっか……」

なるほど、ものは言いようだ。あっさりした地味な造作を涼やかと表現するか。

君は本当にすごい奴だな、サイラス。歯が浮くようなセリフがそんなにもスラスラ出てくるなんて。

皮肉でも揶揄でもなく本心から言ってるのがわかるから、もう突っ込む気にもならないが、正直これを長々聞かされるのはきつい。

なんならこれが、つい数時間前まで凛々しく総代を務めていた最優秀生と同一人物だと思うと、実に複雑な気分である。

なんとも言えない気分で黙ってサイラスの話を聞いていた俺だったが、ふとあることに気がついた。

馬車の窓から見える景色が、ここ数ヶ月見ていたものとは違うのだ。

学校の門からアクシアン家の本邸までは、街中の整備された広い通りを走れば着く。

しかし、この道は——

家並みが途切れ、風に揺れる木々が現れ、馬車の車輪が砂利を踏んでガタつきだす。

木々のアーチを抜けてしまえば、青々とした田園風景が左右に広がり、街中とは空の色まで変わったよう。

「なあサイラス、この道って……」

窓にへばりついて外を見ながら俺が呟くように尋ねると、少し間を置いてサイラスが答えた。

「なんだ、もう気づいてしまったのか。せっかく驚かせてやろうと思って、おしゃべりで気を引いていたのに」

さっきまでとは違う調子の声に振り返ると、サイラスはいつになく悪戯《いたずら》っぽい表情で笑っている。

「皆、君の卒業を祝いたいのだそうだ」

「サイラス……ありがとう」

久々に通る懐かしいその道は、学園から俺の実家であるリモーヴ邸への、雑な舗装の一本道だった。


ガタゴトと車輪が砂利道を進む。

以前は蹄鉄《ていてつ》の摩耗具合が気になるくらいにしか思わなかったその道に、こんなにも胸躍らせる日が来ようとは。

そわそわと窓の外に目をやると、そこにはまだ白い花がまばらに残る木々が並んでいる。

そうか、まだ春の終わりだもんな。

そしてもうしばらく進むと木立《こだち》を抜け、今度は一面の菜の花畑が姿を現した。

これも以前なら毎年見慣れていて、なんの感慨も湧かない景色のはずだった。

なのに今は、いやに美しく思える。

まあ、この花畑は観賞用じゃなく採油用なんだけどな。

そうしている内に、馬車はまた木々のアーチに入った。

そして、次にそれを抜けた時に目の前に広がったのは、風に波打つ緑の麦畑。それと、その向こうに見える風車だった。

あと一、二ヶ月もすると穂首が黄色味を帯びて頭《こうべ》を垂れ始める。

これがもうそろそろ刈り入れかという時期まで行くと、日が暮れかける時間に見る麦畑が、オレンジ色の夕陽に照らされて黄金色に美しく輝くのだ。

それは貧しさを忘れてしまうような、豊かで幻想的な光景だった。

だがそれも、今年からはおそらく見られないのだと思うと、少し残念な気もする。

じいっと外の景色に見入っていると、横からサイラスの声が聞こえた。

「ああ、今年も順調そうだな」

「うん、そのようだ」

そう返しながら、ああそうかと思う。

五年もの間、リモーヴ家と学園まで往復の送迎をしてくれていたサイラスにもまた、この道沿いから見える四季は目に馴染《なじ》みのあるものなのだろう。

なぜかサイラスは、毎年夏季休暇中もマメに我が家を訪れていた。

パンに食材を挟んだものや菓子などを携え、農作業を中断しての昼休憩にジャストタイミングで現れる。そして一緒にそれを食すと、邪魔になるからとすぐに帰っていったっけ。

そんなことをつらつらと思い出していたら、ふわっと後ろから抱きしめられた。

「サイラス？」

どうしたのかと、俺の左肩に顔を埋《うず》めてきたサイラスに呼びかける。するとサイラスは、くぐもった声でぼそりと言った。

「恨んでいるか？　この素晴らしい場所から、強引に君を連れ出した私を」

「え……」

驚いた。

常に威風堂々として自信に満ちたサイラスの、別人のように頼りない声と言葉だった。

しかし、それは真摯な問いかけだ。

俺はその問いを受け、しばしの間自問してから答えた。

「まあたしかに、君には様々な手段で外堀を埋められはしたが、それでも俺が本気で嫌がることはしなかった」

「……」

「最終的に君の手を取ると決めたのは俺自身だ。だから後悔なんかしてないし、恨んでもいないさ」

「アル……」

いや本当に。強がりでもなんでもなく、俺は今の自分の状況を受け入れている。

どんなに優れていようが同性である以上、恋愛対象にはならない。そんな頑《かたく》なだった心は、徐々にサイラスに傾いていった。

何度も同衾を重ねる中、サイラスは決して俺に無理強いはしなかった。

サイラスと俺には、歴然とした体格差がある。その気になれば有無を言わさず組み敷いていくらでも好きにできたはずなのに、彼はそうはしなかった。

互いの昂りを慰めあう中でゆっくりと慣らそうとしてくれていたし、それだって俺の気が向かなかったり躊躇を見せた時にはすぐにやめた。彼自身の男性器がどれだけ硬くそそり立っていても、気にするなと笑って、朝まで俺を抱きしめるだけで静かに眠った。

一旦昂ったものを押し殺すその自制心は、賞賛に値する。

俺だって淡白気味とはいえ同じ男だから、それがどれだけの精神力を伴うものかくらいはわかるつもりだ。

サイラスが、俺を腕に囲って静かな夜を過ごすたび。

暗がりに慣れてきた目で、すぐそばにある長い金色の睫毛の寝顔を見つめるたび。

俺は自分が如何《いか》に大切にされているのかを思い知った。

そんな男、いつまでも好きにならずにいられるものか。

「俺は君が好きだよ」

そう言いながら、頬をくすぐってくる絹糸のような金の髪を撫でる。

すると突然、サイラスは弾かれたように顔を上げた。

その顔には驚愕の色がありありと浮かんでいる。

……どうした？

「アル？　今……」

「なんだ？」

「いや、今、私を好きだと言ったか？」

「言ったが、それがどうかしたのか」

「それがどうかって……だって君のほうからそんな言葉をくれたことなんか、今までなかったじゃないか」

「あー、うん？　そうだったかな」

すっとぼけた風を装って答えながら、俺はやはりサイラスは気にしていたのだと思った。

傷つけてしまっていたのかもしれない。

それでも、サイラスの心に呼応するように、俺の覚悟もゆっくりと定まっていったのだ。

ただ俺は、サイラスのように素直に愛情表現をできる人間ではないから、今の今までそれを口にできなかった。

少し反省していると、斜め下からすくい上げるように唇を奪われた。目を閉じる暇もないくらい、それは一瞬の早業だった。

熱い唇に唇をすくわれたかと思ったら、次には大きな手で後頭部を引き寄せられて唇の密着が強くなる。

「……っ」

角度を変えながら何度も重ねられる口づけ。

これは舌が来そうだと、サイラスの服の背を掴みながら受け入れ態勢を整える。

だがその時、馬車が再び砂利道に差しかかったらしく、車体が大きく揺れた。

車輪が砂利を踏むと、どうしてもガタつく。

そして、そのせいで諦めたのか、サイラスは唇を離した。

良い判断だ。このまま続行したら俺はきっとサイラスの舌を噛んでしまっていたに違いない。悪路を進む際の馬車の中でのキスは非常に危険だと俺は思う。

乱れた息を整えながらそんな可愛げのないことを考えていたら、サイラスは俺の額にコツンと額を合わせてきた。

……なんだ、やけに可愛いことをする、と思っていたら、サイラスの唇が動いた。

「アル」

「なんだ？」

「私が今、どんな気分かわかるかい？」

そう質問してきた彼の瞼《まぶた》はまだ閉じていて、瞳の表情から感情を読み取ることはできない。

でも頬や唇の端が上がっていて、穏やかに微笑んでいるように見える。

だから、こう答えた。

「機嫌は良いみたいだが……」

「決まってるだろう、最高の気分だよ。やっと君のほうから私に心を傾けてくれたんだぞ。こんな嬉しいことがあるか？　馬車の中じゃなきゃ駆け出すか踊り出すかしたいくらいだ」

「相変わらず大袈裟だな、君は」

「なんとでも言ってくれ。ああ、夢みたいだ」

そう言ったサイラスの瞼《まぶた》が上がり、その煌《きら》めく瞳が俺を捉える。いつもながら、なんという清らかな青だろうか。

サイラスが大枚はたいて取り寄せたあの稀少な貴石すら、この生命力に満ちた輝きには及ぶはずもなく、俺はただ目を奪われるばかり。

その珠玉を縁取り守る睫毛は黄金色。

そんな美しいものに、俺みたいなみすぼらしい者を映していてもいいものだろうか。

サイラスが綺麗な男なのは既知のことなのに、彼への気持ちを認めた今では、殊更に美しいと思ってしまう。

いや、違うな。

サイラスを知った時から、俺の中で美の基準が彼になったんだ。

都中の男を惑わせる美貌だと謳われたエリス嬢がサイラスの隣に並んでいた時ですら、俺の目にはエリス嬢の姿がくすんで見えていた。

自分の生涯で、おそらくサイラス以上に美しい人間と出会うことはきっとないだろうと、眩しい彼を見ていたのだ。

それは羨望を含む憧憬だった。

およそ、この世に生きる人が望みうるすべてに恵まれた、奇跡のような存在。

そんな彼に特別な友と呼ばれることで、優越感を感じていたのも、否定しない。

今にして思えば、同性であることや格差を越えて惹かれていたのは、きっと俺のほうが先だった。

でも、サイラスに迫られたりしなければ、俺はおそらく自分の胸の中にあったその感情の正体に気づかないまま一生を終えたはずだ。

働いて、妻を娶って、子を得て、それらを守りながら生きる。平凡ながらも、堅実な人生。それはそれで良いものになったのだろうと思う。

だがその日々には、おそらく今味わっているようなときめきはない。

だから俺は、サイラスに絆され——いや、彼を選んだことに、本当に後悔はしていないのだ。

「サイラス」

俺は彼の名を呼んだ。互いの吐息のかかる距離。

初めて東ネールに向かう馬車の中で唇を奪われたのを皮切りに、接触には慣らされてきたはずなのに、近づいたくらいで胸が高鳴ってしまうのは……サイラスに対して芽生えた恋心ゆえなのか。

合わせた額の皮膚から伝わってくる熱に、なんだか安心する。

「こんな俺を好きになってくれてありがとう」

そう言うと、サイラスは右手で俺の左手を握り、指を絡ませながらこう返してきた。

「アル、それは逆だ。君が私の気持ちに応えてくれたから今がある。ありがとう」

殊勝な言葉だ。あの日登校途中の馬車で俺を別邸へ攫った人間と、同一人物とは思えないな。

思わず笑ってしまうじゃないか。

「不可抗力なところは大いにあったけどな」

「……すまなかった。私も切羽詰まっていたんだ」

そうだろうな。たしかにあれは、サイラスにとっても賭けだっただろう。

もし、俺が少しも彼を受け入れられず強く拒絶していたら、培《つちか》われた友情も信頼もすべてが失われ、俺たちの関係は断絶になってもおかしくなかった。

そうならなかったのは、あの東ネールの屋敷で過ごした二人だけの時間があまりに濃密だったからだ。

外堀を埋めに埋められて、注がれる愛情に溺れて、独占欲に浸されて。

あれが、始まりだった。

「うん。今更それを責めるつもりはないさ」

「そうか」

俺の手を握ったまま、サイラスは俺の鼻に鼻頭を擦り寄せてくる。

誰の前でも威風堂々とした男の、猫のように甘える仕草。彼がこんな姿を見せるのも、俺にだけだと知っている。

言い表せない温かい気持ちで、心が満たされていくのがわかる。

だからここで伝えなければと、俺は口を開いた。

「とうに腹は括ってる。君が俺を幸せにすると誓ってくれたように、俺も全身全霊で君を幸せにする」

「……君の口からそんな言葉が聞けるなんて……、明日は槍でも降るのかな」

息を呑んだ数秒後、茶化すような口調でそう言ったサイラスの声は少し震えていて、俺はその背に腕を回しながら抱きしめた。

サイラスが背にした窓から見える青い空を、渡り鳥が滑空していく。

そろそろ緑の蔦に覆われた、慎ましやかな我がリモーヴ家の門扉《もんぴ》が見えてくる頃だ。


馬車が停まり、御者《ぎょしゃ》が扉を開ける。

先に降りたサイラスが、続いて降りようとする俺に手を差し伸べてきた。

俺は淑女ではないから手助けなどは不要だと、何度言っても聞きやしない。

大真面目な顔で『女性扱いしているのではなく、大切な人として扱っているんだ』などと言われてしまえば、満更でもない俺は二の句など告げられなくなる。

そんなわけで、すでに抵抗感すら奪われ消え失せた俺は、すんなりとサイラスの手に自分の手を預けながら馬車から降りた。

「……あれ？」

そこにはたしかに記憶の中と同じ、慎ましやかな我が実家の門扉《もんぴ》があったのだが……なんだろう、この違和感は。

そう思って首を傾げていた俺の耳に、懐かしい声が飛び込んできた。

「おかえりなさいませ、アル坊っちゃま。お待ち申し上げておりました、サイラス公子様」

声のほうに視線をやると、それは家令のレイアードだった。

数人の使用人たちと共に門の前で待ち構えていたらしき彼は、俺とサイラスにゆっくり歩み寄って来て、かしこまった様子で頭を下げた。

平静を装っているけれど、口元の笑みが隠し切れていない。

彼を始めとしたリモーヴの使用人たちは皆以前から、気さくに接してくれるサイラスを慕っている。婚約を喜んでくれているのは、一目瞭然だった。

「ただいま、レイアード。久しぶりだな。皆元気そうで何より……ん？」

そう言ってから、先ほど感じた違和感の正体に気づく。

レイアードの後ろに立っている使用人たちに、見覚えがないことに。

貧困ゆえにアットホーム貴族の名をほしいままにしているリモーヴ家では、俺が知る限り、使用人の入れ替えや新規雇用などは皆無だった。

だというのに、今レイアードの後ろには、お仕着せを着て控えている見知らぬ三人の若い男女がいる。

「レイアード、使用人の顔ぶれが変わったか？」

そっと耳打ちすると、レイアードは返事の代わりににんまりと笑みを深くする。なんなんだ。

訝《いぶか》る俺を尻目に、レイアードは使用人の一人に向かって指示をした。

「先に行って、アルテシオ坊っちゃまがご婚約者のサイラス公子様とご一緒にお戻りだと、旦那様にお伝えを」

レイアードにそう命じられたのは、おそらく俺やサイラスと同年代くらいの男性の使用人。

彼は「かしこまりました」と頷き、俺たちに一礼をしてから屋敷に向かって足早に歩いていく。

それを見送りながら、レイアードは俺とサイラスに向き直って言った。

「さあ、参りましょう。皆様、今か今かと首を長くなさっておいでです」

「あ、ああ」

促されて屋敷のほうへ歩を進める俺たち。

ご存じの通り、狭小貴族屋敷である我が実家は、門扉《もんぴ》から屋敷まで知れた距離なのだが、たったそれだけ歩いただけでもわかったことがあった。

門扉《もんぴ》を始めとして、敷地内の至るところが地味に手入れされているのだ。

垣根や農具入れにしている小屋の入口の金具や板など、今まではとても金も手も回せなかった箇所が修理され、あるいは新しい物に替えられて、本当に地味に綺麗になっていた。

屋敷も、腐った窓枠を無理矢理修繕した跡が消えて新しい枠が嵌《は》め込まれていたり、近くで見ると格段に綺麗になっている。

ほんの数ヶ月前に帰ってきた時は相変わらずのボロボロ状態だったから、俺がアクシアン家の本邸に戻ったあとに整備されたようだ。

俺はキョロキョロと観察しながら、レイアードに向けて呟く。

「少し見ない間に、随分あちこち手を入れたようだな」

「はい、坊っちゃまと公子様のおかげでございます。お屋敷も、私ども使用人の住む部屋も増築していただきました上、新たな人手も十名ほど雇い入れることができました。これで収穫期にも安心だと、旦那様も若様もそれはもうお喜びで」

それを聞いて、俺はハッと横にいるサイラスを見た。

サイラスは俺の視線を受けて、にこりと微笑む。どうやらサイラスは早くもリモーヴ家の立て直しに力を貸してくれていたらしい。

「すまない。ありがとう、サイラス」

「何を水臭い。伴侶の家族は私の家族だ。家族を助けるのは当然だろう？」

サイラスは肩を竦めながら、首を横に振った。

「結婚式もまだだというのにか？」

「それは誤差じゃないか。どうせ婚約式は済ませたのだし、構わないだろう？」

サイラスの思わぬ心遣いに、俺は感動で目頭がじんわり熱くなる。しかしサイラスのほうは少し不満そうだった。

「なのに、義父上《ちちうえ》と義兄上《あにうえ》はアルに似て謙虚すぎるんだ。私はこの際屋敷を立て替えましょうと何度も進言したんだが、そこまでお世話になることは憚られるからと固辞されてしまった。だから仕方なく、増改築と修繕止まりになってしまって」

「……」

いや、仕方なく増改築と修繕止まりってなんだよ。

いくらなんでも屋敷の立て替えは遠慮するだろ。さすがに怖いわ。

これだから金のあり余った高位貴族のボンボンは。

しかし、そんな俺のドン引き顔に気づいてないのか、サイラスは溜息をつきながら続ける。

「こんな微々たる支援だけでもあまりに恐縮なさるから、こちらのほうが心配になってしまうくらいだ。今日、義父上《ちちうえ》にお会いしたらぜひアルからも、これからは何もご遠慮なさらないようにと言ってくれないか」

「ああ、うん……ははっ」

微々……た、る？

なぜだろう。俺よりサイラスのほうが、リモーヴ家立て直しに対する意欲がすごい。

ノブレス・オブリージュにもほどがあるわ。いや婚約者相手だとそうは言わないのか？

なんて思いつつ歩を進め、俺たちは玄関前に到着した。

やはりというか、玄関扉も真新しく重厚なものになっていた。

周囲の庭木も整備されており、アクシアン家の本邸には遠く及ばずとも、貴族の屋敷としては、まあまあ恥ずかしくないレベルではなかろうか。

この屋敷がこれほど綺麗な状態を見るのは初めてなせいか、まるで違う屋敷に来たみたいで落ち着かない。大々的に改修されているのは嬉しいが、見慣れた景色がなくなってしまったのは少し寂しくもある……

そんな風に少しばかりセンチメンタルになった俺の気持ちは、レイアードが扉を開けたことで打ち消された。

「こ、これは……⁉」

屋敷に一歩足を踏み入れた俺は絶句した。

元は老朽化して床が抜けた箇所の修繕跡があり、それを古～いカーペットを敷いて誤魔化していた玄関ロビーだったはずの場所が――なんということでしょう。

そこは見る影もなく……いや、見違えるような大理石の床に変貌しているではないか。しかもベージュがかった色味だから、石材なのにそんなに冷たくは見えず好感が持てる。

さらにその上には、決して誤魔化す用ではない、一目で値が張るとわかる上品な赤い絨毯。しかもこの意匠を見るにただの赤絨毯ではなく、テルシャンという国の特産品と見た。各国の王侯貴族がこぞって買い求めるため、注文から購入まで年単位だという噂だぞ。

それだけではない、柱や壁もまるで新築のようじゃないか。

補修と塗装だけでこんなになるのか？　最近の職人はすごいんだなあ……

おや？　あの見慣れぬシャンデリアはいやに豪華だな。あれはもしかして、今我が国の貴族間で超人気のブランドのものでは？　母上の趣味かなあ～って。

……いやおかしいだろう、さすがに。

もうこれ、修繕がどうとかのレベルじゃない。いくら外装の補修がされているからといっても、屋敷の全体像自体はこぢんまりとした古い質素な屋敷なんだぞ。

なのに内装が一等地の高位貴族家レベルって、明らかに不釣り合いだろ……

そんな俺の心の叫びとは裏腹に、後ろに続いて入ってきたサイラスはニコニコしながら呑気に内部を見回している。

そして、上を見上げて「やっぱりこのサイズでピッタリだったな」なんて呟きながら頷いた。

どうやらこの、ウチに見合わないゴージャスすぎる照明器具が生えているのは、サイラスの仕業で間違いないようだ。

「サイラス……これは、君が？」

「いいだろう？　屋敷の改築祝いに義父上《ちちうえ》と義母上《ははうえ》に贈った特注品だ」

「改築祝い……」

「そう。せっかくあちこち綺麗に直すんだから、灯りだって新しくしたほうがいいだろう？　義父《ち ち》上《うえ》たちも喜んでくださったし」

改築祝いに記念の品を贈る。それ自体は、まあわかる。

しかし、改築祝いとは改築費用を出したほうが贈るものだっただろうか？

改築費用出して改築した人間が、またバカ高い金を出して改築記念品を贈る……それってアリなのか？　よくわからないことになってない？

もはや何が正解なのかわからない。

……ま、いっか。

思考を放棄した俺は、サイラスと一緒にシャンデリアを見上げた。

「アルテシオ、サイラス殿、おかえり」

ボーッと玄関で佇んでいると、すごく聞き覚えのある声に名を呼ばれた。

声のしたほうを向くと、二階から階段を下りてくる若い男の姿が見えた。

俺より高い身長、俺より逞《たくま》しい体躯。それ以外は髪色も目の色も、まるっと写したようにそっくりな、俺の兄である。ちなみに、遺伝子が同じ妹も似たような平凡顔だ。

それにしても、使用人たちに交ざって畑仕事をしているせいか、少し見ない間に兄の胸筋がまた育ったような気がする。

紛うかたなき同じ遺伝子のはずなのに、兄は俺より筋肉が育ちやすい体質なのだ。

なんで？　おかしくない？　羨ましい。

兄は足早に階段を下りてきて、俺たちから少し離れたところで立ち止まる。それからサイラスに向けて、右足を少し引いた綺麗なボウ・アンド・スクレープでお辞儀をした。

それに返礼するサイラスの所作がまた段違いに優雅で、格とはこういうところに出るものだと、いつもながら感心してしまう。

と、一通りの挨拶が終わったところで、俺は兄に向かって言った。

「今日はご在宅だったんですか」

兄は父に代わって何かと忙しくしているので、最近はたまに来てもすれ違いが重なっていて、本当に久しぶりに顔を見たのだ。

もしかしたら今日もいないのかと思っていたくらい。

だが兄は、微笑みながら答えた。

「当たり前だろう。可愛い弟が優秀な成績で卒業したんだ。しかもアカデミー合格の祝いも兼ねているときたら、何をおしても時間を空けるさ」

「兄上……」

兄の言葉に目頭が熱くなる。

「五年間、休みなしの通学。家業で忙しい時期も多かったのに、成績も落とさずによく頑張ったな、アル。お前は我が家の誇りだ。自慢の弟だよ」

「兄上……兄さん、ありがとう」

俺は涙がこぼれるのを見られたくなくて、兄に抱きついてしまった。兄が笑いながら俺の背中をぽんぽんとたたき、抱きしめ返してくれる。

「なんだ、アル。こんなでかい図体になっても泣き虫か」

「泣いてません」

嘘だ。本当は泣いている。兄の言葉に泣かされてしまった。

俺はずっと、自分が学園に通うことで、家族に無理を強いていると感じていた。

ひと口に学費免除と言っても、学園に通うためにかかるのは何も授業料だけではない。学用品が切れれば補充しなければならないし、必要な本を入手するのにだって金はかかる。サイラスはなんでも頼るようにと言ってくれてはいたが、そんなわけにはいかなかった。

彼にはただでさえ送迎で世話をかけ、様々な心尽くしを受けていたのだから。

兄はああ言ったが、実際は考査前後などの時期になると、家の仕事や畑の作業はろくに手伝えなかった。

自分や家族の将来を考えるならこれが正解のはずだと信じて机に齧りついたけれど、いつもとても心苦しかった。

なのに今、兄は褒めてくれた。

俺が至らない分たくさん苦労をかけたのに、俺の頑張りを労ってくれた。

成績優秀者で居続けられたのは、俺自身だけではなく、家族の協力があってこそだった。俺は家族にも、友にも、人にも恵まれた。

「兄さんのおかげだよ、ありがとう」

「アルの努力の賜物だよ。本当におめでとう」

顔を埋《うず》めた兄の胸板は、弾力があってとても温かかった。

……と、背後からグスッと洟《はな》をすするような音が聞こえて、俺は兄に抱きついたまま後ろを振り向いた。

するとそこには、両手で顔を覆って天を仰ぐサイラスの姿が。

「どうした？」

「いや、なんだか眼福で」

「眼福？」

「アルと、ちょっと大人になったアルが抱き合ってるみたいで」

「……」

「鼻血が出ちゃったよ」

サイラス。お前は俺と同じような顔なら、なんでもいいのか？

彼の俺に対する変態的な溺愛は様々な場面で思い知らされていたため、慣れたつもりでいた。

しかし、興奮で鼻血まで出すのは初めて見た。

新たなるドン引きである。

しかしまあ、曲がりなりにも婚約者の醜態を放置もできず、サイラスに駆け寄ってハンカチーフを差し出した。

「大丈夫か」

「ありがとう。私のアルは優しいな」

「いや、鼻血垂れ流しながら俺の顔を見るんじゃなく、しっかり鼻を押さえろ」

ハンカチーフを受け取り、うっとりした表情で俺を抱きしめてこようとするサイラス。その胸に、両手を突っ張って阻止する俺。

鼻から流血したままそんなことをしたら、とんだ大惨事になるだろうが。

俺の言葉で、サイラスはやっと鼻を押さえた。

やれやれと溜息をついて兄のほうを見ると、兄はなんとも言えない表情で俺を見ていた。

(わかっちゃいたけど、お前も大変だな)

そう言わんばかりの憐憫《れんびん》のこもった視線に、複雑な気持ちになる。

とりあえず、(そうなんです、大変なんですよ)とアイコンタクトで答えておいた。

まあこの現状は、父上と、父上を止めてくれなかった兄のせいも、多少はあるんだけどな？

俺がサイラスの気持ちに応える心境になれたから良かったものの、気が変わらなかったら大変どころじゃない、ただの悲劇だった。

幸いサイラスの鼻血は、まもなく止まった。

すごいなサイラス。神に愛された男は粘膜すら強靭らしい。うらやま。

「これは私が汚してしまったから、今度新しい品を贈ろう。私とアルのイニシャル入りのものを百枚ほど」

「そんなのもらっても持ち歩けん」

「なぜだ？　私は持ち歩いてあらゆる場所で見せびらかしてほしいが」

そう言ったサイラスは、すでに悠々たる美青年に戻っていて、さっき妙なことで興奮して鼻から血を噴出していたなんて微塵《みじん》も感じさせない。

いやもう本当にすごい。顔が良ければ変態でも許されるという見本だな。

「お三方。皆様がお待ちですので、そろそろ大広間のほうへ」

眉尻を下げてサイラスを見ていると、少し離れてことの成り行きを見守っていたレイアードが、遠慮がちに口を挟んできた。

「大広間？」

卒業祝いといっても、てっきり食堂でこぢんまりと食事会程度かと思っていたから驚く。

いくらこぢんまりとした屋敷の大広間とはいえ、いつも使う食堂に比べたら、何倍も広い。

サイラスを入れても六人なのに、そんな広さ必要だろうか？

訝《いぶか》る俺に答えたのは、レイアードではなく兄だった。

「待っているのは父上たちだけではなく、使用人の皆も一緒だ。彼らも、家族だろう？」

それを聞いて、幼い頃から慣れ親しんだ使用人たちの顔を思い起こす。

領地もろくに残らず、貴族というにはあまりにも貧しかった我が家。給金どころか、ろくに食わせてやれない時期だってあった。

にもかかわらず、優しく義理堅い彼らはこんな情けない主家を見放さずに働いてくれた。

俺たちリモーヴ家が汚泥に塗れながらも貴族として最低限の誇りを失わずに生きられたのは、どんな時でも彼らが主としての俺たち一家の尊厳を守り、支えてくれたからだ。

でなければこの家は、とうに離散し潰えていた。

「おっしゃる通りです」

俺は兄の言葉に納得して頷いた。

しかしそれと大広間になんの関係があるのかはいまだ理解できていない。使用人が多少増えたって、食堂で十分なのでは？

そう考えて首を捻っていると、兄は嬉しそうに頬を緩めた。

「だろう？　だからこの際、親しい友人や使用人たちも交えての立食パーティーにするのはどうかと考えたのだ。そうすれば皆がアルに会えるし、サイラス様にも挨拶ができる」

そう言って兄は、サイラスのほうに視線をやる。

しかしそれを聞かされた俺はというと、一瞬で血の気が引き、顔が強張《こわば》ってしまった。

「使用人たちも交えての立食パーティー？　いや、それはまずいでしょう。我々家族だけならともかく、今日はサイラスがいるんですよ？」

しかし兄はにっこりと微笑んだかと思うと、思わぬ答えが返ってきた。

「サイラス様にはご承知いただいている」

「えっ？」

「思いついていてなんだが、最初は私も不可能だと思った。だが使用人たちと話していて、いろいろ思うところがあってな。ダメ元でサイラス様に手紙をお出ししたんだが、快くお許しくださった。やはりサイラス様は、懐が広い」

「ちょ、ちょっと待ってください。たしかにサイラスの懐と器は海より広く深いですが……じゃなくて！　彼らは、我ら一家にとっては身内同然の者たちですが、サイラスは我々とは違うんですよ？　何を考えてらっしゃるんですか」

公爵家の人間に、平民の使用人たちと同席しろなんて、ちょっと前なら提案の段階で侮辱罪とかで首飛んでるよ？

サイラスは別だが、貴族の中には、平民を同じ人間だとさえ思ってない連中もいる。そんな打診をすること自体ありえない――

予想外すぎる事態に、呆然とする俺。

ところがその時、右の肩にポンと誰かの手がのった。

もちろん、それは隣にいたサイラスだ。彼は小さく首を横に振った。

「アル、義兄上《あにうえ》を責めてはいけない。私が自分で構わないと言った」

「サイラス？」

「義兄上《あにうえ》の、彼らを思う心に打たれたんだ」

どういうことかと問おうとした時、兄がまた口を開いた。

「身内同然なのに、彼らはアルの結婚式に出席できない。晴れ姿を見ることも叶わない。それどころか、ろくに言葉すら交わせないままアルと別れることになってしまう」

兄は一旦言葉を区切り、俺に向き直ってから話を続けた。

「主従交えての立食パーティーならば、彼らもアルテシオとサイラス公子様の仲睦まじい様子を見ることができる。祝福の言葉を贈ることだって」

そうだったのか。兄は、考えてくれたのか。

屋敷の皆と俺たちの両方に、後悔を残さないための方法を。

その気持ちは嬉しい。

「だからといって、そんな……。サイラス、君は本当にいいのか？」

「もちろん。一度言ったことは覆さないよ」

サイラスはそう言い、こくりと頷く。それを見た兄は、ホッとしたように息をついた。

「彼らのほとんどが、父や祖父の代から家に仕えてくれた者たちです。私やアル、妹のことを、子や孫のように慈しんでくれました。今日のアルテシオの一時帰宅も、皆とても楽しみにしていたのです」

そう言いながら俺を見る兄の眼差しは、限りなく優しい。

「皆、アクシアン公爵家に入るアルがこの家に戻るのは、今回きりになるだろうと感じているのでしょう。ならばせめて、最後くらいは触れ合う機会を設けてやりたい」

兄の語り口は静かで、その言葉はしんみりと胸にしみた。

「そればかりではなく、皆、今回の屋敷へのお心遣いにも感謝しております。公子様に直接謝意をお伝えできるとなれば、きっと喜ぶことでしょう」

兄が言い終わると、サイラスは再びこくりと頷く。

それから、兄と俺、そしてレイアードを順に見ながらこう言った。

「以前もお伝えした通り、こちらに異存はありません。私こそ、皆に感謝を伝えたかった。アルのような素晴らしい人を、育ててくれたことに」

不覚にも、目頭が熱くなる。

サイラスは、さすがだ。本当に、さすがだ。

俺だけじゃなく、俺の大切な人たちも丸ごと受け入れてくれる。俺を育んだバックボーンを認めてくれる度量がある。そういうところが、君にはずっと敵わないんだ。

兄とサイラスの言葉を聞いていたレイアードも、手袋をした指で涙を拭っていた。

涙の膜が張って滲んだ視界でそれを見ながら、俺は今更ながらに考えていた。

——そうか、これがこの屋敷に帰る最後の機会になるかもしれないのか、と。

大広間に場所を移し、卒業祝いの立食パーティーが始まった。

実際には先ほど兄が言っていたように、卒業祝い、兼アカデミー進学祝い、兼婚約祝い、兼リモーヴ邸改築祝いの、カオスなパーティーである。

皆、それぞれに俺とサイラスに祝いの言葉を告げにきてくれて、和《なご》やかな雰囲気で楽しんでくれているようだった。

リモーヴ邸の大広間は、屋敷の規模に見合った、かなりアットホームな規模の広間である。

しかし以前は広間というより、ほとんど物置き部屋として使っていた。なぜなら、その年その年を生き抜くのに精一杯な極貧一家な上、長年社交界とはほぼ断絶状態でお客様を迎えてのパーティーなんて小洒落《こじゃれ》たイベントとは無縁だったからだ。

俺なんか、先ほど見るまでここが大広間だというのも忘れていたくらいである。

そんな、本来の使用法を忘れ去られていた埃《ほこり》だらけの大広間が、まさか家を空けていたほんの数ヶ月の間にこれだけの変貌を遂げていたとは。

大理石の床は磨き上げられ、柱や壁は全面的に修復され、そして、やはりここにも豪華なシャンデリア。玄関ロビーに設置されていたものより数倍大きな広間用のものが煌々《こうこう》と輝いていた。

……質素倹約はどこへ？

窓の外は夕暮れなので、シャンデリアにはすでに火が灯っている。煌々《こうこう》と広間全体を照らしている様は、夢のように素晴らしい。

でも正直、この屋敷には分不相応に思えるのだが、隣で善意十割の笑顔で広間全体を眺めているサイラスの前では、そんなこと言えやしないのだった。

「うん、やはり素晴らしい。デザインにも拘った甲斐あって、リモーヴ家に相応《ふさわ》しい出来栄えになっている。これからはアクシアンの縁家として訪問者も増えるだろうから、これくらいの品は必要だ」

「はは……そう、かもな。うん、ありがとう」

答えながら、なるほどと思う。

俺は、サイラスが俺の実家に大金を使ってくれることに恐縮ばかりしていた。

けれど、彼は俺の実家だからという理由だけで金を注ぎ込んでいるわけではないのだろう。

リモーヴ邸《ウチ》の状態を放置しておけば、「公爵家子息の縁家なのに軽んじられている」などと噂される。

そして俺はサイラスとの不仲を疑われ、不遇を揶揄され、なまじ婚約で脚光を浴びてしまった分、余計に肩身の狭い思いをすることになることになる。

婚家に手を差し伸べないアクシアン家は、冷酷だとして評判を落とす。

そうなれば、両家にとってメリットは一つもない。

それらを鑑《かんが》みれば、サイラスの行動は妥当なんだろうと思う。自家よりずっと格上の家と縁を持つというのは、そういうことなのだ。

「アル、ほら」

そう思いながらシャンデリアを眺めていると、突如胸の前にワイングラスが差し出された。

どうやら俺がボーッと天井を眺めている間に、サイラスが取ってきてくれたらしい。

「ありがとう」

礼を言って、ステムを摘んで受け取る。

シャンデリアに向けてかざしてみると、濃い赤紫色だった液体が光を通して澄んだピンク色に見えた。口を付けると、繊細かつ芳醇な香りがふわりと鼻腔をくすぐったのち、舌の上に程良い酸味と甘さが広がった。

「すごく美味い」

思わずそう呟くと、それを聞いたサイラスが嬉しそうに言った。

「そうかい？　嬉しいな。これ、前にお義父上《ちちうえ》に差し上げた叔父の領地の品だよ。義兄上《あにうえ》に今日のパーティーの計画の手紙をいただいてからすぐに発注を掛けたんだ。ウチの貯蔵庫に残ってる分では心許なくてね」

俺の脳裏に、数ヶ月前の記憶が蘇る。

たしかに父上への土産にと、専用の馬車まで使ってワインを持ってきてたな。

「ああ、あの時のワインか。何から何まで済まないな。本当に、なんと礼を言っていいのか」

今更ながら、さすがはサイラス。

圧倒的配慮、圧倒的スポンサー力。

それにしても美味いワインだなとくぴくぴ味わっていたら、横からサイラスに袖を引かれた。

「アル、義兄上《あにうえ》が……」

「兄上が？」

兄がどうした、とサイラスの視線の先を見ると、兄がニコニコしながらこちらへ歩いてくる。

よく見ると、誰かと一緒のようだ。

先ほど見た時は会場出入口のあたりで来訪客と話していたのに、それはもう済んだのだろうか。

兄は俺とサイラスの前まで来ると、「楽しめているだろうか？」と聞いてくれた。

「もちろんです。ありがとうございます」

そう言うと、兄は嬉しそうに頷いたあと、伴ってきた男性を紹介してくれた。

「アルテシオ、紹介しておこう。かのアガッティ商会の会頭のご子息で後継者でもある、カルロだ」

それを聞いて、俺は目を丸くした。

アガッティ商会といえば、ここ数年で頭角を現した輸入専門の商事会社ではないか。閉鎖的で貿易が困難と言われた国々とも独自ルートで販路を開き、今やアガッティに頼んで手に入らないものはないとまで言われている。

そんな会社の後継者が、なぜこんな小規模パーティーに？

そう考えながらカルロという男性を見ていると、彼は俺たちに向かってボウ・アンド・スクレープをしながら自己紹介をした。

「お初にお目にかかります、アルテシオ様、アクシアン公子様。カルロ・アガッティでございます。以後、お見知りおきを」

「こちらこそ、ご丁寧なご挨拶、痛み入ります」

挨拶を返しながら、カルロをちらと見る。

暗赤色の髪を首元で束ねていて、随分と背が高い。兄やサイラスよりも大きいな。おまけにがっしりとした体躯をしていて、コート越しでも上腕二頭筋の立派さがわかるほどだ。

これで商人？　船乗りの間違いじゃなくて？

若干気圧《けお》されながら、俺とサイラスはカルロと握手を交わす。

それを見ながら兄は続けた。

「実はカルロは、僕の学園時代の友人なんだ。卒業後に彼が国外に修業に出て以来交流が途切れていたんだが、数ヶ月前に偶然再会してね。調度や使用人部屋の備品の購入検討で相談に乗ってもらいがてら、旧交を温めているところだよ」

ちゃんと友人いたんだ。

知らなかった。兄は、あまり学園時代の話はしてくれなかったから。

「ああ、義兄上《あにうえ》の同期の方でしたか。では我々の先輩ですね」

サイラスが笑顔でそう言うと、カルロも精悍な顔に笑顔を浮かべて頷いた。

「そうなりますね。光栄のいたりです」

サイラス相手にも堂々と渡り合う様は、さすがに世界を股に掛ける商会の人間といったところ。

しかも体躯にばかり目が行っていたが……この人、よく見たらエキゾチックな顔立ちの、かなりの男前だ。異国の血が混ざっているんだろうか。

まじまじと見つめていると、カルロもそれに気づいたのか、俺をじっと見返してくる。それからしばらくすると、感心したように口を開いた。

「それにしても、驚きました。アルテシオ様は、学園時代のジョアキーノ君そのものですね。本当によく似ていらっしゃる。実に愛らしいです」

………ん？

今更になるが、ジョアキーノとは兄の名である……って、それはさておき。

愛らしい……。身長百八十センチ超えの男に、愛らしい？

思わず固まる俺。

そして、笑顔のままさりげなく俺の前に立ち、カルロを遮断せんとするサイラス。

しかし俺ガチ勢のサイラスがカルロを敵認定する前に、カルロの口から思いがけない言葉が出た。

「いや失礼。あまりの血の奇跡に感動が止められず。しかし、今の程良く育ってくれたジョアキーノ君も素晴らしいです。長く育てた情熱を注ぐには、器も耐久性がなくては……」

最後のほうは声を潜めての呟きに近かったが、俺とサイラスにはしっかり聞こえた。

カルロ……こいつ、ヤバい。

兄はよく聞こえなかったらしく、キョトンとしながらも笑顔は変わらず。

そしてなぜか、サイラスはカルロとガッチリ握手を交わし始めた。何かが通じ合ってしまったらしい。

「なんだ、カルロ。まだ挨拶しかしていないのにサイラス様と意気投合か？　妬《や》けるなあ、あっ

「はっは」

「いやあ、アクシアン公子様とは何かと気が合いそうで嬉しく思います」

「私もですよ、カルロ殿」

朗らかに笑っている兄、兄を見ながら笑顔のカルロ、俺を見つめて微笑むサイラス。

俺は忘れていた。兄が、俺以上に鈍感であることを。

そして思った。この赤毛、兄上ガチ勢だ。

父上、早くなんとかしないと、兄上以降のリモーヴの跡取りは、妹頼みになってしまいます。


心波立つまさかの新事実にも、なんとか不揺《ゆらがず》の笑顔で乗り切り、パーティーは無事終盤へ。

元々屋敷の使用人たちや、数少ない交友関係の友人知人だけの小規模立食パーティーだったから、せいぜい三時間程度のもの。

ワインと料理がなくなっていくに従って、自然とお開きの雰囲気になっていった。

ちなみに俺は大広間の端のほうで、『酔ってしまったから今夜泊まりたい』とそれとなく兄にアピールするカルロの姿を見つけていた。

しかし『君も明日から別件の商談で出向かなきゃならないって言ってただろう』『今夜は顔を出してくれてありがとう。またな』と悪気なく撃退され、哀れなカルロはすごすごと帰っていった。

ニコニコと手を振りながら、カルロの乗った馬車を見送る兄を見て思う。

鈍感って本当に残酷なんだな。俺も反省しよう。

その後、来客の見送りを終えたサイラスと俺は、帰る前に少し酔い醒ましをと思い客間で一息ついていた。

するとそこに、ドアをノックする音が。

「どうぞ」

俺がそこに向かって答えると、静かにドアが開いて母上が入ってきた。

俺たちがアームチェアから立ち上がって迎えると、母上は思わぬことを切り出した。

「アル、サイラス様。貴方《あなた》たち、今夜は予定通り泊まっていかれるのよね？」

「……予定通り？」

初耳なんだが。少し休んだらアクシアン家の本邸に帰るんじゃないのか？

そもそも俺、今日ここに来る予定も知らなかったんだが。

どういうことだ、と向かいに立つサイラスを眉根を寄せて見ると、彼は笑顔でシレッと返事をした。

「はい、そのつもりでおります」

「良かった。では、アルのお部屋の隣を客間に改築してあるので、そこを二人でお使いになってくださいな。中は調《ととの》えてありますので、ご不自由はないと存じますが……」

「ありがとうございます」

えぇえ……目の前のすべてが俺を置き去りにして進んでいく〜……

どういうことなのか、あとでサイラスにじっくり聞かねばと思いながらも、俺は笑顔のままそのやり取りを聞いていた。

「では、ごゆっくりお休みになって。湯浴み用のお湯やご入用なものがあれば、いつでもおっしゃってくださいませ」

サイラスにそう言ったあと、ようやく母上は俺に向く。

「アルテシオ。今日は久しぶりに会えたというのに、色々忙《せわ》しなくてろくに言葉も交わせなかったわね。その分、明日の朝食ではゆっくりお話しできると嬉しいわ。……改めて、おめでとう、アル」

穏やかな口調でそう言った母上は、以前と同じ、柔らかな笑顔の母上だった。

纏《まと》っている濃紺のドレスは生地の質こそ上がってはいるものの、デザインは決して華美でなく質素で上品だ。

俺とサイラスの縁組みでアクシアン家から援助をされることとなり、ウチは貴族としての体裁は整えられるようになった。

けれども無駄な贅沢には身を浸すまいとの気概が感じられる慎ましさだと思った。

どうやら、長年身に染みついた質素倹約はちゃんと機能している様子。あのシャンデリアを見た時は少し危惧してしまったが、大丈夫そうで安心した。

「ありがとうございます、母上」

俺がそう言って頭を下げると、母上は小さく首を横に振る。

「お礼を言うのは私のほうよ。ゆっくりお休みなさい」

言い終わると、母上は入ってきた時と同じように、静かに部屋を出ていった。

母上を見送ったあと、俺はアームチェアにドカッと腰を下ろし、すでに向かいで足を組んでいるサイラスに問いかけた。

「予定通りって、なんだ？　聞いてないぞ。てっきり本邸に帰るものと思っていたんだが」

「すまない。そういうことになっていたんだ」

悪戯《いたずら》っぽい笑みを浮かべながら、白状され、気が抜ける。

「それならそうと……。どうして黙ってた？」

「アルを喜ばせたくて」

「俺を？」

「そう。現状では、これが精一杯だけど」

そう言うとサイラスは、居住まいを正し、改まった口調で話し始めた。

「私と結婚して正式にアクシアンの籍に入ったら、君は本邸の家政の一部を任されることになる」

まあ、それは想定の範囲内だったので、俺はこくりと頷いた。

「ああ、わかってる」

「いくらアルが優秀だとはいえ、体は一つしかない。アカデミーへの通学が始まれば、その兼ね合いでかなり多忙になるだろう」

「うん」

「少なくとも五年。状況によってはもう少し長く、こちらを訪れる余裕はなくなると思う。申し訳ないが」

俺は慌ててサイラスに駆け寄り彼の前に膝をつき、その両肩に手を置いた。

「いや、一緒に王立アカデミーに行こうと言ってくれたあの時から、そんなことは覚悟の上だ。生半可な気持ちで君と一緒にアクシアンを背負うと決めたわけじゃないぞ」

俺のセリフに、サイラスが弾かれたように顔を上げる。

青の瞳を潤ませたその顔は、相変わらず美しい。

魂が抜かれてしまうほどの圧倒的な美の前では、雌雄の別など些細なことに思える。もしかしてサイラスには、エルフの血でも流れているんじゃないだろうか。

そんな思いで見つめ返すと、サイラスが目を潤ませたまま、ふわっと笑った。

「アル、ありがとう。愛してる」

「うお……あ、ありがとう、俺もだ」

直視が仇となり、心臓を撃ち抜かれた。しかし顔では精一杯平静を装って礼を言った俺に、サイラスは頷いた。

「だからせめて、今夜くらいは住み慣れたリモーヴの家で過ごしてほしいと、私から義母上《ははうえ》にお願いしたんだ」

「そう、だったんだな……」

なるほど。これはサイラスの気遣いだったのか。

あれか。嵐の前の休息的な？

「ありがとう、サイラス」

すべてを理解した俺は、サイラスの気遣いに笑顔で答えたのだが、ここでふと思い出した。

先ほど母上は、『アルのお部屋の隣を客間に改築してあるので、そこを二人で使ってくれ』というようなことをサイラスに言っていたが……俺の部屋は今、どうなってるんだろう？

改築したともしてないとも誰からも聞かされてないが……

長く空けた自室の状態が気になり、なんだかソワソワしてしまう。そんな俺に、サイラスは首を傾げて問いかけてくる。

「どうした？　アル」

「あ、いや、あの……俺の部屋がどうなってるのか気になって」

「ああ、なるほど」

うっすら涙ぐんでいたはずのサイラスが、打って変わってにっこりと笑みを浮かべながら、俺の両肩に手を置いて言う。

「じゃあ、さっそく確認しにいこうか」

「え？　お、おお……」

なぜか、やにわに元気になったサイラスが俺の手を引いて歩き始める。

この行動の真意を、この時の哀れな俺はまだ知らなかった。

俺とサイラスはまず、改築されたという客間に向かった。

以前は、いくら修理しても隙間風が半端ないという理由で、物置きとしてしか使えなかった部屋だった。

しかし今では、隙間風ってなんでしたっけ？　と言わんばかりのしっかりした窓枠に付け替えられ、暖炉《だんろ》まで備わったピッカピカの客間に生まれ変わっている。

アクシアンの手配した大工と職人、優秀すぎない？

真新しい調度品やベッドも、なかなか素晴らしい品ばかり。

短期間でこれだけの品を、よく揃えたものだ。これがアガッティ商会の力か……

俺は部屋のビフォーアフターに慄《おのの》きながら、いくつか置かれたランタンの一つを持った。

ワクワク顔のサイラスを背中にくっつけて、いざ隣の俺の部屋へ。

以前なら夜は真っ暗だった廊下にも、今はところどころ火の灯ったオイルランプが置かれ、足元が危ないということもない。節約のためにさっさと明かりを消していたあの頃が嘘のような贅沢だ。

まあ、サイラスが泊まる今日だけのことかもしれないが……なんて思いながら、自室のドアノブを握った。

俺の部屋には鍵がない。

いや実際は、以前はあったが数年前に壊れてからは直してない、だ。

ウチはアットホームな家とはいえ、突然ドアを開けるような無礼者はいないため、特に修理する必要性を感じなかった。ゆえに、久々の自室にもすんなりと入れるというわけだ。

数ヶ月ぶりに戻った俺の部屋は、まだ無事に存在していた。予想していたほどには空気も淀んでいないし、埃臭《ほこり》くもない。

使用人の誰かがマメに掃除に入ってくれている証拠だ。ありがたい。

ランタンをかざしてみた限りでは、まだ改装が行われた様子はない。

小汚い壁といい、古いチェストや椅子といい、記憶の中の見慣れた部屋とまったく変わっていなくて安心する。

足元を照らしてみて、障害物がないかの確認。床に余計なものを置いていた覚えはないが、万が一ということがあるからな。よし、窓際にある書見台までの障害物、なし。

ルートの確認が済んだところで、再びランタンを上にかざす。すると視界の端で、サイラスがキョロキョロしているのが見えた。

「どうした？」

「あ、いや。アルの部屋、初めて入るから」

「ああ、そうだったな。びっくりしたろ」

「ずっと入れてもらえなかったから嬉しいよ」

そう、実は俺は、サイラスを部屋に入れたことがなかった。

サイラスが寄ってくれても、通すのはいつも例の客間。ごく稀に、父の執務室。どちらも公爵家の令息を通すには不似合いな、質素な設えの部屋だ。

それでもそこが、その当時のリモーヴ邸では最も良い部屋で、この私室よりは断然マシだった。

別にその時の俺が、卑屈になってそうしていたのではない。

ただただ、贅沢な良い物ばかりに囲まれて暮らしているサイラスの目を汚すのは申し訳ないと、それだけの理由だった。

窓辺に向かって歩き、辿り着いた古い書見台の上にランタンを置く。

蝋燭の灯りに照らされて浮き上がるインクの瓶、使い古したペン軸、立てられずに置きっぱなしになった本。

アクシアン家の自室には持って行かなかった、俺の少ない持ち物の、およそ半分。

前回この部屋を出る時、あえてそれらをそのままにして出たのだったと思い出した。

すべてをそっくりアクシアン家本邸の自室に移してしまえば、もうリモーヴ家に自分の居場所が失くなる気がしたから――

「アル」

しみじみ思い出していると、またしてもサイラスに呼ばれた。

声の聞こえたほうに顔を向けて、姿を探す。

背後にいたはずのサイラスは、いつの間にやらベッドのほうへ移動していた。しかも、そこに寝そべっている。

俺は焦った。

俺の使っていたベッドは簡素に組んだ木の上に、藁や古布やらを詰めた袋を敷いたもの。今の時代の貴族にそんなベッドに寝てる奴いる？　と笑われそうな代物なのである。

そのまま体を横たえれば布と服越しにすらチクチクするため、さらに厚手の布をシーツ代わりに掛けていたし、その布だって年季の入った古いもので色褪せもすごい。

しかもそのシーツ、長く使いすぎたせいか、マメに洗濯してても俺の体臭がうっすら残るんだ。……要するに、見られるのはとても恥ずかしいってこと。

高位貴族であるサイラスから見れば、およそベッドにすら見えないはずなのに、なぜ普通に寝てるんだ。

「ちょ、サイラス！　起きろ！」

「だってアルはここに毎晩寝てたんだろ？」

「そうだけど……よくこれがベッドだと認識できたな」

そう言うと、サイラスは一瞬キョトンとして、すぐに噴き出した。

「いや、それくらいは見ればわかるよ。君、私のことをなんだと思ってるんだ？」

「……」

まあたしかに、部屋中見渡してみてベッドらしきものはそれだけだものな。

一応それっぽい形状ではあるから、わからないこともないか。いや、それにしたってだな。

俺はサイラスの寝ているベッドに駆け寄り、横にしゃがみ込んで彼に起きるよう促した。

「いや、でもやめろって！　臭うだろ、埃《ほこり》を被ってるかもしれないし」

「書見台にもインク瓶の蓋にも埃《ほこり》なんか見えなかった。ベッドだって大丈夫さ。君の家は、いつ来たって清掃が行き届いているじゃないか」

「それはまあ、そうだが」

うぐぐ。サイラスのやつ、さすがの観察眼。たしかにウチは貧しいながらも、いや貧しいからこそ清潔には気を遣っている。

しかし、清潔にしているからといって、物の基本性能は変わらない。

藁ベッドは君が知ってるようなふかふかベッドにはならないんだぞ！

「君みたいな人がそんなとこに寝たら肌を傷めるぞ、起きるんだ！」

俺はなんとかサイラスを起こそうとするが、逆に腕を引っ張られて抱き込まれてしまった。

男二人の体重に古い木組みが軋みを上げて、今にも壊れそうでヒヤヒヤする。

「おい、サイラスってば‼」

「アル、静かに」

「あっ……」

力強い両腕に抱きしめられて、唇を奪われる。サイラスの唇からはわずかに、さっき呑んだワインの味がした。

ランタンの灯りだけの薄暗い部屋の中、かすかな水音がいやに耳につく。

「ん、ぅ」

舌と唾液をじっくりねっとり貪《むさぼ》られて、俺が酸欠でクラクラになった頃、耳元でサイラスが囁《ささや》いた。

「このベッド、君の匂いがしてすごく興奮する。もっと早くこの部屋に入れてほしかったな」

「……っ」

変態め。

頼りない蝋燭の灯りのもと、幼少期から苦楽を共にした自室の古いベッドの上で、親友から婚約者になったサイラスに抱きしめられている。

ここで過ごしていた頃にはまったく想像すらできなかった、今という未来。

勉強と家業の手伝いに追われて、とにかく毎日が目まぐるしかった。

でも、嫌だったわけじゃない。

家族のことも、家族同然の使用人たちのことも大好きで大切で、そんな彼らを少しでも楽にしてやることが俺の使命だと考えていた。

だからそのために努力するのは当然だと思っていたし、その努力が順調に成績に反映されていくのも嬉しかった。兄も優秀な人だけど、兄一人でできることには限界がある。

でも、二人なら。男兄弟が二人で力を合わせれば、リモーヴ家の道は拓けると、そう信じていた。

勉強はそのための武器を得る手段だったし、やり甲斐があった。

どうしてもサイラスに敵わないのが悔しいと思うこともあったけれど、彼と親しくなり、彼の内面の素晴らしさ、温かさを知ると、そればかりではなくなっていった。俺がサイラスと同じ時代に生まれ、同じ学舎で学ぶ機会に恵まれ、あまつさえ親友になれたのは、むしろ感謝すべきことだ。

……まあ、あの婚約破棄・断罪劇直後にプロポーズされた時と、実は巨根なのだというのを知った時には、若干後悔もしたのだが。

後継を設け、血筋と家系を守ることが何よりも尊ばれる貴族家において、子を成せない男同士の結婚など不毛ではないかとの思いは、今でも捨てきれない。

けれど、大切に想い合える相手と過ごし、支え合い、豊かな気持ちで日々を過ごすことも、十分に価値ある生のはずだ。

いや、そういうものにしてみせる。

「サイラス」

俺はサイラスの胸に抱かれて目を閉じたまま、彼の名を呼んだ。

室内には暖炉《だんろ》はあれど、火は入っていない。

隙間風は入らずとも寒いはずなのに、くっついているとあたたかくて、このままではうとうとと寝入ってしまいそうだ。

「どうした？」

サイラスが答えてくれたので、俺は最近よく思っていた思いを言葉にすることにした。

「俺を、ずっと好きでいてくれなくてもいい」

「は？」

「いや、最後まで聞いてくれ」

少し怒ったような、訝《いぶか》しげな声にやや焦る。だが、ここで言っておかねばいけない。

「……わかった」

サイラスは、不満げで不安そうな声で返事をしたが口を閉じ、俺の次の言葉を待ってくれている。

俺は、そんな彼の胴に回した腕に力を込めて抱きしめた。俺からこういう行動を取ることが少ないせいか、頭の上でサイラスが息を呑んだのがわかった。

きっと驚いてるんだろうな。

ここに来る時の馬車の中のことと言い、今日は珍しいことが重なると思ってるんだろう。

しかし俺だってやる時はやるぞと思いつつ、口を開く。

「俺は、人の感情がずっと同じ熱量で続くとは思っていない。そんなことは不可能だとわかっているし、一度永遠の愛を誓ったからといって、途中で心変わりしてもそれを責めるつもりは毛頭ないんだ」

サイラスの顔に、何か言いたげな、苦しげな表情が浮かぶ。

けれど何も言わず黙っているのは、最後まで聞いてくれと言った俺の言葉を尊重してくれているからだ。

それに安心して、俺は続きを話す。

「だからって、勘違いしないでくれよ？　君がコロコロと翻意するような気の多い人間だとは、微《み》塵《じん》も思っていないからな」

「……ああ」

「つまり俺が言いたいのは……万が一、君が心変わりをしたとしても、俺を手放さないでくれってことだ。たとえば、君が他の誰かに恋をして俺に対する恋愛感情が消えても。俺を突き放すことだけは、やめてほしい」

「アル……」

「君が思っている以上に、俺は君のことが好きだから。突き放すくらいなら、友人でも仕事の片腕としてでもいいから、最後までそばに置くと約束してほしい」

話している途中から、俺を抱きしめているサイラスの腕の力も強くなっていて、やや痛い。

仮定の話をしたのが気に触っただろうか。

「俺はどんな関係であろうと、最後まで君の隣にいたいと思ってる。——以上だ」

よし、言ってやった！

晴れ晴れした気持ちで目を開いて顔を上げると……サイラスの顔は、頼りない蝋燭の灯りですらわかるほどに赤くなっていた。

気のせいか、瞳が潤んでいるような……と見つめていたら、サイラスがようやく喋った。

「なんて殺し文句だ……。アル、それを無自覚に言葉にしてるのなら、君って相当性質《たち》が悪いよ」

そう言い終えたサイラスは、さっきよりもずっと深く唇を重ねてきた。

そしてそれが終わると、俺はおもむろにサイラスに抱き上げられて、さっきまでいた隣の客間へと運ばれ、そして抵抗する間も与えられずベッドの上に放り投げられてしまった。

「っ、ちょっ、何を……」

「黙って」

抗議の言葉は、サイラスの唇に封じられてしまう。作り物のように整った見た目を裏切る、情熱的な熱い唇に。

それだけで、蜜事に慣らされてしまいつつある俺の体はいとも簡単に脱力し、大人しく組み敷かれてしまう。

せめてもとサイラスの腕を掴んだ手にも、力は入らない。

「んっ、う……」

口内に侵入したサイラスの長い舌に追い回されて、俺の舌が搦め捕られる。

互いに呼吸が荒くなり、涎《よだれ》もせりあがってくる唾液も、水分のすべてを全部奪う勢いで彼に啜《すす》られた。

「君が悪い」

サイラスはそう言い放つと、普段の穏やかさからは嘘のような荒々しい手つきで、シャツを脱がせた。

そして俺の首筋に吸いつき鎖骨にむしゃぶりつき、乳首に舌を這わせる。

「ちょっ、ま、あああっ！」

今までにないがっつき具合に内心で若干引きつつも、サイラスの胸を叩いて止めようと試みたのだが……

「アル、アル、はぁっ」

「ひっ、あっ、あ」

ダメだ、サイラスのやつ、全然聞こえてない。

俺の乳首を吸ったり舐めたりしゃぶったりに絶賛夢中。

何ヶ月もの間、夜ごと愛撫に慣らされた体は、あらゆる快感を敏感に拾い、連動してアソコも硬くなってしまう。

ひえぇ……ちょっと待って。

ちょっと、ここ、実家。

階上階下に家族がいる、俺の実家なんですけど……

しかし、そのシチュエーションにこそ興奮してしまったらしきサイラスが、止まることはなかった。

俺は夜通し体中を愛撫され、しゃぶり尽くされ、サイラスの手でも口でも何度も射精させられた。尻たぶにも腹の上にも、俺の種切れになって半勃ちしかしなくなったペニスにも、体全体にサイラスの熱い白濁を掛けられて、結婚式初夜のお楽しみにとってあるらしい初挿入以外はなんでもありという感じで啼《な》かされた。

その間、客室用のベッドは、真新しいのにギシギシギシギシギシ鳴りっ放しで……

………絶対、家中に響いてた。恥だ。

そうして俺は、文字通り一睡もできずに朝を迎えたのだった。

きっと俺は、この夜のことを生涯忘れないと思う。

いくらなんでも、実家は気まずいっての……

ハッピーエンドのその先へ ー
ファンタジックなボーイズラブ小説レーベル

&arche NOVELS
アンダルシュノベルズ

目指せ！
いちゃらぶライフ!!

可愛いあの子を囲い込むには～召喚された運命の番～

まつぼっくり ／著

ヤスヒロ／イラスト

人間の国のぼんくら王子が勝手に行った聖女召喚によって呼ばれた二人の人間のうちの一人——シズカを一目見た瞬間、エルフのステラリオは運命を感じる！　彼は可愛いシズカをすぐにうちに連れ帰り、ひたすら溺愛する日々を送ると決めた。ところが、召喚されたもう一人の人間で、聖女として王子に迎えられたマイカが何かと邪魔をする。どうやら、シズカは元いた世界でマイカにいじめられ、辛い日々を送っていたよう……優しく健げなシズカとの甘く幸せな暮らしを守ろうと、ステラリオは奮闘し——!?

詳しくは公式サイトにてご確認ください。
https://andarche.alphapolis.co.jp

異世界BLサイト“アンダルシュ”
新刊、既刊情報、投稿漫画、X（旧Twitter）など、BL情報が満載！

この作品に対する皆様のご意見・ご感想をお待ちしております。

おハガキ・お手紙は以下の宛先にお送りください。

【宛先】

〒150-6019 東京都渋谷区恵比寿 4-20-3 恵比寿ｶﾞｰﾃﾞﾝﾌﾟﾚｲｽﾀﾜｰ 19F
（株）アルファポリス　書籍感想係

メールフォームでのご意見・ご感想は右のＱＲコードから、
あるいは以下のワードで検索をかけてください。

アルファポリス　書籍の感想　検索

ご感想はこちらから

本書は、「アルファポリス」（https://www.alphapolis.co.jp/）に掲載されていたものを、
加筆、改稿のうえ、書籍化したものです。

そのシンデレラストーリー、
謹《つつし》んでご辞退《じたい》申《もう》し上《あ》げます

Ｑ矢（きゅうや）

2025年 4月 20日初版発行

編集－山田伊亮・大木 瞳
編集長－倉持真理
発行者－梶本雄介
発行所－株式会社アルファポリス
〒150-6019 東京都渋谷区恵比寿4-20-3 恵比寿ｶﾞｰﾃﾞﾝﾌﾟﾚｲｽﾀﾜｰ19F
TEL 03-6277-1601（営業） 03-6277-1602（編集）
URL https://www.alphapolis.co.jp/
発売元－株式会社星雲社（共同出版社・流通責任出版社）
〒112-0005 東京都文京区水道1-3-30
TEL 03-3868-3275
装丁・本文イラスト－今井蓉
装丁デザイン－AFTERGLOW
（レーベルフォーマットデザイン－円と球）
印刷－中央精版印刷株式会社

ISBN978-4-434-35625-4 C0093